U0135997

寰宇程式交易 299

交易策略評估與最佳化

（第二版）

The Evaluation and Optimization of Trading Strategies

(2nd edition)

Robert Pardo／著

李佳儒／譯

寰宇出版股份有限公司

John Wiley & Sons, Inc.

The Evaluation and Optimization of Trading Strategies /
Robert Pardo. -- (2nd ed)

Published by John Wiley & Sons, Inc., Hoboken, New Jersey.
No part of this book may be reproduced in any form or by any
means, without the prior written consent of the publisher.

目 錄

我認識鮑伯‧帕多是在1996年，那時他為了替他的XT99系統找資金而接觸我所成立的當恩資金管理公司。經過了大量的系統評估，鮑伯、當恩公司和我們客戶間達成了研發協助與交易的協議。我很榮幸的說，這個協議對所有人都獲益良多，即使到現在也一樣相當成功。當鮑伯最近問我是否願意為本書的第二版撰寫前言時，我也表達了樂意之至。

基於我的科學背景與所受之專業訓練，我認為系統研發必需對交易模型測試結果做詳盡的統計分析。因此，我們非常高興能找到許多有效方法可應用在研發XT99模型，使其能經得起考驗且可持續測試跟調整。

當我與同事因緣際會讀到本書第一版時，我們對於使用推進模擬（Walk-Forward Analysis）方法進行系統研發此一優點特別感到興趣。

我也知道許多人認為本書的第一版是經典之作。一

般來說，經典之作很難再加以改善，但在某些狀況下這是必須的。如鮑伯在序中所提，自從1991年本書第一版問市後，電腦、交易跟資金管理的世界已經有所改變了，而且大大超越了本書所估計。由於初版之後發生了許多重大事件，鮑伯便必需出版新書來闡述這些差異。好消息是鮑伯不僅藉此更新，亦也重新組織了原始資料，並對其做出更清楚的解釋，同時也加入更深入的看法與他近年所學到的新事物。至於他對經典之作做了哪些改進？這就得留給讀者去判斷了。

　　我總是訝於鮑伯所達到的技術跟充滿創意的點子。鮑伯的專注、原創性，與其致力於成為一個研究者跟交易員的信念，在本書第二版中相當顯而易見。我相信一個認真的系統研發者會在本書第二版中發現許多非常有趣且收穫豐富之處。

William A.Dunn,PhD

DUNN 資金管理公司董事長

Stuart,Florida,May 2007

交易策略評估與最佳化（第二版）

自 序

回顧

《交易系統設計、測試與最佳化》（Design,Testing,and Optimization of Trading Systems , DTOTS）第一版已於1991年出版。從1991年至今的17年來，整個世界已有劇烈變化，因此第一版中所述已有不足。有人會說市場早也跟著變了，但我無法同意這點。市場總是知道該通往何處——結合所有資訊、科技、財富、交易模式的變化，它會持續計算出市場參與者所公認的價值。我也常常會想，該如何透過市場參與者型態的改變，來定義市場的適應能力與走向。

在這份導讀裡我們會回顧在這段時間所發生的結構性變化，以及其對市場所產生之衝擊。許多狀況卻似乎顯而易見。但仍請容許我不厭其煩的再次敘述這些陳年往事，因為這些事件的累積，已經改變了交易本質與我們所從事的這行，並直接反應在當前交易策略設計與評估的研究中。

你可能會問是「什麼樣的影響呢？」，這是一個很好的問題。讓我在此先提出一些我對於這些議題的看法，畢竟這和本書中我們所要討論的重點具有高度相關性。

交易系統：從谷底深淵成為閃耀之星

首先，或許也是最重要的不同點是，在1990年代早期，人們對於系統交易是否有效仍存有爭議。對於在這個領域相對資淺的人來說，這或許有些令人詫異!現在為人所熟知，甚至無庸置疑的演算法交易功效，在當初幾乎被視為是某種宗教信仰。

自從人們開始接受演算法交易工具所帶來的好處之時，我也發現了對此過於執著所衍生的困擾。我所受之訓練教導我們必須嚴格遵從科學方法與經驗法則。我一直都深信於此。在交易這行裡，如果交易員無法持續、仔細且對其所使用之方法抱持信心，一但有所懷疑或動搖，則註定會失敗。我也相信自今而後，透過詳盡研究的正確演算法交易運作，將會是大規模交易最有效率的方法。讀者繼續閱讀後會更了解這些相關細節。

簡言之，演算法交易的好處相當多。但重點是它能消除容易導致失敗的人為判斷、並可精準量化計算風險與報酬、風險與資產配置，及其可一次運用在大量不同市場商品之能力。結合了現代化科技，使得演算法能應用於電子交易並排除所有人為干預，如此能提供的好處有：光速般的運算速度、穩定且客觀的交易訊號、而且沒有人為想法的干擾。當然，好處不只有這些。

如果有人查一下專業商品顧問跟資金管理這行，會發現採用演算法（或系統化）商品顧問（Commodity trader advisers，

CTAs）與自由心證式交易者的比例是3.5比1[1]。這表示大部分商品顧問已經採用演算法的交易哲學。既然我們可以假設這些專業的資金管理者相當知識淵博且多爲精明老練，普遍採用演算法交易也可以說是專家的選擇。

比較麻煩之處是許多散戶，或是那些有志於專職交易並且擁有各方面專長與智慧的人，幾乎都會對交易系統不加思索、天眞地或是盲從般的相信。讓我驚訝的是，從1990年代以來，市售給消費者的商業交易策略，其複雜度跟今天並沒有太大的不同。

因此，自從本書第一版出版後，我們可以看到許多相當大的差異；很多人從對交易系統的無知，又或常帶有敵意的懷疑其功效，轉變爲教條式的盲目的相信交易系統。更糟的是，還可能會認爲任何交易系統都能發揮其功效。

爲什麼這些事很重要呢？它凸顯了兩個要因；第一是整體交易大眾的教育程度在這15年內並沒有顯著的提升，以目前來說想當然比起1990年有著更多參考書、軟體跟課程。然而，以多樣化角度、深入性與知識精闢程度來說，我會說這些大部份都只是片面的資訊。

第二點則與第一點息息相關，該問題在於交易策略設計跟評估原則的相關知識，並不爲一般人所知。從我寫了本書第一版之後，爲了補救先前交易著作之所不足，當著手第二版時，這點特別引起我的注意。另外，因爲我在出版第一版前，我跟員工花了很多時間跟金錢在教育我們的客戶使用這些規則。或許我能藉由第二版的出版，發揮更大的影響力。

電腦運算能力

　　或許過去15年來最令人驚訝之事，就是計算跟通訊能力的倍數成長。讓我們回顧一下過去。1991年時，最快的電腦晶片是英特爾（Intel）80386 CPU，時脈爲25MHz。而到2008年爲止，最快的晶片則是英特爾Core 2 CPU，其時脈爲3700MHz，成長了14800%。英特爾的80386 25MHz CPU 每秒鐘大約可以做8,500,000次運算。而英特爾Core 2 3,333MHz CPU每秒鐘大約能做到57,000,000,000次運算。這足足增加了6700倍！

　　英特爾的80386電腦記憶體（RAM）的基本數量是1,000,000位元組或是1MB（一百萬個位元組）。今天的電腦記憶體基本配備是1,000,000,000位元組或是1GB（十億個位元組）。已經增加爲一千倍。當前的交易應用程式可以運用更大量的記憶體來保存資料，對於多重市場及不同期間、或是多種時間軸都可以。然而，當電腦得以處理大量資料卻都仍有兩個瓶頸，一是大多數電腦都採用執行效率相當低的Windows XP作業系統，二是其過時的交易策略開發程式（然而那些主要廠商們都會強烈否認這點），這兩者使得處理大量價格資料、多市場、多時間軸的執行變得難以運用。如果是使用效能更差的Windows Vista，狀況就更糟了。

　　相反的，當開發交易平台時，帕多資本有限公司（Pardo Capital Limited）使用專屬的自營交易程式，來處理我們專業級交易公司所須之的大量運算。

　　英特爾的80386電腦儲存硬碟基本配備是40MB。現在電腦儲存硬碟基本容量是250GB。這足足增加了5,000%。在1990年

代，儲存硬碟跟記憶體都是高價品；現在它們容量大又價格又低廉，對策略設計者的使用來說如同取之不盡。有著如此大的儲存容量，對策略設計者而言，便能將他的研究詳盡地儲存在、易搜尋且統計上容易分析的資料庫中。然而，這過程中缺少的是，將策略設計者的研究儲存進複雜資料庫的交易軟體。還有也缺少能方便用來自行建立相關程式的軟體，也沒有可以運用的分析方法來研究資料庫的能力。

　　為什麼這很重要呢？如果運算能力增加了148倍，記憶體增加了1,000%，而儲存容量增加了50倍。對策略設計者而言，期望交易軟體在測試模擬與即時交易等分析方面的效能，相對也提升到某種程度或是接近其比例，應當不是不合理的要求。然而這些程式並未如此，甚至不成比例。這些因素環環相扣。

　　從身為1990年代軟體與交易策略研發者的角度來看，我會對電腦效能提升，使得交易系統設計跟最佳化作業能有所大幅躍進一事，感到無比欣喜。事實上，由於缺乏有效率的作業系統、資料庫管理工具跟交易軟體，使得一般交易員無法有效利用其個人電腦的潛在效能。這些只有具備足夠專業知識與技術，並能設計複雜程式徹底運用硬體完整效能的研發設計團隊，才有辦法做得到。

　　1990年興起的交易策略遊戲已經消失。只有大型交易法人擁有絕大多數的優勢。相信我，他們會把這些優勢盡可能發揮到極致。我們得看看2006年高盛（Goldman Sachs）的獲利：$95.4億美金，或者是D.E.蕭（D‧E‧Shaw）大型資產（263億美金）管理公司與其傑出的報酬（年化報酬率超過20%），這不就證明了其專業程式在策略與技術上所呈現的優勢嗎？

金融投資產業

　　1990年的投資跟資產管理產業與今日相比，看起來已相當過時且老舊。1990年商品交易顧問公司所管理的總資產是105億美金。2007年3月，總資產達到1,720億美金，而且是以前所未有的速度成長。這表示過去17年成長率高達1,600%。1990年商品交易顧問產業是主要分佈於美國。當時大多是由國內主導，而現在的歐洲的商品顧問產業也相當活躍。全球的商品顧問業也已蓬勃發展。

　　避險基金與資產管理金額也有大幅爆炸性地成長。1990年避險基金共有610檔。到了2005年數量達到了8,661檔。1990年在避險基金所管理的總資產有400億美金。而現在已超過了一兆美金。成長了25倍。

　　共同基金也有類似的成長。1990年時約有3100檔。目前則超過8,600檔。資產管理過去只略高於一兆美金。到了今天已超過10.4兆美金。這段時間內專業資金管理業以驚人的速度成長，而個別投資人跟交易者的數量卻沒太大的變化。

　　自營交易機構是另外一個纂起的行業。當大型交易公司像是所羅門兄弟（Solomon Brothers）（還記得他們嗎？現在是花旗集團 [Citigroup] 的一部分）、高盛（Goldman Sachs）、摩根史坦利（Morgan Stanley）也把自營交易當成他們營運中重要的一塊。

　　「自營交易」已經變成這行裡中相當重要的一部分。即使是相對較小的經紀業務公司也有自營部門。有爲數不少的大中小型公司也單獨參與自營交易。交易大廳已經變成過去式，電子

交易策略評估與最佳化（第二版）

交易跟交易員填補了這塊落差，自營交易機構呈現出了全新的意義。

這些代表著什麼意義呢？這有相當多的涵義，但兩個最重要的觀察點是，大量的交易資金會掌握在專業交易員的手裡，市場效率非常高，而且不停地持續推進。

在交易世界裡另一個非常重要的發展是，交易被視為最快達成巨大財富的方法，這是前所未有的。過去這兩年的紀錄裡，最高商品交易顧問或是基金經理人年所得超過五億美金，這意味著什麼呢？交易這行正以前所未有的速度吸引最優秀、最聰明的人才。也意味著，持續用來追求交易優勢與獲利的資源會越來越多。

數以億計的資金會被用來追尋獲利。最聰明的頭腦使用了大量的資源來追求交易獲利，這表示交易會變得越來越困難。市場會變得越來越有效率，或許新的交易行為會因此而生。而新的交易行為會衍生新的交易機會，如此一來交易遊戲便可以繼續玩下去。

交易策略開發工具

比起1990年代早期，目前交易策略設計者擁有大量工具可供使用。1990年時，主要的技術分析與交易策略應用軟體有三：Advanced Trader、Metastock（在當時非常稀少）、跟SystemWriter（演變成後來的TradeStation）。

若想知道目前的發展階段，我們只要從《交易員的小技巧》（Traders' Tip）月刊中的技術分析專欄就可得知。我們找到19種

交易軟體的程式碼，而且這還只是冰山一角。現在有各種高階的應用軟體提供給專業交易員使用。當然，也有通用的軟體像是試算表（EXCEL）、Mathematica跟Matlab（後兩者被專業的交易公司廣泛使用）。甚至還有一種程式語言R，他可以用來建置專業導向的應用程式。也有常用的Visual Basic很對我們的胃口，因為使用上不需要複雜的程式能力就能很快上手，以開發應用程式。

除了以上這些的東西，很明顯地，策略設計者還是有很多選擇。如此蓬勃發展的情勢對策略設計者來說是個障礙，卻也是個機會。更多關於這些的介紹會放在第四章：策略開發平台。

這當然還沒提到一些1990年代當時所沒有，而現在已應運而生的大量附加產品跟其他專門工具。目前可用於Metastock、Tradestation、TradersStudio附加工具（add-ins）就多達數百種。

這些附加工具的功能，從交易策略到指標…等等，用來擴充基本軟體的工具一應俱全，諸如一些基本投資組合分析。

這還沒提到更專業的技術工具，交易策略研發者還可利用神經網路交易程式、遺傳演算法交易策略、市場碎形分析或運用複雜的資料探勘（data-mining）等功能開發交易策略。這些大量的衍生性交易策略開發軟體，附加工具及高階技術交易應用程式聽起來或許有些夢幻。沒錯，如果有人能全心投入，他可以買到並能使用所有這些產品。但是若想把這些東西綁在一起，企圖做成一個天衣無縫又實用的交易程式。這…幾乎不可能做到。

要如何才能找到一個如此的程式軟體？要能讓策略設計者設計、創造並運用自行編寫的遺傳搜尋演算法，來對交易策略

作推進分析？或是用差分自迴歸移動平均模型（ARIMA）來預測交易策略波動率，自動依市場狀況以類神經網路預測明天收盤價的漲跌與方向，用遺傳演算法來自動平衡投資組合，亦或是判斷是否該停止去年因市場停滯而導致虧損的交易策略，並轉移到市場波動上升而表現優異的策略上？

　　為什麼這很重要呢？的確，這樣的交易平台會相當精密且複雜。這些科技現在都已存在，但1990年代時並沒有。今日的電腦可以負擔這些工作。策略設計者可以設計並創造如同這些甚至更複雜的交易程式。這些交易策略開發平台可以創造許多前所未有的策略（如同我，也是不停地再開發新的策略）。

　　也許會有人問，這又如何呢？這真是個蠢問題。因為有了整合高速現代化科技的交易策略開發軟體，該運作效能的發展在某種程度上，會如同過去十五年來電腦硬體一般必然有著爆炸性的成長。

　　你必需要瞭解的一個事實是：如果大型自營交易公司想要運用上述之高度複雜（亦或更複雜）的交易方式，它們需具備足夠資源能整合所需並開發出如此的交易模型。重點是這樣的能力，一般交易員跟投資人也應當具備。

　　但可能是因為交易策略開發軟體的領導廠商過於自滿，又或許是他們極度缺乏創造力。也可能是因為絕大多數交易策略開發平台的軟體編寫者，並沒有交易背景，所以他們不像交易員一樣會被獲利所驅動，或是想利用尖端科技來持續尋找他們的優勢。因此，交易社群裡面大多數且主要的獨立交易員跟投資人，只能接受這樣的事實。

交易中興起的高階數學概念

過去15年，交易員廣泛的接觸到高階數學領域。對獨立交易員而言，這或多或少如同傳聞而不是具體事實。但就這樣做判斷也未免太沒根據。

摩根史坦利公司具有足夠資源，能聘請哥倫比亞大學數學系的系主任大衛‧蕭（David Shaw）擔任計量交易部門的主管，並提供他職員、電腦、程式設計師跟其他資源，使他能將高階數學概念應用到交易上。

交易策略評估與最佳化（第二版）

D.E.蕭（D.E.Shaw）跟他的公司

他是這行裡的第一把交椅。後來他籌劃了一間頂尖的交易公司，就是現在的D.E.蕭避險基金。他的公司雖然不是家喻戶曉，而大部分交易員可能也沒聽過他的名字。但該基金成交量持續佔有紐約股票交易所交易量的百分之十，這些交易專門尋找當發生鉅額交易時，瞬間產生的各種定價錯誤以獲取小幅利潤，這是一般交易員無法得知或偵測到的。

文藝復興科技公司

你可能沒聽過西蒙斯（Jim Simons）跟他的文藝復興科技公司。從1988年三月開始，西蒙斯33億美金的旗艦大徽章基金（Medallion Fund）累積年化報酬是35.6%。同期標準普爾500指數的報酬率為17.9%。不管算毛利或是淨利，西蒙斯應該是地球上最佳的資金管理者。

「西蒙斯無疑是這行業裡面最聰明的人」，計量交易中的重

量級人物，D.E.蕭的主席，大衛・蕭這麼說，他也順便稱讚了西蒙斯在今年超過50%的獲利。西蒙斯是第一流的學者，用眞實的科學方法交易。很少人能跟他一樣。西蒙斯周遭之人都具有精明的頭腦。文藝復興的總部，座落在紐約長島的古雅小鎮東史塔克（East Setauket），這裡更像是高能智囊團或是高階數學研究所。1982年，文藝復興公司在紐約州立大學（SUNY）的石溪分校（Stony Brook）旁，一層用木頭和玻璃構成的混合式建築中成立，140個員工，其中三分之一擁有科學博士學位。很多員工都是西蒙斯1968年到1976年，在石溪分校數學系擔任系主任時的同事或學生。

預測公司

　　預測公司於1991年由多伊・法墨（Doyne Farmer）、諾曼・帕克（Norman Parkard）跟金馬・基爾（Jim McGill）三人所創立，很快的，這間公司便席捲整個金融界。在那之前，他們專門研究混沌理論跟複雜系統，而後帕克跟法墨博士察覺到金融界正是高度複雜系統的最佳樣本，正好可運用預測科技。因此，他們便籌組了一個包含科學家和工程師的世界級團隊來解決這問題。

　　在1992年，預測公司簽署了一份獨家的五年合約，提供訊號跟自動交易系統給歐康納公司（O'Connor），這是芝加哥一家很成功的衍生性金融商品交易公司。1994年歐康納被世界最大銀行之一的瑞士銀行（Swiss Bank）併購。瑞士銀行跟預測公司繼續了這獨家的合作關係兩年。1998年瑞士銀行跟瑞士聯合銀行（UBS）合併，成爲世界第三大的金融體[2]。而後預測公司

持續與瑞銀（UBS AG）合作開創新局。

　　為什麼這很重要呢？有幾個特殊的原因。第一，也是最重要的是，這證明將高階數學正確的應用在交易上時，確實能產生巨大獲利跟報酬。第二或許同樣重要，這也證明當具備並運用足夠資源從事交易時，高階知識跟科技能發揮相當大的效用。

　　當然，這還只是一部份。

當交易遇上高等教育

　　1990年時，如果我能找到一本不錯的交易書籍算是很幸運的事了。現在如果你試著尋找交易相關的工作，你會發現上百個職位都寫著要受過財務工程（Financial Engineering）訓練的人才。1990年代的交易員會問，「那是甚麼？」

　　隨機分析跟財務工程研究所以上的課程訓練，以及超級計量操盤人像是大衛・蕭、西蒙斯跟多伊・法墨的巨大成功，這兩者之間的關係並不是巧合。

　　如果你去看這些研究發展的歷史，很容易會追溯到一個數學天才班諾依・馬德柏洛（Benoit Mandelbrot），碎形幾何的發明人，這是極端重要的發現。他發現金融市場價格變化的分佈是跟隨著碎形分佈，而不是所有金融數學家假設的常態高斯分佈，像是布萊克・休斯（Black-Scholes）選擇權定價模型。這可是個大震撼。在某種程度上，即使到了今天，我實在不確定這是不是所有財務工程師都能瞭解並應用。

　　潮流改變更是迅速更迭，像是遺傳演算法、混沌數學、模糊邏輯、複雜理論跟人工生命的概念，人工生命被描述成一種

簡單過程形成的複雜結構，這概念是另一個數學天才史蒂芬·沃夫倫（Steven Wolfram）所發現，他同時也是Mathematica的創造者。

更強大的電腦運算能力讓類神經網路、資料探勘跟機械智能得以實現。以我的淺見，我們只接觸到了這些驚人資訊跟科技的皮毛。而這些超級計量操盤人是替我們這些少數的凡人點了一盞指路的明燈。

這是個龐大、迷人而極為富饒的園地。科技化交易程式應用的探索也必然佔了一席之地。我簡單所提這些資訊指出，交易從1990年以來，已經經歷，並會繼續以另一個高效率的方式發展。我也指出交易策略應用程式開發廠商所面臨的挑戰。交易世界會一如往常更高速、更猛烈的發展。該是面對這些不愉快的現實的時候了。

不公平的競技場

回到1990年代，本書第一版中，我很樂觀的提到獨立交易員跟專業交易員兩者之間，在這個交易競技場內的地位相當而且平等。但現在很清楚的是，這個競技場可能從來沒有像今天如此不公平過。

交易競賽有兩個特別之處從來沒有變過。市場永遠就是市場。它會持續地調整跟適應交易者跟投資人的需求，並且持續有效的運作定價機制。市場會自然的持續變化與適應。

交易總是跟獲利還有誰能撐到最後有關，這意味著你是否會因為無法再面對交易而必須離開這個領域。

為了能存活，我們得找到以前場內交易員口中所說的「優

勢」。我個人相信任何人能在交易這行成功，都是因爲他找到了一種優勢。我也相信每個成功的交易員都具備了自己所擁有的獨特優勢。

交易這場遊戲，從來沒有像今日這麼容易可以獲得利潤。市場也從來沒有這麼有效率過。世界上總有交易員持續獲利。爲什麼？因爲他們找到了優勢。而且是非常大的優勢，他們嚴格遵守這些優勢的規則，嚴格遵守充分回測的交易策略。

讓我們一起探索這些優勢如何被發現、改進、最佳化並運用來創造巨額的財富。

交易策略評估與最佳化（第二版）

謝 詞

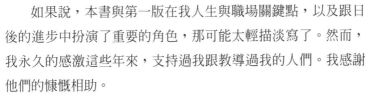

如果說，本書與第一版在我人生與職場關鍵點，以及跟日後的進步中扮演了重要的角色，那可能太輕描淡寫了。然而，我永久的感激這些年來，支持過我跟教導過我的人們。我感謝他們的慷慨相助。

我首先得感謝潘蜜拉凡·吉森（Pamela van Giessen）跟她的耐心。還有好幫手珍妮佛·麥當勞（Jennifer MacDonald）跟凱特伍德（Kate Wood），我必須對好幾次的拖延交稿及造成的不便道歉。這整個寫作專案比我原先預期的大很多。

我也要謝謝我的同事裴利·考夫曼（Perry Kaufman），他不知道他在啟發我研究交易技術上扮演了相當重要的角色，而且多年來他也一直在各方面支持著我。

由衷的深深感謝楚曼（Thunman），多年來他給我許多激勵。並以最深的感謝來表揚和紀念安德魯·德瑞克（Andrew Dziedzic），以出色的才華將交易帶往更新的境界。同時也向史帝夫·韓德（Steve Hendel）致敬，他將夢想變為可能。他們是

高盛公司能有今日偉大成就的重要典範。

特別感謝我的朋友和同事為我共同組建了智囊團。他們源源不斷的意見、修改、建議等，都讓這項工作做得更好。感謝（以下按字母順序排列）Art Collins,Michael Covel, Bruce DeVault, J.T. McPherson, Kate Pardo, Emil Pesiri, Murray Ruggiero, Ginger Szaia, Rich Sternal, and Alfred Tagher。我將永遠感謝你們為了這本書非常無私地貢獻大量時間和精力。

感謝比爾‧當恩（Bill Dunn）跟皮耶‧圖立（Pierre Tullier），當我真正需要時誰給了我一個機會，讓我能夠持續到最後。

最後，我要感謝我的家人，我可愛的妻子諾拉（Nora），我的女兒凱特（Kate）（她快成為一個比她的爸爸更好的作家了！），和我的兒子克里斯（Chris）（即將就要成為一個出色的交易員了。）諾拉、凱特和克里斯：謝謝你們的愛，支持和堅定的信心，即使在我生命中最黑暗的時刻。作為一個交易員的妻子並非易事。感謝我的摯愛，諾拉。我很高興，我們已經熬過最痛苦的低潮。如果沒有妳我無法完成這一切。

22

交易策略評估與最佳化（第二版）

導 論

為什麼要寫第二版？

　　當裴利‧考夫曼（Perry Kaufman）在1991年第一次要求我寫這本書時，以當時的商業交易、運算技術、趨勢交易系統，也稱作機械化交易（現在常被稱為演算法交易），和現在有非常大的不同。然而由於先前的版本已被廣為接受多年，因此，當寫第二版（DTOTS）時，卻因為許多種種惱人的原因而耽擱。現在，我只想說我真的常被問到：「你甚麼時候要更新DTOTS呢？」嗯，我們現在都知道這個答案了。我還經常被問：「你什麼時候再出另一本書呢？」還是和前面問題一樣的回答。

　　我要在一開始時就把事情弄得非常清楚，也要對所有購買本書但對第一版（DTOTS）不甚認同的人預先知會，我仍然認為我所創建、倡導，目前並仍然使用的這個方法—推進分析（Walk-Forward Analysis），是最佳化交易策略唯一99%萬無一失的方法。我只相信不需使用推進分析（WFA）的模型是不需要最佳化的模型。即使如此這也不能保證未來績效，因為非最佳化交易策略也可能會有曲線擬合（curve-fitting）。

但是對於典型的交易策略開發者而言這仍存在困難。直到最近，這都被認為會加重負擔，或是根本不可能使用推進分析（WFA）。而那些使用推進分析（WFA）的人，已經以不同複雜程度開發了一套軟體來完成作業。

此外，我仍然認為我在DTOTS中所闡述是正確的，我是將一個具有專利價值的概念公諸於世。即使DTOTS已經受到廣泛接受且持續如此，然而這種如此容易被接受的方法卻沒有成為主流，我始終覺得這是個謎。

我也已將許多原始資料做重新編排改寫，並刪增些內容。當然，主要是作進一步改善。也有不少新資料，讓我對更多不同領域作探討。

我詳盡討論了急遽的技術變化對有各種交易所產生的巨大影響。另外，我也明顯地覺得失望，為什麼交易策略的主流開發工具很可惜地無法運用此技術，而損害獨立交易者和專業交易者的大幅利益。因而我為此帶來了一些希望。正如DTOTS所提及的，我會在這版本重申並更加強調，成功的交易員只需要找到自己獨特交易優勢，然後並不斷地應用在他的優勢範圍中作交易。

交易策略設計者也面臨了一些新的挑戰。現在可供選擇的應用軟體令人眼花撩亂。這些應用程式專門用於策略發展過程，如TradeStation、Metastock和TradersStudio，以及許多更普遍的應用程式可用於此目的，如Excel中，Mathematica和Matlab，以及專於數學的編程語言R。為了讓問題更複雜化，有一些非常高階的產品（$25,000美元至$100,000美元，甚至更多，我沒辦法全都得知）表明可提供更複雜的解決方案給專業

交易策略評估與最佳化（第二版）

交易員。以我的觀點來看，這看起來更像是一種銷售手法，但是因為我沒有真正使用過這些產品，所以我無法明確定論。

為了使問題更具挑戰性，多數的即時報價供應商現在提供不同程度的策略公式化規劃和策略測試，包括我所使用的CQG，還有eSignal，CyberTrader，和富達的財富實驗室（Wealth-Lab）。

而現在劇情變得更豐富了。伴隨著這個巨大分散的交易策略發展商機，還有一個相當有害的趨勢。即時報價軟體廠商通常會限制軟體所能存取的數據。更糟的是，他們限制只有他們的軟體才能使用這些數據。歐米茄研究（Omega Research）已轉型成為一家經紀公司，並要求必須達到每月最低成交量或需付月費才能使用該軟體，他們並致力讓他們用戶使用他們所提供的價格數據。

現在期貨，選擇權與個股期貨商品也有很多種選擇，像是股票指數期貨（如標準普爾，那斯達克和道瓊期貨），也有標準普爾100選擇權或標準普爾期貨選擇權。大型交易機構現在多是狙擊錯價（miss-pricing）的主力（當我還在所羅門的時候，嗯，現在已經沒有這間公司了，我們通常會叫做套利，場內交易員叫價差）。

為什麼這類型的發展會對獨立交易策略設計者造成問題呢？有兩個原因：這些策略在研發過程中需要許多歷史價格與結算價等等，這些都需要不停收集，積累且維護費用昂貴，有時某些歷史價格數據還幾乎不可能拿得到。

還有另一個層次的交易策略複雜性也必須予以考慮。你可以想像，我提過了各式各樣的專業交易員。有些人主張一種觀

導論：為什麼要寫第二版？

點，以往那些比較簡單的交易策略，雖然以前產生了數億美元交易獲利，但在過去幾年已被認爲不再有效，或至少不那麼有效了。列舉理由，當然還是老原因，因爲「市場已經改變」，我並不是很能認同，但我同意交易已經變得越來越複雜且需更大的競爭力。我會在後面的章節作更多討論。

爲了支持這論點，值得一提的是，我的朋友亞特·柯林斯引述理查·丹尼斯（Richard Dennis）的話給我（他對丹尼斯進行了一系列的探索採訪），他說「海龜交易策略已經不再有效了」，這可能會讓許多應用該策略作各種變形的人，有所省思。

然而，暫且不論簡單的策略是否有效，也同樣有很好的理由要研發更複雜的交易策略。又，這就是大部分消費層次交易策略開發應用程式的問題。由於在大多數情況下，他們無法處理複雜策略。軟體供應商強烈否認這一點，但對於高級用戶，即使是簡單的市場商品投資組合，他們所開發的大規模策略，其速度也太過緩慢與繁瑣。當策略應用作多重策略，多重市場商品與多重時間軸，他們會因其複雜程度而變得更爲痛苦且緩慢。

交易策略設計者該怎麼做？我們將深入探討。

第 一 章
關於交易策略

　　當人們在有組織性的市場交易時，交易策略就已經存在了。當然有些人會跟我爭論策略交易的定義。概略的說自動化交易策略或自動化策略指的是：交易系統、機械式交易系統、交易模型、演算法交易。經分析後，我相信任何成功的交易員，不管是使用自由心證交易或是自動化交易，最終都是使用系統化的交易策略來做交易。最後，我也認為當你讀完這本書後，你會發現在未使用系統化交易的情況下，想要獲得長期且超過市場平均的交易或投資報酬，是很困難的。

　　技術方法與交易策略所隱含的利益，隨著市場所提供的利益而有所起落。而市場所提供的利益，又與市場本身所具有的動能與獲利機會，或說是交易利潤有關。

　　從1991年John Wiley & Sons 出版《交易系統設計、測試與最佳化》（Design,Testing,and Optimization of Trading Systems，DTOTS）後的十多年來，對於交易系統的關注有著大幅的成長，這歸因於兩項重要進展。

第一個重要的進展就是市場本身。不只是股市的大多頭走勢，1980年代起衍生了多到數不清的期貨商品。大多數成長來自金融商品期貨市場，這些高速發展使得70及80年代盛行的商品期貨市場黯然失色。熱錢大幅湧入眾多的衍生性金融商品市場。這些精明的資金多數來自於專業機構及投資人。第二個重要的進展是電腦運算能力的爆炸性成長，而價格更趨低廉，這也進而促使複雜的交易策略跟測試軟體的成長。

這兩項主要的重大進展與一些其它演進，開啓了技術化交易方法跟交易策略的文藝復興時期。我們可以說在1990年代，純機械化演算法交易就此誕生，完全毋需人工判斷。

如同我在序文中詳述的，從那時起，這些趨勢發展讓90年代早期的步調有如沉睡一般。以90年代的觀點來看，現在電腦的運算能力幾乎達到了不可思議的快。市場的膨脹跟成交量幾乎呈現爆炸性的成長。全球的交易量成長了1,470%。1990年時全球期貨合約的交易量是802,158,782口。到2006年底已成長至11,859,266,180口。非美國市場的成交量成長超過2,890%（2006年7,286,007,782口，1990年251,771,924口）。美國市場的成交量僅僅增加831%（2006年 4,573,259,430口，1990年550,386,858口）。這清楚地顯示期貨交易越來越全球化。

1990年時，獨立投資人與專業交易員兩者勢均力敵，但這狀況只短暫存在。在交易文藝復興時期，獨立投資人要追上專業交易員的步調顯得非常困難的。低廉的電腦運算能力組合精密複雜的軟體與不斷成長的交易方法，持續讓聰明的投資人可以設計跟測試，專家口中所說的正期望值或是有潛在獲利能力的交易策略。

這些策略可能跟專業投資公司的交易策略互有高下。獨立交易者也可單憑一己之力創造出非常複雜且成功的交易策略。這些科技、歷史價格資料跟軟體都垂手可得。事實上，現代（約2007年）備有測試軟體與強大電腦的投資人，其策略開發能力遠遠超過1990年專業交易策略設計師所能及。除了這些能力的增加，現在技術分析方法的可用性、範圍、複雜度都大了好幾倍。

然而在今天極度競爭的市場裡，正確且透徹的瞭解如何適當地設計跟測試策略才是最重要的。但我只能很遺憾的說，目前獨立交易者能用的策略研發軟體並沒有跟上電腦運算能力與技術方法的成長。成功交易策略的生命週期始於策略設計者眼中的一線靈光，最終達到真金白銀的交易獲利。這本書會呈現成功測試、最佳化跟交易機械式策略所需的技巧。

成功測試機械化策略最顯而易見表徵就是——財務的成長。而不當的策略測試則會造成許多弊端。當然，最主要者便是財務上的損失，有時若發生較極端的狀況則會導致財務破產。這樣的財務損傷會可能會伴隨更多難堪的打擊，這些交易虧損的代價可能是數百小時的勞心勞力工作，並參雜著挫折感跟失落感。

勤奮的使用書上所提供的程序來開發跟評估交易策略的交易員，則可避掉這些所費不貲的虧損陷阱。

為什麼寫這本書？

這本書的撰寫是為了讓那些願意將交易點子轉化成測試且

驗證過，又能適當配置資金且獲利的自動化交易策略交易員，能有一個清楚而具體概念。

在期貨交易領域，大多數的專業交易者都廣泛採用了技術分析並使用交易策略，方法的複雜度跟使用的範圍也持續成長。各種型態的交易策略充斥於期貨交易業界，不過在股票與避險基金方面的運用上，則受到了較多的限制。

一些科學家變成的頂尖的計量交易員，如吉姆・西蒙斯（Jim Simons）（文藝復興科技）、大衛・蕭（David Shaw）（D.E.蕭公司）、多伊・法墨（Doyne Farmer）（預測公司），他們在這領域所獲得的驚人投資報酬展現了他們以原創性、精密且有效方法來開發交易策略所受之肯定。而在期貨交易市場倍受關注的方法漸漸的也在股票市場受到注意。

由於這些交易方法非常地自然、數值化、系統化且自動化，所以能藉由電腦計算機測試。如果程序都能正確完成，這些測試能為交易策略提供極大的價值。事實上，帕多資本有限公司（Pardo Capital Limited）的交易部門和我從來不會使用未經過精密且系統化測試的交易策略。

錯誤的策略研發跟測試會導致真實交易中的虧損。別把這結論搞錯了。如同一個有名的電腦諺語，「輸入錯誤，導致輸出無效」。測試過程中可能會有些錯誤、劣質程序或是技術缺陷，因而造成無法避免的不良結果，電腦化測試最好能調整到恰到好處，不然還不如不要做。

有些交易員可能會因為不甚瞭解如何適當運作測試，結果反而對一些好主意變得灰心失望。拙劣的交易策略開發技巧甚至會讓一些交易員認為交易策略沒有用處。

交易策略評估與最佳化（第二版）

因為缺乏對最佳化和回測的正確瞭解，以及運作上的種種困難，有些人仍然相信測試與最佳化不過是一種曲線擬合（curve-fitting）。對於不了解這些名詞的你們請別擔心，這些在適當的章節中都會有正式定義。

　　書中提及的程序跟方法，會證明正確測試跟最佳化的好處，遠重於學習跟熟悉適當應用軟體的努力。書中會提出正確公式化、測試跟最佳化交易策略等程序的細節。

　　為了讓讀者有正確的觀念，本書清清楚楚的區別最佳化（optimization）跟過度配適（overfitting）兩個詞的意義。最佳化指的是藉測試與最佳化交易策略的過程，來計算出最有可能的交易獲利。最佳化是正確的測試。不會有一個頭腦清楚的策略設計者會故意做成過度配適，而是做了錯誤的最佳化。過度配適是錯誤的測試。

誰會從本書受益？

　　我希望這本書能對所有計劃使用機械化策略作交易的人都有所幫助，且具有價值。這就是說在整個過程，從頭到尾都能得到跟享用交易策略獲利的成果。

　　完整的策略測試凸顯了一個最大的好處是：準確的計量獲利與風險。交易策略的價值必須從兩個相關層面作衡量：獲利跟風險。這兩個交易績效元素無法分開作各別判斷。交易永遠有風險。而交易獲利只能對主要成本——風險來衡量。

　　因此交易策略只有在當獲利跟風險可以精確測量時，才能被適當的評估，這些最好都能經由電腦化測試來完成。精確測

量與正確評估風險獲利兩者皆具其絕對必要性，如此才足以判斷交易策略的電腦測試的有效性。

或許，以一個客觀、具一致性、可重覆運作且能被徹底理解的自動化交易策略從事交易，如此最大好處就是可以消除交易人情緒反應及易出錯的人為判斷。無論你是不是覺得自己就是個系統化交易員，如果這幾年來你的交易都相當成功，這可能就意謂著你已經使用了一些非常複雜的交易策略公式，運作了數年的系統交易。如果你還沒這樣做過，我會強烈建議你盡全力將放在腦中的交易策略給抽取出來，並且將其做成可測試的形式。

因此，我相信這本書對所有交易員都相當具有價值，不論是機械化、程式化交易員或者其他種類的交易員。本書徹底的呈現適當測試與清楚理解交易策略的好處及其必要性。在書中，謹慎的研究與應用方法會精進跟增強讀者的交易技巧。或許非程式化交易員也能在交易與策略研發過程中得到進步及好處。此外，非程式化交易員最終會體認到完整研究分析策略所帶來的好處，並開始運用這些具有加乘效果的方法。

如果你是個使用程式化交易策略的交易員，而卻無法靠交易獲利，你必定得讀完本書。你很可能就會因此發現你哪裡做錯了。這樣你便可以決定是不是得修改你的策略。

更重要的是，如果你才剛開始想做策略研發，這本書絕對是最佳入門指南。書中會提及一些研究指導原則，指出並且教導你如何消除失敗的原因，像是錯誤的策略、不適當的測試方法或是錯誤的即時資料解讀。

我也會推薦這本書給那些想從事自由心證交易，非系統化

交易策略評估與最佳化（第二版）

交易的人，這或許會有些令人吃驚。但透過研讀這些資料，至少會讓你思考你的交易該如何才能盡力平衡風險與獲利，並做出恰當的資金配置。

不過，我還是得冒著過度自以為是的風險說，我也希望這本書依然能夠幫助那些，已經透過自己努力而擁有程式化交易獲利的交易策略設計者。我在本書中提到許多新的測試指導原則。許多系統化及細部程序非常實用且有效率。當然，我也知道這套方法並未被策略設計者所廣泛使用。

我也希望透過推進分析的詳細介紹（完整收錄於第十一章：推進分析），能為使用者提供更強而有力的方法及好處，還有更強勁的獲利。

本書的目標

本書將呈現、解釋、釐清並圖解下列各點：
· 使用適當開發自動化交易策略的好處
· 如何公式化、測試跟評估交易策略
· 如何適當執行最佳化交易策略
· 過度配適的徵兆及避免原則
· 如何合併樣本外資料至交易策略測試中
· 如何使用推進分析（Walk-Forward Analysis）及其好處
· 如何製作交易策略分析報表
· 如何透過交易策略歷史測試數據判斷真實交易績效

我已經使用書中這些交易策略研發原則多年。可以說它們已經通過了時間與真實交易的成功測試。

當然，也許有些精微的細節與交易祕密我並沒有提及。然而我可以說，如果初步評估交易點子有其價值，好好善用書中原則便可得到最佳水準的可獲利交易策略。

如果你完全沒接觸過交易策略研發，我會鼓勵你可以先熟悉這些規則然後拿來測試。你可能可以省下許多不必要浪費掉的時間、一大堆哀傷跟挫折感，或許還有一大筆金錢。

你一定可以從這本書學到些東西，除非你已經知道如何有效應用某些形式的推進分析（Walk-Forward Analysis, WFA）。以我的經驗，使用推進分析作交易策略最佳化幾乎是唯一可以防止程式鈍化的方法（我說幾乎是因為在交易裡面，並沒有百分之百的事）。或許有些人無法認同，但我建議在你對其有所成見之前先使用測試看看。

總論

世上再大的樹木都是從種子開始發芽的，交易策略一開始也只是個念頭。大多數點子剛開始都只是簡單的概念或有些模糊。只要對這個點子作更深入的探討，就能得到更精確的形式。一但概念完全公式化跟視覺化後才算是確切肯定的形式，而經過如此公式化後，點子就能變成具體而且明顯的事實。交易策略也是一樣。

第二章：系統化交易優勢，利用電腦測試自動化交易策略的好處和一些不利點。分三部份闡述，分別是交易策略、歷史模擬跟策略最佳化的好處。一個機械化交易策略，簡稱交易策略或策略，是一組客觀且公式化的規則，獨立於交易員心智與

情緒之外。大多數成功交易員使用一致的規則，不論這些規則是否被公式化或是做成交易策略測試。使用一致的規則對管理風險跟創造交易獲利非常重要。

讀完這章，那些仍然拒絕使用自動化交易策略的人，至少會知道他們錯過了甚麼。而已使用自動化交易的人則會更瞭解該方法的優點並感到放心。我也希望本文能引起那些仍然無法決定使用本方法的人，能更了解自動化交易與測試策略的潛力。

第三章：交易策略研發程序，包含研發交易策略的步驟，從公式化到精確規格化、測試，推進分析最佳化，一直到實際交易。本書規劃的章節也是依照這個順序。若在整個過程中遇到一些特別狀況，相關的必要資料也會被提出並做介紹。

第四章：策略開發平台，這裡簡短概括敘述交易策略開發跟測試程式必須包括什麼樣的功能，以用來有效完成整個策略開發，從點子到實際交易的一整個週期。由於完整的交易開發平台調查繁多，已經超過本書的範圍。因此本書焦點會放在完整過程中所需要用到的各種評估與發展方式，以及最低需求。這章也會大致描述各種讓交易策略從點子到達成自動化、多市場、多時間軸交易平台所需要的過程。

第五章：策略設計元件，這是交易策略設計的概觀。由於完整的策略設計原則說明超過本書範圍，所以在這邊只專注於策略設計要點，以及不同策略在測試過程中所產生的差異。本章會讓讀者對交易策略的各種元素、目的等能有更多層面的理解。這裡也會為想更深入了解本議題相關知識者提供一個平台及基本架構。

精明老練且見多識廣的交易員會知道運用策略遠遠比神經

緊繃、情緒化的狀況簡單多了，而且運用電腦化歷史模擬來評估績效則更能增強信心。當然另一種狀況就是直接用資金來開始交易然後看看結果會如何，但這可能需要相當高的成本。

第六章：歷史資料模擬，這章說明什麼是歷史模擬，及其應有的要件。本章將詳細列舉使用歷史資料模擬交易時，要盡可能達到最精確、最貼近現實而面臨之各種必須解決的問題。這種評估交易策略的方法相當普遍而且已經被廣泛接受與使用，我很難想像那些沒有運作過這些過程的人怎麼做交易。

第七章：公式化與規格化，這章會深入探討各個細節，以清楚理解交易策略研發過程中最重要的第一步。這裡會指出將模糊交易概念轉化為程式碼以使用電腦回測的具體過程。

第八章：初步測試，本章概述交易策略測試過程中的第一回合，或初步驟。當然，第一步就是要確定交易策略是否已被正確描述。再來就是要將策略應用在幾個具代表性的市場，取一些不連續的片段期間來模擬。

第九章：搜尋與評估，探討實際作業上的衝擊，最佳化過程中不同類型搜尋和評估方法的優缺點與歷史模擬的品質。搜尋方法採用的類別，將決定完成研究所需的處理器時間。最佳化過程中使用的目標函數，會對最後結果品質有顯著的影響。這章會說明目標函數的重要性。正確的目標函數是識別交易模型是否可靠的關鍵，也是應用推進分析程式時的要素。

交易策略最佳化過程中，模型的參數選擇乃基於目標函數，也就是大家熟知的最佳化功能和搜尋參數。有一句智慧之語說：「你的心放在哪裡，你的成就就在何處。」這句話套用在最佳化真是太貼切了。最佳化和模擬作業的性質本身就仰仗著

精細的運算。許多論文一直致力於找出更多有效方法來搜尋大量模擬的結果，以確認最佳和最穩健的參數。這些目標函數或搜尋方法的目標就是要找出最可靠的模型參數，同時讓所需的處理時間縮到最短。本章也凸顯出目標函數對最佳化與推進分析的重要性。許多交易策略都包含規則和公式，可以設定不同的參數。這些參數可能因不同類型的市場和條件而有所變化。這種交易策略通常都能受益於最佳化。如果該交易策略在第一階段的測試結果令人滿意，就可以進入第二輪最佳化測試。

第十章：最佳化，這章介紹最佳化交易系統最適當的方法。最佳化過程有兩個層級。第一是將交易策略對各種不同的市場和時間區段做最佳化。這個階段的主要目的是確認該最佳化作業強化交易策略的程度。如果策略在最佳化之後顯示績效變得更好了，那麼就可以接著作最後一輪的最佳化和測試：推進分析。

第十一章：推進分析（Walk-Forward Analysis），這章會提到利用推進分析實現策略最佳化、測試和驗證這三大目標的進階方法。交易策略最佳化後使用推進分析來衡量交易績效，指的是另外利用非樣本資料來模擬交易，也就是那些之前沒有包含在策略最佳化中的歷史資料。

首先，這也是非常重要的事。推進分析的目標是判別交易策略對於未知或是樣本外的歷史資料是否仍然有效。當然，這是判斷策略能否在真實交易中成功賺到錢最可靠的預測方法。如果模擬向前推進的結果良好，我們可以說，該策略很有可能也會持續在真實交易中獲利。

第二，推進分析（WFA）下一個最重要的目標是決定真實

交易時，所使用的最佳參數。第三個目標是決定最佳化的樣本大小跟交易策略多久需要被重新最佳化一次。

我在1991年，本書的第一版中對交易大眾提出推進分析（WFA）。而眾多經驗持續證明該方法在交易舞台上的優點，這是產生強大交易策略最具成本效益的方式，它會讓實際交易行為與歷史模擬能夠一致。雖然該方法效率高又實用，但我卻很驚訝這方法沒有被廣泛的接受和應用。

交易策略經過測試、最佳化、推進分析後，就必須進行評估或判斷。策略必須以投資角度來和其他投資工具作比較。策略也必須以統計分析及模擬報表、績效結構為基礎，與其它策略做評估比較。

交易策略評估與最佳化（第二版）

第十二章：績效評估，這章提出兩個相當重要但常被低估和誤解的程序。以目前完善的策略開發軟體與電腦技術而言，要進行交易策略最佳化相當簡單。然而，適當測試、最佳化跟評估交易策略的方法卻不一定廣泛為業界所知。

要進行最佳化相當容易，但得到正確評估並成功應用在實際交易卻非常困難。因此，很不公平的，最佳化方法已經被汙名化了，只因為正確程序和評價方法受到忽視。事實上，這種誤用最佳化的錯誤普遍存在，部分人仍然錯誤地把最佳化與過度配適（overfitting）畫上等號。

我們會在第十三章會看到，過度配適（overfitting）或曲線擬合（curve-fitting）是錯誤使用最佳化跟一些其他原因所導致的錯誤。

第十三章：過度配適多面性，交易策略的過度配適是因為對歷史資料做了錯誤的測試及最佳化。適當的評估最佳化是一

件非常困難的事。我個人認為，最佳化過程中最有效避免過度配適的方法是，透過推進分析執行最佳化[1]。然而並非所有的策略設計者都有能做推進分析的軟體。交易策略過度配適或曲線擬合的影響，會毀了歷史資料計算出來的結果，而且過度最佳化的交易策略往往會導致重大和立即的實際交易虧損。為了幫助策略設計者避免過度配適，我花了整整一章去點出誤用測試和最佳化方法產生的徵兆。

本章還廣泛討論各種用來檢測和避免曲線擬合的設計及方法，其中最有效的就是最佳化過程中使用樣本外資料測試。

任何交易策略的目標都是長期持續的實際交易獲利。一旦交易策略開發順利走完整個週期，也就是從策略公式化、測試、最佳化、推進分析、到評估。只有這樣，才能開始安全的做真實交易。

第十四章：交易你的策略，這章提出一些必須遵循的教戰守則，真實交易的績效必須透過電腦測試與策略回測統計資料中的利潤和風險知識來做評估。若實際績效評估失當，將會對交易策略設計者造成問題。基本上我們必須了解這個煞費苦心製作的交易策略，其實際交易成效應該會在交易策略回測報表所示的合理範圍之內。如果沒有這些基本知識，策略設計者就像在茫茫大海上沒有任何的導航設備的船長一般。

第二章
系統化交易優勢

　　新牛津美國辭典定義「優勢」一詞為「一種特質或是優越於對手之因素」，「策略」定義為「用來完成一個主要或是整體目標行動的計畫或是政策設計」，最後「交易」定義為「買進賣出貨物或服務的行為」。

　　在我們的領域中，讓我們把「交易」這個字定義中的「貨物或服務」改用金融市場買進（做多）或是賣出（放空）的部位，而且是在組織化的交易所中，像：芝加哥商品交易所（CME）、泛歐交易所（EUREX）或是紐約證券交易所（NYSE）。

　　當然，不用說我們交易的主要目標跟目的就是讓我們的戶頭成長，或者說產生利潤。

　　讓我們把這些定義組合並延伸，定義「交易策略」為「在組織化金融交易所中，藉著做多或做空市場來達到獲利報酬的行動計畫」。

　　接著，新牛津美語辭典定義「系統化」為「照著一

個固定的計劃、系統或井然有序的行動來完成事情」。

讓我們組合這些定義來得到系統化交易策略的定義：

在組織化金融交易所中，藉由作多或放空市場，去實現能創造獲利的井然有序的固定計劃。

讓我們回顧第一章所提到的名詞：系統化交易策略或系統化交易，在意義上跟以下名詞相同：交易系統、機械化交易系統、交易模型以及演算交易。

當然，任何交易策略的整體目標就是透過卓越的交易創造財富。卓越的交易指的是盡可能以最小的風險創造最大投資報酬率。此外，卓越的交易也意味整個交易策略的交易周期裡有著年復一年穩定可靠的優越報酬。

如前面所提到，交易的唯一目的是產生獲利。適當測試跟驗證系統化交易策略有益於追求交易獲利的主要理由是：

・可檢驗性
・可測量性
・一致性
・客觀性
・可延伸性

在接下來的章節，我們將徹底探討如何完成這些目標。但在這之前，讓我們先了解系統化交易策略的主要優點跟好處。本章提到理論與實務上，爲何人必須選擇系統化交易策略的理由。這是爲何需要系統交易的原因。

有人說交易是人的行爲，人類幾乎有數不清個理由去改變

跟扭曲我們的目標，不過那些理由可以寫成另一本書。然而這些容易犯錯的傾向，就是另一個必須使用系統化交易策略來交易獲利的重大理由。

系統化策略沒有情緒、不會犯錯，也沒有交易員的人為錯誤導向——除非是因為一些常見的人為錯誤判斷而導致其無效。適當且驗證過的系統化交易策略會持續以一致且客觀的電腦邏輯來追求交易獲利。

自由心證交易

讓我們來看看一些自由心證交易的優點跟缺點，並且從中得到些有價值的觀點。

新牛津美國辭典定義「自由裁決」為「決定在某些特定情況該怎麼做的自由」。這把自由心證交易的概念解釋得相當好。自由心證的交易者決定每次交易該怎麼做。這些決定都落在交易員的肩膀上。這靠的是交易員的技巧、知識、經驗、自我控制能力、情緒平衡跟紀律。

必須讓大家知道的是，即使我是倡導系統化交易的先驅，我也對成功自由心證交易員秉持著最高的敬意。自由心證交易需要熟練一大堆嚴苛的技巧。

自由心證交易者除了必需熟練一堆高深技巧外，最重要的是他們能夠長期成功的掌握自己。記住，無法緊跟已經證明為有效的策略，是系統交易者失敗的主要原因。自由心證交易者在每天進進出出的情況下，要保持自己不失控有多麼困難？

我們將這些想得深入一點。試想，當系統交易者遇到虧損

回落時，要繼續依照策略執行下一筆交易是多麼困難的一件事？（即使虧損回落程度仍在策略風險資料評估範圍之中。）那些自由心證交易者在接連虧損之後，還能再繼續交易下去的情況，不就比前者更爲困難？當然這樣的情形會嚴重的影響和侵蝕交易員的自信心。

隨後我們在這此會更仔細的探討系統化交易策略的好處，並特別強調這兩者間的差異。

讓我們想想自由心證交易者的有利因素。這相當簡單。目前爲止，最大的因素就是我不相信系統交易者能創造出，等同或是能超越自由心證交易者的獲利績效。

只要列舉一份廣爲人知、最厲害的自由心證交易者的簡短名單，就是這論點的證據。這份簡短名單包括傳奇億萬富翁華倫‧巴菲特（Warren Buffett）（我知道就他本身而言並不是個交易員，但他是世界第二有錢的人，而且他只靠投資致富）、喬治‧索羅斯（George Soros）、保羅‧都鐸‧瓊斯（Paul Tudor Jones）、布魯斯‧考夫納（Bruce Kovner）和提柏恩‧皮肯斯（T. Boone Pickens）。

這份交易界名人清單跟他們的億萬富翁身價，應該是足夠來證明自由心證交易跟投資確確實實有效。

起步

然而，還沒有系統化交易員的紀錄能與這些偉大交易員匹敵，並不意味這不會發生。如同我在本書序文裡面詳述的，系統化交易還沒能跟上目前科技進步的步調。一個嚴重的問題是

市售的交易策略開發軟體嚴重落後（這樣的情況是有因果關係的）。

最顯著的差異是具有高度技巧的自由心證交易者，其績效跟系統交易策略的績效只是程度上而不是類別上的不同。

自由心證交易者有大量各種不同交易方法跟交易策略的知識庫。舉例來說，知識庫中包含不同交易策略的優缺點，以及策略彼此間在不同市場狀況下的交互關係。這樣的交易員已磨練到相當敏銳的反射性跟觀察技巧，這樣的優點有時可以讓他在瞬間察覺出，複雜的市場型態已表示市場頭部已形成。如果他持有大量多頭部位，他會儘可能的快速出清。

當然，說得很簡單，但是重點是有經驗的自由心證交易者，對自己的交易有著大量不同的分析方法的知識、交易策略、市場經驗跟型態判別法。所有的知識都是綜合經驗的過程，由人腦來過濾、篩選及解譯，來達成買進跟賣出的決定。

相反的，想想一個相當簡單而出名的系統化交易策略——海龜系統，該策略因理查·丹尼斯跟一群他所訓練出來的交易員學生而聲名大噪。讓我們思考這個策略的終極簡化版本。海龜交易策略原來是衍生自一個系統交易的先驅——李察·唐契安（Richard Donchain）所研發的區間突破法。

當市場突破X天新高，海龜交易策略做多，而當市場跌破X天新低，海龜交易策略做空。他用短天期的Y日高低來做反向訊號出場。還有些其他變化，不過也沒有讓再它複雜多少，所以這些方法就在本說明裡面先忽略。

這些就是全部海龜交易系統的相關知識。突破X天新高就做多，而跌破X天新低就做空。Y天新高或新低就反向訊號多

單或是空單出場。原始的形式裡面不參考其他的方法或是資訊。任何有想像力的人一定都可以想出一大串指標加進策略裡面來改進它。然而，這邊有一點要注意，不是策略過於簡單，雖然這點也很重要，而是這邊沒有任何其他的資訊來決定做多做空。

這就是我為什麼說不同的地方，至少在這個點上，熟練的自由心證交易者跟系統化交易策略就有程度上的不同。這邊沒有理由相信系統化交易策略可以超越自由心證交易者的知識庫。但至少就我所知，系統化交易策略還沒辦法做到，不表示未來也做不到。

當電腦專家剛開始研發利用電腦程式來下西洋棋，普遍也認為電腦不可能擊敗西洋棋大師。1997年IBM的深藍（Deep Blue）擊敗蓋瑞‧卡斯帕洛夫（Garry Kasparov）時就有了突破。

證據慢慢顯示，系統交易的先驅找到研發、測試跟交易更精密、獲利更高的系統交易策略。回想序文裡面所說有著卓越績效的科學家先進，像D.E.蕭、文藝復興科技公司跟預測公司。我個人相信俗話說的「好戲還在後頭」。

為了支持這個看似唐突的言論，必須參考完全利潤的概念。我為了衡量推進分析的績效創造了這個概念。我在本書第一版的第125頁討論模型效率時提出了這個概念。更詳細的討論會放在本書第十二章：績效評估。

在第十二章裡面「完全利潤」的定義是，等於買在每個低點跟賣在每個高點的所有能擁有的潛在獲利。

當然，這是理想化跟不可能的目標。然而，考慮五年來五

個市場日線的潛在（完全利潤）獲利。表2-1列出五個市場的
資料。

表 2-1　五年來五個市場日線的完全利潤

	完全利潤日資料	
	2002年1月到 2006年12月	每年平均
輕原油	$887,440	$177,488
歐洲美元	$56,887	$11,377
日圓	$601,000	$120,200
黃豆	$783,450	$156,690
標準普爾	$2,368,000	$473,600
總計	**$4,696,777**	**$939,355**

　　考慮若能持續擁有25%以上的年化報酬率，會讓避險基金
或是商品交易顧問（CTA）具有最頂尖的績效。依照巴克萊交
易集團（Barclay Trading Group）2007年六月的資料，只有16個
商品交易顧問（在全球375個中）有連續五年超過25%的報酬
率。

　　現在，看平均每年標準普爾期貨市場交易的潛在獲利
（$473,600＝$2,368,000/5），以一口契約對一個$100,000美金的
帳戶來說，報酬率是474%。而表中平均五個市場每年的完全利
潤是$939,355・我們帳戶的報酬率是939%！

　　現在讓我們考慮11,000檔上市股票，7,000檔共同基金，超
過200種不同的期貨市場，潛力變得相當驚人。當我們知道在輕
原油市場5、30跟60分鐘線也有高度潛在獲利，我們就可以了解
所有的市場都可以運用廣泛的時間軸做交易，當然潛在獲利不
是無限大，但是已經是相當的大了。

　　這的確提高了積極交易員下一個投資組合策略的目標跟難

度。當我們想到系統交易可能延伸到所有市場跟時間軸，有進取心跟想像力的策略設計者，可能會開始去為了十年前無法想像的投資回報而努力。

　　既然我們已經看過期貨系統交易平台可能的潛在獲利，讓我們接著看看系統方法交易的具體好處。

驗證

　　新牛津美國辭典定義驗證為「對某事物建立事實、精確性或是有效性。」

　　我們測試交易策略的主要原因是為了決定其是否有效，也就是能不能產生獲利。事實上，完整測試系統化交易策略最首要的優點，就是判斷是否有潛在獲利。另一個面向則是成功完整測試的系統化交易策略能證明交易概念有效與否。

　　若沒有合理評估交易策略經風險調整後的獲利，便無法知道策略是否值得交易。若沒有合理評估潛在風險，則不可能知道交易策略的真正成本。

　　我們如何確認交易策略能否有正的獲利期望值？這就必須透過建立跟評估歷史模擬結果。這名詞會在第六章：歷史資料模擬中正式定義跟詳述。

　　為什麼策略設計者非得經歷一堆麻煩痛苦的過程，去建立跟評估歷史交易模擬，只為了驗證交易系統的有效性？答案相當簡單；我們必須檢視策略是否有效，是否在過去的歷史資料中能有獲利。我們也想讓實際交易行為能貼近或類似於歷史模擬報表中的獲利模式。這些會在第十一章與第十二章中探討。

我們也很好奇，如果交易策略處於非穩定市場行情，或不同市場商品中所展現的獲利與風險。如果我們發現交易策略在某些狀況下（必要條件）跟許多市場中（希望，但非必要條件）獲利，我們就能更進一步驗證交易概念。同時也知道我們有了一個更有價值的交易策略。

只要是客觀且公式化的交易規則，都可以轉譯成電腦能理解的格式。程式交易系統可以應用在數年歷史價格資料或多種不同型態的市場上：如股票、債券、期貨與選擇權等等來做測試。當交易策略經過完整詳盡的研發與測試後，所有的測試結果皆為正向，我們就可以知道這是能獲利的交易策略。我們可以將交易帳戶存入資金並開始交易，並且對其正向且持續的獲利可抱以高度信心。

相反的，考慮如果我們將一堆模糊、缺乏一致性且未經驗證的概念就拿來開始交易，那麼會發生什麼事？第一，這樣的設定無法用電腦測試。我們只是對這些交易概念的優點有信心。但我們不知道該策略過去的風險及獲利，或是過去是否有效的完整知識。這樣模糊跟未經驗證的概念當然還是可以拿來交易。所需要的只是一些交易資本、結算所跟一個帳戶。然而，這些方法導致的結果在過去記錄中屢見不鮮，而且很容易預測。而這些可能的結果一定都是「九成輸錢交易俱樂部」中的一員。

就像我之前提到的，即使是個自由心證交易員，都有著交易計畫及系統化決定的進場點、出場點、部位大小等等。第二，如果交易沒有良好的事先計畫，就和做事情沒有計畫一樣，結果都是失敗。你會沒有任何計畫就開始開展事業嗎？如

蓋房子不需要建築跟工程圖？或展開五千英哩的旅程不帶地圖？那麼爲什麼有人沒有交易計畫就開始交易？

這讓我想到（W.D.Gann）威廉‧江恩的名言：「一個醫生在能開藥前上了四年的醫學院；一個律師在開始執業前上了三年的法學院；憑什麼只是砸了一堆錢做交易，就能讓一個沒受過訓練的人變成交易員？」

驗證對交易的好處——當交易策略從頭到尾都成功地通過了測試，就等於被驗證出有正期望值。同時也證明該交易策略在實際交易中能合理獲得與歷史模擬中同樣程度的獲利。有了這樣的知識，交易員就有合理基礎去堅定相信交易策略能有效用來交易，並忠實的跟隨該策略。

量化

交易策略評估與最佳化（第二版）

新牛津美國辭典定義「量化」爲—表示或是測量其數量。

適當研發跟評估交易策略的另一個重大好處，是最後可以得到高度詳盡的數值結果。獲利與風險需要被正確量度的理由有二。第一個理由是決定風險調整後報酬是等於、低於或是優於其他交易或投資工具。第二個理由是決定帳戶資金的最佳化配置，以取得最大比例的潛在報酬。

而量化或統計評估交易策略的另一個重大好處是，如此可以讓不同交易策略精確的互相比較。由於不同的交易系統其風險及獲利會有差異，而各種市場商品的潛在獲利也有所不同，所以各個系統間唯一有意義比較就是其風險調整後之報酬率。

風險與報酬

交易策略經電腦化測試便可以衡量其風險與報酬。這些測試還可提供大量非常有用的數據,像是交易次數、平均每筆交易獲利、獲利與虧損的統計跟逐年的交易績效表現。這些統計數據共同構成績效報表。表2.2是績效報表的範例。

或許歷史交易績效報表中最重要的一點好處就是能用來適性評估報酬。獲利不能在未衡量其所受風險前就單獨被評估。

表 2-2 績效摘要的範例

摘要報告期間
R1_Test_SP SP-9967.TXT 11/1999-12/31/2000 XTct系統 (38,38,3)

績效摘要:所有交易

總淨利	$185,450.00	未平倉損益	$2,350.00
總獲利	$415,325.00	總虧損	($229,875.00)
總交易次數	113	勝率	60.18%
獲利次數	68	虧損次數	45
單筆最大獲利	$31,875.00	單筆最大虧損	($22,650.00)
每筆平均獲利	$6,107.72	每筆平均虧損	($5,108.33)
均勝均虧金額比	1.20	每筆平均損益	($1,641.15)
最大連續獲利次數	4	最大連續虧損次數	3
獲利交易平均K棒	5	虧損交易平均K棒	5
最大權益回落	($34,875.00)	最大持有部位	1
獲利因子	1.81	年化報酬率	267.90%
帳戶所需資金	$34,875.00		

績效摘要:所有交易

總淨利	$82,350.00	未平倉損益	$0.00
總獲利	$220,975.00	總虧損	($138,625.00)
總交易次數	57	勝率	57.89%
獲利次數	33	虧損次數	24
單筆最大獲利	$22,475.00	單筆最大虧損	($22,650.00)

(續下表)

每筆平均獲利	$6,696.21	每筆平均虧損	($5,776.04)
均勝均虧金額比	1.16	每筆平均損益	($1,444.74)
最大連續獲利次數	4	最大連續虧損次數	3
獲利交易平均K棒	5	虧損交易平均K棒	5
最大權益回落	($22,650.00)	最大持有部位	1
獲利因子	1.59	年化報酬率	183.17%
帳戶所需資金	$22,650.00		

績效摘要：所有交易

帳戶總淨利	$103,100.00	未平倉損益	$2,350.00
總獲利	$194,350.00	總虧損	($91,250.00)
總交易次數	56	勝率	62.50%
獲利次數	35	虧損次數	21
單筆最大獲利	$3,1875.00	單筆最大虧損	($19,350.00)
每筆平均獲利	$5,552.86	每筆平均虧損	($4,345.24)
均勝均虧金額比	1.28	每筆平均損益	($1,841.07)
最大連續獲利次數	4	最大連續虧損次數	3
獲利交易平均K棒	5	虧損交易平均K棒	5
最大權益回落	($19,350.00)	最大持有部位	1
獲利因子	2.13	年化報酬率	268.43%
帳戶所需資金	$19,350.00		

交易策略評估與最佳化（第二版）

　　為了解釋此原則，考慮以兩個不同交易策略及其風險報酬為例。策略甲每年獲利$2,500美元，其風險是$500美元。該系統獲利並不遜色。風險也不是很大。更進一步計算其報酬風險比例為5比1（$2,500/$500＝5）。該系統調整後風險的回報非常吸引人。讓我們計算當承受三倍風險，加上保證金$5,000美元作為必需資本。所以經風險調整過後策略的報酬率為38.5%〔$2,500/（3×$500＋$5,000）〕。

　　而策略乙年獲利為$50,000美元，風險同樣也是$50,000美元。單就獲利來看，該系統相當出色。然而其風險也同樣很大。該策略1比1的報酬風險比例並不是非常吸引人。策略乙經風險

調整過後策略的報酬率為32.3%〔$50,000／（3×$50,000＋$5,000）〕。

哪個策略比較好？如果我們單看獲利，毫無疑問是策略乙比較好（$50,000對$2,500）。然而，如果我們能正確判斷兩者風險調整後的報酬率，或說是策略每賺一塊錢的成本，則可以得到策略甲所產生的報酬比策略乙高出了百分之6。

獲利與風險兩者間息息相關無法切割。交易員及投資人不能只知其一而不知其二。

績效報表

績效報表是交易績效統計數字的彙整報告。這就像用X光或是核磁共振攝影（MRI）來掃描一個人。如此透視策略才能徹底檢驗交易系統的內部運作。更重要的是該報表可以當做一個參考藍圖或績效評估標準，讓你判斷實際交易中哪些結果值得被期待、或是哪些狀況不該發生——這更是關鍵。這也提供我們一個檢查交易策略實際績效是否符合預期的機制。這會在第十四章中詳談。

績效報表對於適當管理交易系統化策略來說相當關鍵。如果沒有精確、統計可靠的風險調整報酬率衡量，就無法評斷未來的損益是否與策略歷史模擬成效相同。更重要是如果沒有統計可靠的風險量度，就無法管理未來的交易風險。當然，也就不可能有合理的交易。風險是判斷策略交易成本的主要因素。還有，如果無法適當衡量風險，就不可能管理投資組合。

績效報表還能讓我們更深入了解策略對於各種不同行情下

所展現的行為，像是上升趨勢、下降趨勢，或是在市場成交量跟波動率很高及很低的狀況。交易策略的計量化也可以延伸到不同市場。單一市場的獲利風險衡量對於建立多市場或一籃子投資組合相當重要。如果缺少了個別市場的風險調整報酬率，就無法適當的配置市場及平衡投資組合，以達到風險調整後的最大報酬。

計量化的交易優勢——交易策略風險與報酬的量化，提供了交易策略在實際交易時正確配置資金的數學基礎。統計績效報表也是計量化的結果，它提供了一個評估真實交易績效的里程碑。除了這些特點的價值，這些知識應該更能增加交易員對交易策略的信心，並可作為獲利的保證。

客觀性

新牛津美國辭典定義「客觀性」為「在考慮或是呈現事實時不受到個人感覺跟意見影響」。

換言之，一個客觀的交易規則不會因個人意志而扼殺了交易獲利：尤其是那些不一致的意見跟不受控制的情緒。更進一步說，客觀的系統交易策略是自外於交易員的心智。換言之，為了正確執行，策略不會憑藉交易員的心志或高度不穩定的情緒。一旦被定義跟驗證後，客觀的系統交易策略就有了它自己的生命，就像其他的人造物品，獨立於創造者之外。

情緒並沒有錯誤——畢竟創造性的情緒是美好生活的驅動者跟泉源。然而，沒有紀律跟不能理解的情緒放進交易裡面會變得相當不可靠。這些都因為典型的情緒——貪婪跟恐懼扮演

交易策略評估與最佳化（第二版）

了太重的角色，常常會毀掉交易。而缺乏自信或自我懷疑則是另一種情緒，會對交易獲利有高度傷害。[1]

什麼是典型交易員的恐懼效應？我們都知道恐懼的情緒會觸發我們生理系統，產生迎戰或逃走的反應。如果我們選擇迎戰，就跳進去。當交易員選擇跳進去時會做什麼？他會持續交易，不論結果是好是壞。

如果選擇逃走，我們會想辦法逃離威脅。交易員逃離的反應是什麼呢？答案是：退出交易（通常發生在狀況對我們不利的時候），不管這樣做是否正確。

典型交易員的貪婪效應又是什麼呢？貪婪會使人提早讓交易出場：「我最好趁現在獲利還不錯的時候讓獲利落袋」，交易員提早將獲利落袋後，只會看到這筆交易最後的獲利比起提早落袋的獲利還大上了三倍。

另一種典型的相反反應是持續抱著一筆交易太久。想法就像這樣：「我在這筆交易裡每口已經賺了$5,000美金；這真不錯，但我賭如果我抱更久，我每口合約會再賺$2,500美金」，交易員續抱只會發現他的獲利減半，又或許會因為下個交易日的反向跳空開盤變成了虧損。有一句老諺語可以替這些狀況做成非常好的結論：「牛可以賺錢，熊可以賺錢，只有豬是被宰的。」（譯註：牛是指牛市多頭，熊是指熊市空頭。）

典型的交易員自我懷疑效應又為何呢？最典型的效應是，交易員總是事後批評跟自我審問說不該做某個交易，或是該用某種方法降低部位大小，而且這些都違反他自己的交易規則。這樣的疏忽會有什麼結果？通常是沒做或降低部位的的交易，剛好都是可以賺大錢的交易。

沒紀律的情緒所造成的不穩定效應是不一致性的主要肇因。還有恐懼、貪婪跟自我懷疑會對交易有巨大的負面衝擊。這些效應還會被其他情緒所影響，像是交易員身體的狀況，是健康或是生病，有充分休息或是精疲力竭，飢餓或是飽足，快樂或是悲傷，緊張或是平靜等等。

缺乏紀律跟混亂情緒是交易公敵——特別是恐懼、貪婪跟自我懷疑。相反的，排除交易員的心志、情緒跟意見的公正性，則是維持一致性的最佳盟友。

客觀性的交易優勢——客觀的系統交易策略自外於且獨立於交易員的心智、心情跟情緒。一旦建立公式化且完整研究後，系統化交易策略就擁有自己的生命跟獨立性。更進一步說，交易策略是獨立於交易員經常性的情緒亂流之外，能免除這些怪念頭的傷害。如果能一絲不苟的遵循這些系統化交易策略，交易紀律就自然而生。

一致性

新牛津美國辭典定義「一致性」為「遵從某件事情的應用原則，特別需要的是某種邏輯、精確性跟公正性」。

為什麼一致性對交易獲利如此重要？事實上，一致性可被認為是對交易獲利具最大影響之要素。為什麼呢？交易一致性意味著交易策略產生的每個交易，都應用了相同的交易規則——如進場點、出場點、交易的部位大小、風險管理等。在真實交易中自動執行交易策略會產生獲利跟虧損，而這些結果與可獲利且驗證過的穩定歷史模擬回測，具有一致性。在執行系

交易策略評估與最佳化（第二版）

統交易策略時，若改變這些規則就會打壞歷史模擬的一致性。

交易策略最佳化後會產生一組穩定的模型參數，讓風險跟獲利能保持脆弱的平衡。可以確認的是，交易策略越好、越穩定，平衡就越沒這麼脆弱。但即使最穩定的交易策略，最終也可能會被人為干預，刻意的接受或拒絕交易訊號給毀掉。

只有當交易策略的風險能被適當判別與衡量時，實際交易裡的風險才能被成功監控跟管理。如果風險無法被明確定義，或持續在改變，則風險便不可能被完善管理。有句話說「會飄的靶難打中」。試圖去管理無法定義的風險，就像如此。

「無法忠實跟隨系統交易策略」是什麼意思呢？這表示交易策略的規則，受到任何人為未經測試的決定所推翻、干擾或是改變。從另一個角度來看這些人為干預，或我們稱為策略受交易員干擾，這些動作不論在理論上或實際上，都會導致策略暴露於未經測試的新變數或規則下。

不接受交易訊號就是一種典型的交易員干擾。當然，謹慎的讀者可能會問，為什麼交易員會不接受一個被證明且測試過的交易策略訊號呢？這確實是個非常好的問題，而且完全跟交易員的心理層面有關，但當然不是本書會提到的內容。簡單的說，這種狀況往往跟恐懼及缺乏自信有關。然而，如果沒有完整接受每個交易策略所發出的訊號，就會改變研發過程中精確測量出的獲利風險平衡，導致策略結果變成一個未知且漂浮不定的目標。

為了更明確的解釋漂浮不定的風險，讓我們考慮一個虛構的交易系統X。X平均勝場獲利$1,000美元，平均虧損$500元，勝率為45%。有了這些統計數字，我們可以合理的假設經過100

筆交易後約略會有$45,000美元的獲利（0.45×100×$1000＝$45,000）跟約略$27,500美元的虧損（0.55×100×$500）（在沒有交易員干擾的情況下，每筆交易訊號都被接受）。這會讓X系統有淨獲利$17,500美元（$45,000－$27,000＝$17,500）。

現在讓我們考慮系統Y。Y是一個不定型——可能是系統X的偏離型態。Y有45%的勝率，平均勝場獲利$1,000美元跟未知的虧損（我們有可能估算出交易員干擾案例裡的虧損嗎？）。經過100筆交易後，可以合理的預測有45筆交易獲利，產生的獲利約有$45,000跟55筆交易虧損。然而，這55筆虧損的金額是未知的，因為Y沒有關於風險的規則跟統計資料。淨損失可能是$11,000美元（假設平均每筆虧$200），讓淨獲利變成$34,000美元。這樣還不錯。但也可能導致淨虧損$82,500美元（假設平均每筆虧$1,500）產生淨損失$37,500美元。當然，還可能有比這更糟糕的情況。

交易策略評估與最佳化（第二版）

就如這簡單的例子所示，忽略交易策略風險就無法適當估計交易策略的報酬。更糟的是，如果對風險一無所知，如何能夠適當配置交易策略的資金。很明顯的，沒有人能知道到底下一筆交易會賺、會賠。而交易員能夠選擇接不接受下一個交易訊號的唯一理由只有——交易員能預知它的結果。但這是不可能的。因此對交易訊號挑三揀四真正的影響就是——破壞策略研發過程中所得到的風險獲利的微妙平衡。

我總是會想到一些很諷刺的交易，至少是我親眼看過的，沒做到的交易經常是賺錢的，更嚴重的是常常是大賺特賺。相反的，做到的交易常是虧錢的。這不用高科技科學家也可以看出這樣的行為會有什麼結果。

讓我們回到把風險看成漂浮不定物體的比喻。延伸上一段內容的邏輯可以得到，若錯過賺錢的交易卻跳進虧損的交易，會導致獲利減少虧損增加而毀掉獲利跟風險的平衡。另一種系統化交易策略的交易員干擾典型可以延伸到交易部位大小，這可能很快就會導致毀滅性的結果。讓我們看看以下的例子。

　　交易策略出現一連串的勝利，連續獲利了7次而且部位大小也適當，每次的交易單位是兩口合約。一連串獲利交易的衝擊跟大幅度的資產增長後，交易員覺得交易策略不可能出任何錯誤，便把部位大小增加到每次交易十口合約。不論是交易新手或老手都知道，一連串的勝利都會有盡頭。我們炙手可熱的交易策略也會，接著而來的是3筆典型的交易虧損，但交易部位大小是——十倍。五倍大的部位連續獲勝可以賺五倍，賠錢當然也是五倍。結果是交易員除了虧掉之前連勝賺來的獲利之外，還吐了更多回去。

　　如果沒有每筆交易進場、出場、風險跟部位大小的一致性依據，就不可能評估成功的機率。不論是自動化或是自由心證的交易，我們必須了解到當缺乏策略本身的風險資訊時，任何交易都是不明智的。

　　一致性也意味著可以提前了解有任何突發狀況時，要如何依照預先訂好並驗證過的規則做出反應。相反的，因貪心跟恐懼情緒所產生的不一致交易便無法預測。考慮當突如其來、大規模的政治與經濟事件偶發，因價格大幅波動產生的戲劇化快速巨額報酬、或是痛苦昂貴的虧損時，如此風險資訊所能帶來的好處，即便這些事件並不常發生。

　　一致性的交易優勢——一套穩固的系統交易策略必須沒有

誤差或例外的一致套用相同進出場規則，並以有條不紊的數學邏輯與冷靜的電腦確切執行。在這樣的條件下，當這段時期市場活動仍相當一致時（不一定會如此），實際交易的損益與盈虧頻率才會跟績效報表中的回測結果貼近。

可延展性

新牛津美國辭典定義「可延展性」為「應用一個既有的系統或是活動到新的領域」。

將領域這個字用市場代換，我們就對可延展性有了初步的清楚概念。如果我們把市場這個字用市場跟時間軸來代換，我們還有另一個概念的重要應用。如果我們更進一步加入系統化交易策略。這樣一來我們藉著完全自動化，就可以看見經由交易策略延展性所帶來的大幅優勢。

其中一個最有價值但常被忽略的系統化交易策略優點是，給予足額的資金跟電腦運算能力，它可以應用到很多不同市場跟時間軸，而且它可以證明本身是有效的。把這個邏輯做更進一步重要的延伸，給予同樣的附帶條件，一大群不同的系統化交易策略，可以交易一個跨市場並且跨時間軸的投資組合。

在很大程度上，即使交易員有很強的精神能力，我不認為有誰能夠以不同的時間軸一次交易一籃子的策略及市場商品。鑑於全球市場的崛起，現在幾乎可以一個星期7天，每天24小時交易。誠然有可能有一組專業交易的工作人員，可以全時段交易這樣複雜的工具。這也是事實，現今所有大型交易機構都有一個全年無休的交易部門。這當然花費相當昂貴。但是，如果

考慮要更符合成本效益，可利用快速可靠的電腦設定交易工具。這樣的計算機交易室將只受限於其硬體和通信能力。並且也應注意的是這種高度電腦化交易部門已經存在。

現在許多主要各種不同市場都已使用最近迅速崛起的電子交易（許多專家認為很快將涵蓋所有市場）。這與迅速崛起的自動下單機制結合後，我們期待一籃子交易系統的交易策略，能在一籃子市場和時間軸中有完善的發展。又再次可確定的是這種具有高度系統性的交易也正在運作中。但是這並未遍及所有角落，至少現在還沒有。

延展性的交易優勢——一個可獲利且良好的交易策略系統透過電腦運作，使得交易員可以在其想要投入的市場作虛擬交易。而這種以電腦交易的系統化交易策略，使得成本能有效地運用，並更有效的延伸到一籃子的多重市場、多時間軸和多策略，並納入資產管理和投資組合。自動下單的有效性與效率使他們越來越普及。現在，透過電腦交易一個高度複雜的系統交易策略，在技術上已可行，除了建立策略、測試和改進外，並不需要有人力參與。

歷史模擬的益處

新牛津美國辭典定義「模擬」為「產生一個計算機的模型」。而「模型」的定義為「一種系統或過程描述，特別是數值上的，以協助計算和預測」。

交易策略歷史模擬是交易績效以交易模型規則作評價，所產生的一個模型或表述，即歷史損益表報告書。

模擬交易如何產生？需要有兩件事：模擬交易軟體和市場價格歷史資料庫。然後第一步是要以計算機可測試語言建立一個精確的交易策略規則公式。其次，將該策略公式交由具有交易能力的電腦應用程式對歷史數據作處理或應用，即交易模擬器。然後交易模擬軟體會收集所有由交易策略在該歷史時期的交易資料，包含買進、賣出、個別獲利和虧損，而建立由許多不同統計數據所構成的績效報告。其中所包含的細節程度與資訊型態，隨各種應用程式不同有所差異。然而在眾多不同報告中有許多統計資料是共通的，例如，淨利，最大權益回落，交易筆數，勝率，和交易平均損益。

　　以適當的軟體產生歷史模擬是一個不複雜的過程。一旦掌握了交易模擬軟體所需的歷史價格資料庫，要產生交易模擬便是一個相對簡單的過程。要推導出交易策略是否具有正面預期也就很簡單了：歷史模擬如果不是獲利，就是虧損。但很重要的是，要確定歷史模擬所產生的結果是否能在實際交易中重現，又是另一個截然不同的問題了。

　　我們在之後的章節會詳細探討這些主題的細節，包括實例。但我們現在要對模擬交易有一個基本的想法，它所提供的訊息，讓我們能夠繼續找出建立與測試交易策略所能獲得的各種好處。

正面預期

　　如同我們在上一節所論，我們測試策略的其中一個主要原因就是，要看它是否有效，換句話說，就是是否有正面的獲利

預期。如果結果模擬可獲利，至少我們現在知道我們的策略在過去一段時間可以獲利，而我們可以運用一些方法確定，該策略在未來交易裡是否也能產生這樣的報酬。準確的交易策略歷史模擬，是唯一能夠用來確定策略是否能有正面預期的方法。當然另一種方法就是直接開始交易這個未經測試的策略。但我不會推薦後者。

　　歷史模擬和其評估可以且必須回答兩個非常重要的問題。首先，策略設計者需要確定交易策略在歷史期間的有效程度。這必需當成是投資一般，與其他許多種競爭商品進行比較。這就是第十二章探討的績效評估。

將來獲利可能性

　　第二個更為重要的問題是，確定策略在實際交易所產生的行為是否與其在歷史模擬中所獲得的成效一致。這是一個更困難的決策。這會在第13章探討：過度配適多面性。

　　此外，如果使用推進分析最佳化和驗證策略，到達這種具高度信心的判斷更為單純且機械化。這會在第11章中探討：推進分析（WFA）。這是本書的中心論點，推進分析是最有效和補救避免過度配適的方法。當然歷史模擬是推進分析的一種運作模式。事實上，等我們看完第十章，可知道推進分析是對交易策略過程增加了另一種程度的模擬。

　　我們可以看出歷史模擬本身並不能回答這個很重要的問題。而是透過評價以下項目得到決策：

　　　・歷史模擬本身

・研發歷程

・最佳化過程

・推進分析

後面章節會告訴我們，只要遵循正確且嚴格的應用程序便能獲得高度信心，實際交易成效也可能更符合歷史成效。當然這一切在完成歷史模擬後才能開始。從開始到結束皆正確地執行模擬、最佳化和評估交易策略是一個複雜而艱辛的過程。我們已經看到要建立交易策略歷史模擬是多麼容易。然而準確評估歷史模擬的有效性，事實上卻並非如此簡單。

此外，要為交易策略建立實際交易可行性的高度信心是一個複雜且困難的過程。正如我們將看到，推進分析其中一個最大的好處是這個問題的一盞明燈。

績效報表

當確定交易策略在實際交易中，具有正面且可獲取之獲利預期，就是交易策略走出歷史和構想的領域，並進入實際交易之時。本程序中會產生歷史模擬和各種統計分析，而隨後會以交易策略績效報表為基礎來做分析並判斷其穩健性。

適當資金配置

本報表有兩個主要用處。第一種是，使用此資訊來確定適當的交易帳戶最低資本。追求穩定，高度而有時是巨額的交易獲利是推動交易員的動力。但是，風險大小會告訴交易員得付

出多少成本才能達到這個利潤。如果缺乏評估其中的風險，則報酬無法正確評估。績效中唯一有意義和實際的測量方法是風險調整報酬。這個績效統計衡量的中心定義會在第十二章：績效評估中仔細討論。

我們在此關心的是，這個方法是衡量適當交易帳戶資本的中心理論。適當資本是指一個帳戶資金具有足夠的資金以吸收最大的風險，或者回落，使交易策略能持續下去。更重要的是，它不僅要能吸收這種回落，該帳戶還必須要有足夠的資金在回落後能能繼續交易策略。正如他們在賭桌所說的：「如果你付不起，你就不能玩下去。」換句話說，如果回落清空了你的交易帳戶，你將無法繼續交易，也無法彌補先前的損失並持續讓獲利創新高。

實際交易績效評量

第二種，績效報表更重要的是實際交易績效評價之應用。若一個系統化交易策略能適當的研發，實際交易的表現一般應符合統計績效報表。當然這不可能對應的非常精準。這將在第十四章：交易你的策略中，詳細探討。

但如果實際績效與績效報表顯著不同，無論是獲利或虧損，那麼我們就必須找出造成這種差異的原因。如果無法找到一個正當理由，那麼就更要有高度警覺，直到交易自己開始調整貼近到績效報表。要注意有時若策略發生偏離，並非總是都能恢復正常。

當然，如果損失超過預期，我們會太快考慮放棄策略。但

這往往不是是正確的決定。相反的，如果我們的策略獲利比成效報表中大很多，我們走到銀行的一路上可能都會開心個不停。當然，必需要有充分的理由來解釋為意外的超額利潤。然而必需切記一件事，巨額虧損通常緊接著巨額利潤而來。波動性如同劍的兩面。總之，歷史模擬的好處是：

・確定正面預期的和其衡量
・確定實際交易獲利可能性的方法
・妥善資本化交易帳戶之方法
・實際交易的衡量標準

交易策略評估與最佳化（第二版）

最佳化益處

新牛津美國辭典定義「最佳化」為「視情況、機會和資源，做最好的或最有效的使用」。

最佳化交易策略則是使其有最好或最有效的利用。而我們最佳化交易策略其中一個主要的原因，就是為了得到交易績效高峰。我們看到在下一節中所討論的推進分析，則是將該步驟作更進一步的應用。

大多數的策略會使用各種不同的數值構成交易規則。例如，兩個移動平均線交叉系統的移動平均長度都會有一個數值。無論分析師是否要作最佳化，如果需要的話任何策略的規則都能加入這些可最佳化的數值。

而最佳化的第一個功能就是確定交易策略適當的值，以得到最強大的執行成效。如同交易模擬軟體建立歷史模擬，最佳化過程也同樣艱辛。然而若能正確的執行本步驟，要得到最健

全之參數就不會那麼困難了。

第二個最佳化功能，更重要也更困難，是要得到一個穩健交易策略評估。這會在第十二章：績效評估中詳細探討。在此要注意的是策略穩健性，或者是說一個交易策略在這個研發階段中用來展現自身穩健性的證明。

任何在市場中打滾夠久的人都知道，市場行情是處於相對的穩定變化狀態。趨勢會結束並改變。波動率會有所起伏，交易量也是。政治和經濟事件對市場會有不同程度，而時有巨大的衝擊。

市場中唯一不變的原則就是市場不停的在改變。因此交易員必須建立一套基本規則以靈活地適應交易市場的變化。而不斷變化的市場行情將一定會對系統化交易策略績效有所影響。另一個最佳化主要功能是使系統化交易策略，在面對不斷變化市場時，能達到並保持最高交易績效，對於推進分析亦然。

適應不同類型的市場也是交易策略最佳化和推進分析的一種功能。每個市場都有自己獨特的特性。一個交易策略其中一組參數集可能在某個市場中表現良好但在另外一個市場卻成效不彰。我不認為只用一組參數集就能在所有市場中都得到最好成效。根據我的經驗，這種情況很罕見。事實上，我傾向於對不同市場選擇個別的交易模型參數值，如此可提供交易策略一個額外多元化投資組合的層面。最佳化會確認每個市場的最佳的參數組合。

最後，對不同的交易員而言，其交易資金、可用時間、電腦硬體資源、獲利預期、風險承受能力和性格都不同。另一個最佳化應用則是依交易員個別所需調整交易策略。該程度會因

交易策略風格與交易市場之不同而有所差異。總而言之，最佳化的好處有：

- 達到最高績效
- 評價策略穩健性衡量
- 維持最高績效
- 適應不斷變化的市場行情
- 適應不同市場
- 適合不同交易員

推進分析的益處

推進分析的正式定義與說明會在第十一章：推進分析中建構並正確闡述。在此，我們的目的是要充分地注意到，推進分析是一個被稱為，周而復始的最佳化或定期再最佳化的系統化正式執行方法。

推進分析中一個最主要的好處是確立交易策略的穩健性。推進分析中心論點與最大好處是確定策略的可信任程度，因而交易員可以預期，該策略在實際交易中之執行成效能符合歷史測試結果。

另一個推進分析重要優勢是，當市場趨勢和波動性改變時，仍能產生最高交易績效。由於推進分析提供了一種以目前價格行為作定期最佳化的方法，這通常就意味著它可以產生優於傳統最佳化的交易績效。由於做這種定期最佳化的目的是使策略適應目前價格數據，因此也提供了一條能持續使交易模型適應不停變化市場行情的有效途徑。總之，推進分析主要好處是：

・評估交易策略是否能在實際交易中表現良好的可能性

・交易策略穩健性衡量

・達到一個優於傳統最佳化程度的最高交易績效

・透過更有效地適應持續改變的市場行情，以維持優越的
交易績效

通透性了解的優勢

任何以本書所介紹研發與測試交易策略之方法，將提供交
易員五大好處。

這五個重要的好處是：

1.對策略報酬與風險全面性準確地瞭解

2.策略能在實際交易執行績效符合歷史模擬的高度信心

3.合理和可靠的策略實際成效評估基礎

4.不論在好與壞的時機都能有堅持交易策略的信心

5.對於交易策略與其實際交易成效更廣泛徹底的瞭解，這
使策略能夠更容易成功地改進，並隨著時間推移進一步
完善交易策略。

前面章節已涵蓋交易的系統方法的前三個好處。我們可看
到此方法可以：

・準確地了解交易策略邏輯

・詳細的了解交易策略行為

・策略在不同市場條件下的運作

・一個鑑於歷史成效評價實際交易的合理方法

至於第四與第五項好處，會進一步闡述。

信心

如先前所提到，運用系統方法從事交易所能獲得之眾多好處中其中最重要的就是：信心。最堅實的信心必需建立於知識和瞭解之基礎之上。

我一直特別喜歡威廉・甘恩（W.D. Gann）所說的一句話：「不要用希望作交易」。以系統化方法研發交易策略才能獲得知識。有了知識，我們就不需要去希望。

這個過程所產生之最重要知識是：

- ・我們策略的運作
- ・其成效
- ・其風險
- ・其穩健性
- ・其產生實際利潤的可能性
- ・評估實際績效的方法

一旦對策略具備如此全面的知識，交易者只需要希望了市場行情對策略有利。他不需要希望策略是否有效，因為他知道他徹底地評估過的策略能提供最好的交易成功預期。

由全面性測試與徹底瞭解交易策略所得到的充實知識，能使交易員對他的策略擁有巨大且具充分根據的信心。而這個具充分根據的信心，會增加交易員維持嚴守策略操作紀律的可能性。正確嚴謹的完善測試交易策略是，長期交易成功的最大保證。相反的，如果交易策略的完善測試中有所偏差，往往會導致交易失敗。

最重要的是，這種以知識為基礎的信心，更容易使交易者

有能力持續保持交易，尤其當發生無法避免的連續虧損，權益回落，和低報酬時期。交易者必需具備的是交易知識，而不是虛假的希望。

策略的精進

有了對交易策略理論基礎透徹的瞭解，便能使交易者更容易不斷地完善改進策略。具備了這方面的知識，就能讓交易者更簡單且更有成效地觀察到，策略在實際交易中之行為，發現其長處與弱點所在，並著眼於提升優點到更高境界，並在未來的考驗中限制後者的擴大。

例如，考慮一個順勢系統。假設策略是由價格突破由移動平均線所圍繞的波動通道所驅動。作為策略建構者和交易員，你發現到訊號有一個明顯落後於市場行為的趨勢。當你知道了這一點，便可以尋求其他的模型或指標，以減少此差距。

考慮一個逆勢策略。假設該策略是由極端買超或賣超指標的讀數所驅動，如隨機擺盪指標（KD隨機指標）。作為該策略的設計者與交易員，你發現實際交易的最佳訊號發生在中期週期的頂部和底部的趨勢。有了這些資訊，開發人員可以研發週期檢測軟體，作為潛在策略訊號過濾方法。

第三章
交易策略研發程序

　　交易策略的研發是個相當複雜的過程，是以許多相關及獨立的策略所構成。在小心處理每個步驟並完整考慮所有訊號的情況下，整個過程將相當明確。

　　簡而言之，交易策略研發及應用應有下列八步驟：

1. 制訂策略
2. 轉化為電腦可測試的形式
3. 初步測試
4. 最佳化
5. 績效及穩健度評估
6. 策略交易檢驗
7. 監控交易績效
8. 修改並精進策略

　　每個步驟會在之後各章節中討論。本章涵蓋兩個主題，首先是本書所使用的理論邏輯定位。再者是研發過程綜觀，主體性大綱及關聯性，之後章節會有詳細解說。

策略研發的兩個理論方法

交易策略研發有兩種主要的科學理論方法。第一種方法將原始設計概念化並應用至交易策略中。藉由系統化及歷史資料驗證每個交易策略中的元件。所有細節都必須合理才能開始。強烈建議將此視爲交易策略的主要科學方法，本書及我的交易也是如此運作。

第二個方法稱爲經驗法則最爲恰當，但更進一步的，其交易策略研發者的邏輯已被電腦人工智慧所取代。

經驗法則被使用在各種型態的電腦軟體技術上，已在包含指標，圖樣與價格行爲等的大型資料庫中，搜尋出可使用且能夠獲利的交易規則。換句話說，電腦會選擇指標並最佳化模組以產生策略。雖然人工智慧已經發展有一段歷史，我並不覺得其運作已可取代人的重要性。

該方法主要缺點在相對地很容易陷入過度參數化的沼澤中。也因此交易者經常無法了解該交易策略的程序運作邏輯。基本上一個交易員是不會願意將百萬美元投入一個不明的策略中。

科學方法

如此敘述會比較好：應用科學方法研發交易策略的科學途徑。即大膽假設，小心求證——成立，則可穩健獲利；或不成立，則無法用其交易。無論一個理論是否已被證實其眞僞，更深層研究的科學辨證與細部的精進仍是可以繼續的。如此一來，所衍生更爲精進的新理論則可再被評估其是否可接受。研發交易策略的科學方法將在本書中詳細討論。

交易策略評估與最佳化（第二版）

使用科學方法所構成的交易模組提供莫大好處，因為交易員可完全了解交易模組運作並可預期其成功。該方法提供許多好處，不僅只是其策略所提供的進出依據而已。

下面的範例說明該方法的睿見。市場行為理論意指異常巨大動量浪潮推動了新趨勢方向的開始。我們稱此交易策略為動量浪潮策略（Momentum Surge Strategy,MSS）。該策略設計者公式化交易原則並驗證其理論。

該策略如下：市場價格上漲至昨日收盤價加上前三天價格範圍均價的55%時買進，市場價格下跌至昨日收盤價減去前三天價格範圍均價的75%時賣出，出場價為相對訊號。

交易員將該交易規則轉化為電腦可測試之語言，產生了歷史模擬交易結果並作評估。MSS因此被證明為兩年以上五種不同市場中的最佳獲利模組。最佳化與推進分析測試揭露了MSS之獲利能力，而其也真正被應用到真實交易上。因為經完整測試後，其即時交易成果如同測試一般良好，所以可持續用以交易。更進一步地，交易員可以持續修改精進此系統。

以我的經驗，多數交易員選擇使用科學方法。多年來我也是如此並有所斬獲。有鑑於我及其他人的成功，我仍依照著本書中提及的科學方法。

經驗研發方法

此第二種方法藉由通稱為計算機智能的大型計算機陣列工具，如類神經網絡，資料探勘，和其他電腦人工智慧技術等產生了非常龐大的結果資料。這並非本書所要探討的專業與命題。實際上一個完整分析很容易就產生一大堆的資料。

因此讓我們以較簡單的角度，來檢視一些特別交易員的行為範例，以找出交易策略。

假設想像一個交易員正使用策略研發軟體，他使用統計計量陣列來判斷，交易策略在歷史資料測試後所得到的獲利與虧損分析。雖然他應用了書上所找到的公式，但卻無法完全了解其運作，優缺點或陷阱。

30種指標中也許有一兩種在某段時間內讓交易員覺得可行。那是因為這是該策略在某部分資料中最佳化獲利所得到的結果。當運用其開始交易，一切不如想像中順利。往往在損失一半的權益後才發現事態不妙。不幸的是，該交易員又開始樂觀地在他資料庫中找尋下一個可用的系統。一但他找到了，又會重複做同樣的事，而同樣的命運又會再次降臨在他身上。

當然現在的新人工智慧應用程式已經純熟地可以避免這種狀況發生。然而精密又難以理解的人工智慧軟體依然隱藏了其中的運作，導致了前述類似狀況又再度發生，而且總是會發生。而這些精密的人工智慧科技經常會讓策略設計者不得不沉默地接受其結果。這導致相當大的錯誤，因為策略設計者往往無法得知該取樣從何而來或如何認證，或他們是否該相信其真的有效。

話雖如此，我仍知道有不少極富經驗且有能力的策略設計者應用這些軟體來發展經驗策略。但我仍要聲明，我認為以這種方法設計策略將面臨相當多困難且不易達成。注意任何使用本方法所設計的策略，必須以同樣的平台作測試與實際操作，並用科學方法監控。又若策略設計者無法確切了解買賣訊號如何產生，他也就無法得知該策略是否運作得當。

交易策略評估與最佳化（第二版）

這種方法還有一個更難解決的既有問題。該研究程序往往被電腦處理程序的複雜度所箝制，例如軟體限度，或是當作大規模最佳化或推進分析時所需的強大電腦處理能力。

綜合以上原因，使用經驗方法研發交易策略，必然消耗大量人力與時間才能完成完整的推進分析驗證。如同眾所皆知的類神經網絡一般，這是終極最佳化科技。所以我相信嚴密的推進分析是所有策略絕對必要的最終驗證。

以我的意見，必定將經驗發展策略作嚴密的推進分析並監控，且不預期其統計之理論效益。

我相信多數的專業交易員以經驗法則研發交易策略時，經常是很勉強的，而且大部分的狀況都是，因為交易邏輯和規則並不是那麼顯而易見或是好了解。而多數使用此法的交易員也耗損了許多人力物力來研發策略。但許多交易員包括我在內，並沒有這麼多毅力耗在此種有黑箱作業大缺點的交易策略上。

沒理由說未來科技進步無法解決這些高成本的研發法，但這並不是本書討論的重點。我還是繼續依循科學方法來研發交易策略。

交易策略設計流程概要

我發現每個成功的交易策略都是透過八個步驟來研發。像所有的事一樣，策略一開始都只是個想法。如果這想法經過以下八個步驟而演變為一個賺錢的交易策略，那麼我想這一定是個最有效的方法。

以下八個步驟：

1. 將交易策略的想法定義具體概念與公式化。

2. 轉化這些規則為可定義，可物件化，且電腦可測試的格式。

3. 作個初步測試。

4. 最佳化交易策略，指的是該策略公式所能達到的最大的風險調整後報酬。

5. 我強烈建議要評估交易策略穩健度，並以推進化分析方法檢驗實際交易能產生之獲利。

6. 實際使用該系統交易。

7. 監控交易成果並確認其表現是否如同歷史資料模擬測試。

8. 改善該系統。

落實每個步驟才能有成功的交易策略。必須持續的利用下個步驟所得到的資訊，來改進調整上一個步驟。尤在第七步最為明顯。一個好的系統就必須不停地評估與修正並改進其交易策略。利用本方法也能從原始策略中衍生全新的策略。

步驟1：公式化交易策略

所有事物一開始都只是個想法，策略也是。構成交易策略的規則必須一次列出。策略可以視需求簡單或複雜，不過複雜度並不是重點。重要的是你要能夠完整地確認每個規則的細節。

最危險的就是交易員無法完整的列舉所有規則。糟的是，這也是交易員最常犯的錯誤之一，尤其對於新手而言。最後，系統交易策略必須精簡為數個精確的規則與公式。如果這個交易構想無法轉化成這種格式，則無法成為策略。

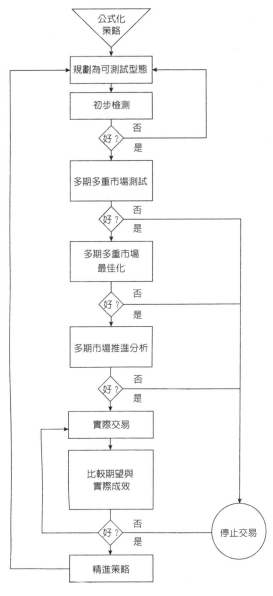

圖 3-1　交易策略研發的科學方法

步驟2：轉化規則為可定義格式

　　當所有規則寫下後，轉化其成為一個具邏輯一致性的格式，這是前一步驟該確認的。如果該公式不夠明確，邏輯不連貫，缺乏關鍵元素，或是有所錯誤，接下來程序會非常辛苦。為了讓策略可做測試，你必須把交易策略轉化為你所使用測試平台軟體的電腦語言。

　　METASTOCK、TRADESTATION，或是TRADESTUDIO都有自己的一套語言，也各有優缺點與不同特點。也許有些廠商不會同意如此，但所有的程式碼都是使用高階程式語言，並特製了許多開發交易策略所必要的元件。

　　EASYLANGUAGE，TRADESTATION使用的程式語言軟體，是從一種曾經被廣泛使用可是已經沒落的程式語言PASCAL演變而來。而物件導向的TRADESTUDIO則被認定為是VISUAL BASIC的相似軟體。而METASTOCK則被歸納與EXCEL是同類。

　　不論使用哪種平台，準確地把你的規則轉化為程式碼是絕對必要的。不精確的程式碼轉換會導致模擬測試的錯誤。而且，沒有這些程式碼，是無法回測歷史資料或評估成果的。

步驟3：初步測試

　　當策略中所有程式碼都確認而準備測試後，有兩個目標。第一是看策略是否在該進出時買賣，第二是檢驗初步交易成果測試報告。

　　剛開始你必須確認你轉換的程式碼，是不是和你所構想的相同。換句話說，程式是不是在短期均線漲過長期均線時買進？是不是在短期均線跌破長期均線時賣出？簡而言之，就是

交易策略評估與最佳化（第二版）

你是否有把你所想的買賣訊號正確變成歷史資料測試裡的買賣點了？

　　第一個目標就是確認程式碼完整表現出你原本所構想的交易策略買賣點。如果不是，那程式碼則需要修改直到它可以完成這個目標。

　　第二個目標是在更進一步測試之前，大略了解一下這個策略可能的報酬與風險。這個模組測出來應該要有適當的獲利，或至少在幾個市場或幾段時間內不會有太大的虧損。不一定要全都是獲利的，但如果都沒賺錢，或是有很大的虧損，那你可能還是放棄這個策略的好。相反的，如果結果看來不錯是可用來交易的，那就是好的開始了。

　　這樣的測試並非有徹底決定性的效果，但它主要是提供兩種資訊；一是交易策略已經正確地被運用在可測試的平台上。二是你從何開始改善你的交易成果。現在你已經知道該如何挑選正確的交易策略並繼續研發。

步驟4：最佳化交易策略

　　「最佳化」一辭從最新美國牛津大字典裡被定義為：將效果提高到最大或最好。

　　如同上定義，最佳化策略就是把策略效果提高到最好。讓程式賺得最大可獲利報酬且控制風險在一定水平。這就是最佳化交易策略的最終目標。

　　由於長期以來校正程序的濫用與忽視，「最佳化（optimization）」一詞，不幸地有時被誤解為「曲線擬合（curve-fitting）」的同義字。曲線擬合是統計學上對於資料群體的逼進直

線或曲線。有的時候也會被誤解或錯用爲「過度配適（overfitting）」的同義字。

過度配適發生在統計模組處理過程中，過度地增加曲線或參數來配合資料分佈的狀況。交易策略發展過程中的過度配適則是指，交易員不斷增加交易規則或參數到策略中，最後反而導致程式失敗。在第十三章會有更詳細說明。

如同過度配適的危險例子，最佳化也有許多陷阱。如果你正確地照著本書做，則可以避免許多錯誤。瞭解如何正確最佳化你的交易策略，可以幫助你更了解策略與其所帶來的獲利。最佳化是簡而易懂的，以現在的回測軟體而言就更不用說了。但若不完全瞭解其中原則，則不可能眞正正確地最佳化。兩種避免這些陷阱的方法在第十三章中會說明。

簡而言之，最佳化是將不同模組參數各取一段範圍，對某段時間做歷史價格資料測試而得到的數據結果。最佳化程序是利用物件功能只選擇了所有結果中最好的一小部分。第九章會進一步討論物件功能的驚人效果。如果你仔細依循這些規則來進行最佳化，這一小部分結果將在實際交易中獲得相當大的潛在利潤。

第一次所有測試成果會被表列出。例如第一次測試後，前50%能夠獲利的條件會被顯示。顯示分類方式有許多種，在此關鍵是獲利增加幅度與最大權益回落的減少幅度。用整體最佳化結果來檢測交易程式是否健全在此也相當重要。這個具相關性的複雜程序會在第十章中討論。

本步驟的成功取決於交易成果是否在被測試的市場中獲得了更好的成效。並且也要注意到一些影響策略穩健度的特徵。

步驟5：推進分析

這是在研發交易程式中最嚴謹的步驟。簡單的說，這是關鍵步驟。交易員在此步驟決定策略是否可行。換句話說，你在此判斷你預期的回報是否被過度配適，或是策略實際交易表現的穩健度等在前幾個步驟未被發現的問題所影響。如果在非樣本測試中策略回報過度配適問題，並且缺乏穩健性，你必須回到上一步重新列表，可以說是重新評估這策略。相反地，你可以慶幸這策略通過了測試，而下一步便可實際交易。

我們如何做非樣本穩健度評估呢？第十一章中會詳加討論許多種解決這個棘手問題的方法。然而我建議最有效且最實際的方法就是推進化分析（推進分析）。實際上以此可以省下許多時間與精力來做更多的最佳化程序。簡言之，推進分析嚴格並獨立的在後期最佳化或非樣本交易中判斷交易策略成果。這也是交易員最常用以模擬試驗最佳化交易策略的方法。推進分析在第十一章會有詳細介紹。

推進分析第一與最重要的優點就是驗證策略實際交易能力。換句話說是問交易策略在最佳化後是否仍有活力？它是否能在實際交易中賺錢？ 當然，推進分析並不是真實交易，但推進分析提供了更貼近真實交易的模擬，使許多交易員能將可最佳化的交易系統應用在實際交易上。

第二個優點是可以更精準且更真實的衡量最佳化後的交易報酬及風險。這在第十一章會解釋。

因為推進分析所產生的統計報表包含多重最佳化與後期最佳化交易期間統計，可以準確的衡量樣本內與非樣本的報酬率。最後，推進分析還提供市場狀況衝擊的影響分析。自然狀

況下的趨勢改變，或是巨大波動率或流動性問題所帶來的負面影響。一個良好健全的模型必須能承受這些改變。如果一個交易策略通過如此嚴謹的推進分析就可以準備用來實際交易了。

本步驟的測試有效解決了三個對交易系統來說，是極重要的核心問題：

1. 交易模型經過最佳化後是否能獲利？
2. 最佳化後交易模型所能賺錢的比率為何？
3. 市場狀況大幅變動，如趨勢，波動率，流動性改變後對交易成果如何影響？

步驟6：交易該系統

再經過如此嚴密測試與評估交易後，相較之下構想交易系統反而是較簡單的部分。交易訊號依照策略研發時使用的公式與規則經電腦所產生。你唯一要做的是確保每個訊號都是照著策略走，以讓你更接近成功之道。

賴利‧威廉斯最常提醒系統交易員的一句話：「交易策略沒問題，交易員才是問題。」

許多賺錢的交易系統都是存在的。我也相當相信好的策略會持續被創造出來。但是，成功的系統交易員卻很少。為什麼呢？許多交易員缺乏充分自信及對策略的了解，導致策略在連續虧損後便無法堅持下去。也有不少交易員是因為缺乏自我紀律沒能遵照策略下單。雖然經驗已經證明系統交易是最有效的賺錢方法。

雖然有策略成果的風險與獲利報告和良好的系統停損，有助於產生更大的信心與紀律，但事情還是會發生。

接下來的作業相當簡單： 既然你的策略已經完整測試，且可以在實際交易中運作，「請相信它」堅決執行每個訊號。

這並不是說交易策略不會虧損。當然會，而且這是策略交易員的職責，重要的是要了解其會產生的風險為何？還有就是要確保資本足夠度過連續虧損。最後，交易員必須要知道何時該停止使用這個交易策略。第十四章會詳述。

步驟7：評估實際交易成效

為了讓交易系統成功運作，交易員必須持續監控實際交易成果，瞭解其交易情形是否如同研發策略時的預期。平衡狀態改變時便能提供預警。交易員要知道是什麼產生了影響？

很多交易員太快放棄一個策略，即使其虧損頻率和最大限度仍在策略成果報告所提供可容忍的範圍內。原因經常是對程式缺乏信心。缺乏自我紀律也是提早放棄的因素之一。

相反的，有些交易員反而在剛開始獲利時就選擇出場。這也是相當嚴重的偏差，儘管獲利是令人高興的。這種行為也需要有個好理由。之後你會學到哪些重要原因導致這種無法解釋的獲利。

這些知識會對未來豐收之路有所幫助。同樣也會指出有可能的大幅虧損，因為波動率的變化總是會帶來非預期性的大虧損。接下來所學會點出該如何改進策略，而非預期的巨大獲利則可能是個警訊。

步驟8：改善該系統

持續觀察追蹤策略報告裡的每個買賣點，進出場訊號可以

得到很有價值的資訊。在不同市場或時期，可以用來研判策略的強度與弱點。

　　觀察策略在不同市場狀況所表現的行為，可以刺激出許多策略的新想法。當然，一旦策略有所改進或是有了新策略成形，完整的研發程序與測試，依然需要徹底執行才能用以實際交易。

交易策略評估與最佳化（第二版）

　　我在上一章點出的重點——要正確的研發交易策略將是個漫長的過程。如果以更嚴密地專業交易行為來製作，那這條路會比漫長還來得更長。在循環研發過程中所使用的平台如同其他軟體工具一般，可能會有很大的裨益，卻也可能是個障礙。糟的是，即使擁有了最佳化、評估、穩健度測試等極致要件，錯誤的研發軟體依舊會對程式交易員產生毀滅性的影響，即便他做了最大的努力。

　　本章綜觀簡述交易策略研發軟體不同屬性，對於從概念到投資組合一整個測試週期的效率影響。要一一介紹所有研發平台已超過本書可容納範圍。我也不會推薦或比較我是使用何種平台來完成我的目標。本章焦點是其完成整個評估及研發交易策略所需要使用的多層面分析能力。

　　首先是選擇一個覺得最適合你需求的軟體。各種研發軟體都已商業化，並可自訂指標與策略用以執行回測（back-testing）。換句話說，這些軟體都可以讓你輸入策略，然後做歷史模擬測

試。主要作用也會包含策略最佳化。你也可詢問是否有你所要的功能，或是差異為何？不過到底還是買了才知道。

程式語言

如同我將在第七章：公式化與規格化中討論的，各種軟體平台使用之程式碼語言其功能性和使用方便性有著相當大的不同。使用方便度是對於每個人來說程度都不同，全看設計者的個人特質，技巧熟練度與經驗。一般而言是熟能生巧。最好是如果你已經對某種程式語言很熟悉，那選擇一個使用相近程式碼的平台會比較簡單。相反地，如果你完全不懂寫程式，建議你先看看程式碼範例再做決定。

當然有很多研發平台也使用類似視窗精靈的輔助工具或是範本，可以用來減少許多編寫程式上的麻煩。多數專業策略交易研發者不願意使用程式編寫精靈，因為使用這種精靈便無法編寫出他們所需之高度精密複雜的程式。還有在購買前也須注意如果你不是很想，或無法學習軟體平台所使用的程式語言，你必須確認該軟體所使用的精靈，可以且有足夠的能力完成你想要編寫的程式碼。但你得了解在未來成為專業系統交易策略設計者的漫長路上，使用精靈不會是一個好的解決方法。

事實上編寫程式碼對於中上程度的人來說並不那麼困難。讓我這個有20年經驗的人說簡單也許難令人信服，但這是真的。當然，對於某些人來說可能很容易上手，但也有某些人很難學的會。如果你無法或者不願學習如何撰寫程式碼，別怕。你可以請專業程式設計師或顧問來代勞。當然，得多花一點成

本，但也不失為一個選擇。在第七章會有各種平台的程式碼範例可供參考。

診斷分析

這是初學者常忽略的一個區域。我在第八章會討論，確認你程式碼所產生的交易訊號符合你當初所構想的買賣點。

許多策略研發軟體都可在測試時，將買賣訊號標示在價格線圖上的功能。

如圖4.1，TradeStation產生的線圖，買進訊號箭頭標在線下方，賣出訊號則標在線上方。在初步測試過程中，所有買賣訊號都明顯標示在線圖上是非常有幫助的。尤其是可以用來找出

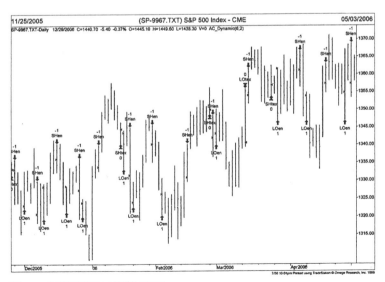

圖 4.1 標準普爾500指數 CME

程式碼產生的錯誤。也有其他相當有幫助的圖。例如對於特殊
狀況在價格圖上顯示不同顏色，或是設定一些價格區間用以判
斷市場狀況。

　　圖4.2是TradeStation使用PaintBars功能，將所想要的特徵
以較深且黑的方式顯示價格線。

　　圖4.3是TradeStation用ShowMe功能，將線圖中符合要求
的價格線上下加上大圓點。

　　當需要分析更為複雜的交易策略訊號時，這種診斷對於策
略設計者就更形重要了，如此才能計算策略公式所產生的實際
訊號狀況是否符合原則。這經常是要透過把註解資訊在程式碼
裡面來辦到。如此設計者可以親自檢查程式碼的計算是否精
確，或用以找到錯誤。該資訊可以列印，輸出至檔案或是在螢
幕上顯示。

交易策略評估與最佳化（第二版）

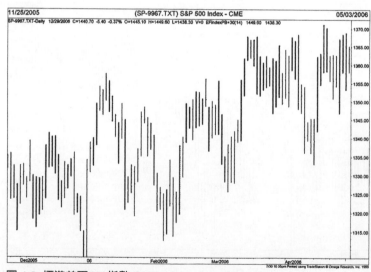

圖 4.2 標準普爾500指數 CME

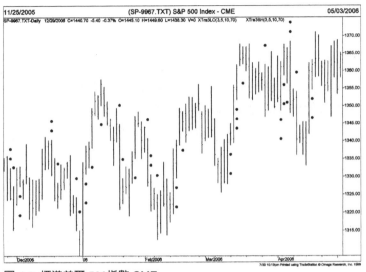

圖 4.3 標準普爾 500指數 CME

表4.1顯示EasyLanguage程式碼中，用以診斷交易系統規則的參數。

表 4.1 交易系統規則診斷

變 數			
1020318.00RSIeix:	91.21 Position:	1.00 Position Price:	1200.00
1020318.00RSIeix:	91.21 Position:	1.00 Position Price:	1200.00
1020318.00RSIeix:	91.21 Position:	1.00 Position Price:	1200.00
1020318.00RSIeix:	91.21 Position:	1.00 Position Price:	1200.00
1020319.00RSIeix:	91.00 Position:	1.00 Position Price:	1200.00
1020319.00RSIeix:	91.00 Position:	1.00 Position Price:	1200.00
1020319.00RSIeix:	91.00 Position:	1.00 Position Price:	1200.00
1020319.00RSIeix:	91.00 Position:	1.00 Position Price:	1200.00
1020320.00RSIeix:	84.51 Position:	1.00 Position Price:	1200.00
1020320.00RSIeix:	84.51 Position:	1.00 Position Price:	1200.00
1020320.00RSIeix:	84.51 Position:	1.00 Position Price:	1200.00
1020320.00RSIeix:	84.51 Position:	1.00 Position Price:	1200.00
1020321.00RSIeix:	75.19 Position:	1.00 Position Price:	1200.00
1020321.00RSIeix:	75.19 Position:	1.00 Position Price:	1200.00
1020321.00RSIeix:	75.19 Position:	1.00 Position Price:	1200.00

有時詳細檢視線圖中策略參數改變對訊號的作用會提供幫助。此種偵錯工具在整合研發軟體裡是相當常見的功能。但並非所有策略研發軟體接包含該工具。這些偵錯工具的特殊效用非常具有價值，特別是用在更複雜的交易策略語法中。該偵錯程序有時會相當錯綜複雜。請注意你所使用的策略研發工具在這方面所提供的功能。尤其當你特別注重該程序時。

交易報告

接下來的優先考量是研發工具所產生之報告型態與資訊。這樣的報告已成為各種軟體間之標準。典型報告中包含成果摘要，其提供交易策略之各式統計資料，如淨利、最大權益回落、交易次數、勝率、獲利平均、虧損平均、平均交易損益。這些交易資料又會被分成多單與空單兩部分。表4.2為交易策略使用TradeStudio對日圓試算所產生之交易成果摘要。

表 4-2 成效摘要

成效摘要期間

XT99aWK_WF_jy JY-9967.TXT 1/1/1990 ─ 12/31/2006 XT99AWK()系統

成效摘要：所有交易

總淨利	$85,062.50	末平倉損益	$800.00
總獲利	$184,987.50	總虧損	($99,925.00)
總交易次數	91	勝率	45.05%
獲利次數	41	虧損次數	50
單筆最大獲利	$22,425.00	單筆最大虧損	($4,912.50)
每筆平均獲利	$4,511.89	每筆平均虧損	($1,998.50)
均勝均虧金額比	2.26	每筆平均損益	$934.75
最大連續獲利次數	6	最大連續虧損次數	7

（續下表）

獲利交易平均K棒	51	虧損交易平均K棒	19
最大權益回落	($25,487.50)	最大持有部位	1
獲利因子	1.85	年化報酬率	19.65%
帳戶所需資金	$25,487.50		

成效摘要：多方交易

總淨利	$3,750.00	未平倉損益	$0.00
總獲利	$71,162.50	總虧損	($67,412.50)
總交易次數	47	勝率	34.04%
獲利次數	16	虧損次數	31
單筆最大獲利	$20,837.50	單筆最大虧損	($4,912.50)
每筆平均獲利	$4,447.66	每筆平均虧損	($2,174.60)
均勝均虧金額比	2.05	每筆平均損益	$79.79
最大連續獲利次數	3	最大連續虧損次數	6
獲利交易平均K棒	42	虧損交易平均K棒	17
最大權益回落	($19,512.50)	最大持有部位	1
獲利因子	1.06	年化報酬率	1.13%
帳戶所需資金	$19,512.50		

成效摘要：空方交易

總淨利	$81,312.50	未平倉損益	$800.00
總獲利	$113,825.00	總虧損	($32,512.50)
總交易次數	44	勝率	56.82%
獲利次數	25	虧損次數	19
單筆最大獲利	$22,425.00	單筆最大虧損	($3,975.00)
每筆平均獲利	$4,553.00	每筆平均虧損	($1,711.18)
均勝均虧金額比	2.66	每筆平均損益	$1,848.01
最大連續獲利次數	6	最大連續虧損次數	7
獲利交易平均K棒	56	虧損交易平均K棒	22
最大權益回落	$14,775.00	最大持有部位	1
獲利因子	3.50	年化報酬率	32.40%
帳戶所需資金	$14,775.00		

　　每筆交易資料報告也相當重要。其中應當包含日期，價格，策略及每筆進出訊號。當然交易明細會包含每筆交易之獲利與虧損，並累計總結。表4.3為TradeStudio回測日圓交易策略所產生之交易明細。

表4.3 交易明細

交易期間　XT99aWK_WF_jy JY-9967．TXT 1/3/1990-12/31/1999 系統：XT66AWK（10，10）

買賣	進場訊號	市場	進場日期	口數	進場價格	出場日期	出場訊號	口數	出場價格	交易盈虧	累計盈虧
BUY	LOen	JY-9967.TXT	8/22/1990	1	114.68	10/30/1990	LOex	1	123.44	$10,750.00	$10,750.00
SELL	SHen	JY-9967.TXT	10/31/1990	1	123.29	1/25/1991	SHex	1	122.10	$1,287.50	$12,037.50
BUY	LOen	JY-9967.TXT	1/28/1991	1	121.86	2/28/1991	LOex	1	121.65	($462.50)	$11,575.00
SELL	SHen	JY-9967.TXT	3/1/1991	1	120.61	4/9/1991	SHex	1	119.69	$950.00	$12,525.00
BUY	LOen	JY-9967.TXT	4/11/1991	1	119.58	5/1/1991	LOex	1	119.57	($212.50)	$12,312.50
SELL	SHen	JY-9967.TXT	5/2/1991	1	118.86	6/25/1991	SHex	1	118.88	($225.00)	$12,087.50
BUY	LOen	JY-9967.TXT	6/26/1991	1	118.99	8/2/1991	LOex	1	119.26	$137.50	$12,225.00
BUY	LOen	JY-9967.TXT	8/13/1991	1	120.14	10/30/1991	LOex	1	123.26	$3,700.00	$15,925.00
BUY	LOen	JY-9967.TXT	11/12/1991	1	124.12	2/10/1992	LOex	1	126.72	$3,050.00	$18,975.00
SELL	SHen	JY-9967.TXT	2/11/1992	1	126.04	5/5/1992	SHex	1	122.60	$4,100.00	$23,075.00
BUY	LOen	JY-9967.TXT	5/6/1992	1	122.80	7/29/1992	LOex	1	125.71	$3,437.50	$26,512.50
SELL	SHen	JY-9967.TXT	8/5/1992	1	125.93	8/20/1992	SHex	1	126.73	($1,200.00)	$25,312.50
BUY	LOen	JY-9967.TXT	8/21/1992	1	126.76	10/13/1992	LOex	1	129.78	$3,575.00	$28,887.50
SELL	SHen	JY-9967.TXT	10/20/1992	1	130.08	12/16/1992	SHex	1	128.41	$1,887.50	$30,775.00
BUY	LOen	JY-9967.TXT	12/17/1992	1	129.17	1/6/1993	LOex	1	127.54	($2,237.50)	$28,537.50
SELL	SHen	JY-9967.TXT	1/7/1993	1	127.35	2/2/1993	SHex	1	127.81	($775.00)	$27,762.50
BUY	LOen	JY-9967.TXT	2/5/1993	1	128.13	7/9/1993	LOex	1	138.91	$13,275.00	$41,037.50
SELL	SHen	JY-9967.TXT	7/12/1993	1	138.71	7/28/1993	SHex	1	142.29	($4,675.00)	$36,362.50
BUY	LOen	JY-9967.TXT	7/29/1993	1	142.09	8/31/1993	LOex	1	143.39	$1,425.00	$37,787.50
SELL	SHen	JY-9967.TXT	9/1/1993	1	142.46	11/16/1993	SHex	1	141.48	$1,025.00	$38,812.50
SELL	SHen	JY-9967.TXT	11/23/1993	1	139.36	1/19/1994	SHex	1	137.80	$1,750.00	$40,562.50
BUY	LOen	JY-9967.TXT	1/21/1994	1	138.21	3/4/1994	LOex	1	142.11	$4,675.00	$45,237.50

SELL	SHen	JY-9967.TXT	3/7/1994	141.73	1	SHex	1	143.97	3/30/1994	($3,000.00)	$42,237.50
BUY	LOen	JY-9967.TXT	3/31/1994	144.04	1	LOex	1	143.23	5/19/1994	($1,212.50)	$41,025.00
SELL	SHen	JY-9967.TXT	5/23/1994	142.70	1	SHex	1	144.13	6/14/1994	($1,987.50)	$39,037.50
BUY	LOen	JY-9967.TXT	6/17/1994	143.88	1	LOex	1	148.14	7/27/1994	$5,125.00	$44,162.50
SELL	SHen	JY-9967.TXT	7/28/1994	147.72	1	SHex	1	147.02	9/2/1994	$675.00	$44,837.50
BUY	LOen	JY-9967.TXT	9/6/1994	147.46	1	LOex	1	146.28	10/6/1994	($1,675.00)	$43,162.50
SELL	SHen	JY-9967.TXT	10/7/1994	145.92	1	SHex	1	148.74	10/19/1994	($3,725.00)	$39,437.50
BUY	LOen	JY-9967.TXT	10/21/1994	149.27	1	LOex	1	147.12	11/25/1994	($2,887.50)	$36,550.00
SELL	SHen	JY-9967.TXT	11/29/1994	146.73	1	SHex	1	145.72	1/19/1995	$1,062.50	$37,612.50
BUY	LOen	JY-9967.TXT	1/27/1995	145.90	1	LOex	1	163.12	5/4/1995	$21,325.00	$58,937.50
SELL	SHen	JY-9967.TXT	5/5/1995	162.68	1	SHex	1	162.07	6/2/1995	$562.50	$59,500.00
BUY	LOen	JY-9967.TXT	6/12/1995	162.65	1	LOex	1	160.50	7/6/1995	($2,887.50)	$56,612.50
SELL	SHen	JY-9967.TXT	7/7/1995	160.03	1	SHex	1	141.45	9/27/1995	$23,025.00	$79,637.50
BUY	LOen	JY-9967.TXT	9/28/1995	141.99	1	LOex	1	140.75	10/13/1995	($1,750.00)	$77,887.50
SELL	SHen	JY-9967.TXT	10/16/1995	140.96	1	SHex	1	139.85	11/15/1995	$1,187.50	$79,075.00
BUY	LOen	JY-9967.TXT	11/20/1995	139.24	1	LOex	1	138.80	12/19/1995	($750.00)	$78,325.00
SELL	SHen	JY-9967.TXT	12/22/1995	137.82	1	SHex	1	132.77	4/26/1996	$6,112.50	$84,437.50
BUY	LOen	JY-9967.TXT	4/29/1996	134.32	1	LOex	1	131.04	5/24/1996	($4,300.00)	$80,137.50
SELL	SHen	JY-9967.TXT	5/28/1996	130.25	1	SHex	1	130.22	7/25/1996	($162.50)	$79,975.00
BUY	LOen	JY-9967.TXT	7/30/1996	130.15	1	LOex	1	129.95	8/14/1996	($450.00)	$79,525.00
SELL	SHen	JY-9967.TXT	8/19/1996	129.82	1	SHex	1	125.94	11/13/1996	$4,650.00	$84,175.00
BUY	LOen	JY-9967.TXT	11/14/1996	125.79	1	LOex	1	124.42	12/6/1996	($1,912.50)	$82,262.50
SELL	SHen	JY-9967.TXT	12/9/1996	123.91	1	SHex	1	116.93	3/5/1997	$8,525.00	$90,787.50
BUY	LOen	JY-9967.TXT	3/10/1997	116.80	1	LOex	1	116.58	3/11/1997	($475.00)	$90,312.50
SELL	SHen	JY-9967.TXT	3/12/1997	116.13	1	SHex	1	118.79	5/14/1997	($3,525.00)	$86,787.50
BUY	LOen	JY-9967.TXT	5/15/1997	120.30	1	LOex	1	119.35	7/23/1997	($1,387.50)	$85,400.00

（續下頁）

交易策略評估與最佳化（第二版）

買賣	進場訊號	市場	進場日期	口數	進場價格	出場日期	出場訊號	口數	出場價格	交易盈虧	累計盈虧
SELL	SHen	JY-9967.TXT	7/24/1997	1	119.07	8/15/1997	SHex	1	117.74	$1,462.50	$86,862.50
BUY	LOen	JY-9967.TXT	8/21/1997	1	117.83	8/22/1997	LOex	1	117.49	($625.00)	$86,237.50
SELL	SHen	JY-9967.TXT	8/25/1997	1	116.80	1/21/1998	SHex	1	109.10	$9,425.00	$95,662.50
BUY	LOen	JY-9967.TXT	1/23/1998	1	109.96	2/25/1998	LOex	1	108.12	($2,500.00)	$93,162.50
SELL	SHen	JY-9967.TXT	3/4/1998	1	109.35	4/17/1998	SHex	1	106.03	$3,950.00	$97,112.50
BUY	LOen	JY-9967.TXT	4/22/1998	1	106.27	5/6/1998	LOex	1	104.99	($1,800.00)	$95,312.50
SELL	SHen	JY-9967.TXT	5/12/1998	1	104.48	6/30/1998	SHex	1	100.91	$4,262.50	$99,575.00
SELL	SHen	JY-9967.TXT	7/2/1998	1	100.08	8/27/1998	SHex	1	98.51	$1,762.50	$101,337.50
BUY	LOen	JY-9967.TXT	8/31/1998	1	99.03	11/17/1998	LOex	1	110.02	$13,537.50	$114,875.00
SELL	SHen	JY-9967.TXT	11/20/1998	1	110.36	11/24/1998	SHex	1	110.48	($350.00)	$114,525.00
BUY	LOen	JY-9967.TXT	12/8/1998	1	111.11	1/27/1999	LOex	1	114.06	$3,487.50	$118,012.50
SELL	SHen	JY-9967.TXT	1/28/1999	1	112.77	2/12/1999	SHex	1	114.14	($1,912.50)	$116,100.00
BUY	LOen	JY-9967.TXT	2/23/1999	1	108.52	3/24/1999	LOex	1	111.09	($3,412.50)	$112,687.50
SELL	SHen	JY-9967.TXT	3/30/1999	1	109.00	4/26/1999	SHex	1	109.80	($1,200.00)	$111,487.50
BUY	LOen	JY-9967.TXT	4/28/1999	1	109.72	5/11/1999	LOex	1	108.19	($2,112.50)	$109,375.00
SELL	SHen	JY-9967.TXT	5/12/1999	1	108.02	6/7/1999	SHex	1	107.99	($162.50)	$109,212.50
BUY	LOen	JY-9967.TXT	6/8/1999	1	107.66	7/1/1999	LOex	1	107.35	($587.50)	$108,625.00
SELL	SHen	JY-9967.TXT	7/2/1999	1	107.58	7/29/1999	SHex	1	111.43	($5,012.50)	$103,612.50
BUY	LOen	JY-9967.TXT	7/30/1999	1	111.72	10/13/1999	LOex	1	116.51	$5,787.50	$109,400.00
SELL	SHen	JY-9967.TXT	10/14/1999	1	117.27	11/2/1999	SHex	1	119.70	($3,237.50)	$106,162.50
BUY	LOen	JY-9967.TXT	11/4/1999	1	118.98	11/16/1999	LOex	1	117.70	($1,800.00)	$104,362.50
SELL	SHen	JY-9967.TXT	11/17/1999	1	118.11	11/30/1999	SHex	1	121.37	($4,275.00)	$100,087.50
BUY	LOen	JY-9967.TXT	12/7/1999	1	120.85	12/31/1999	Still Open		120.37	($800.00)	$99,287.50

觀察交易策略回測後之權益曲線，對市場參照圖也相當具
有參考價值。這是一個相當快速又簡單評斷不同行情下交易策
略成效的方法。

　　圖4.4為NeoTicker之圖表，以價格線對照權益曲線。在此
策略研發者應考量該策略時處趨勢盤，區間盤，整理盤時之表
現。同時亦必須檢驗大幅獲利與回落時之交易行為。

　　將報表以不同時間區間作比較之功能也相當值得注意，如
年對年，季對季，月對月之動態比較。以某時期回測報表對照
全歷史資料比照其相關性可以獲得重要指標。這將會再第十二
章有更仔細之討論。

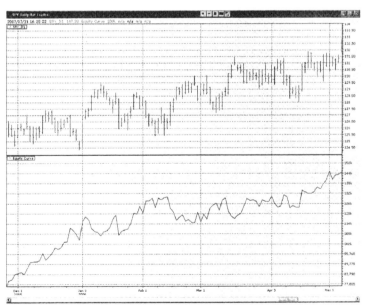

圖 4.4　SPY日線交易

對於任何策略研發系統而言，產生即時交易訊號的功能是當然不可或缺的。各家軟體都會提供此功能。當交易規模擴大，該功能可能會成為一個要題。在電子交易時代，將策略軟體所提供之訊號轉入下單軟體亦更形重要。當然這更為複雜了。在所有功能中我最重視其價值者為圖列在歷史線圖中之訊號進出及停損。許多軟體商提供額外報告。當然會凸顯該特殊報表之價值。端看策略研發者是否認為這些功能為必要。

最佳化

　　接下來的重要指標是策略研發工具中最佳化能力。該主要且必要功能提供之回測能產生策略中最佳指標與公式之值。然而各軟體所計算出之值也不會相同，該差異會造成策略設計者相當大之影響。

目標函數

　　在第九章會探討目標函數的重要性。該目標函數（如最佳化功能與最適化功能）對於最佳化過程中相當重要，且更甚於推進化分析。精密的搜尋及排序功能在策略研發工具選擇中是極為重要一環。但不幸的是多數工具並未重視。而排序及分類功能則相當普遍而並非相當實用。

　　深思熟慮及經驗豐富的策略研發者，無疑地不斷研究各式方法以解決該問題。最佳解決方法為選擇可執行設計者自行撰寫特殊需求物件功能之研發軟體。

速度

這是另外一個經常被忽略的問題。對於專業或業餘交易策略研發者而言處理速度相當關鍵。如我在前言所提，多數交易策略研發軟體並無法在此得到較完善且足夠的支援。

為何速度重要？這應該很明顯。對於新手或是老手都是如此。速度對專業策略設計者而言更形重要，其必須處理大量且複雜之投資組合，包含多重策略，多重時間區段與一籃子市場組合。小範圍最佳化一個策略相當簡單，雙參數，單一市場五年日線資料之策略，或許不會對速度有特別要求。

但試想若是最佳化一個多重策略，多重時間區段，多重市場且加上使用複雜模組與多參數並精密測試其範圍，那速度絕對是非常重要的問題。考慮以此作推進分析時我們可以真正了解速度的關鍵性。

高速運算是開啓許多機會之窗。沒有運算速度支援許多機會，將會被耗損在資源及時間浪費上。不巧的是多數商業用交易策略研發工具並不是特別快速。

自動化

軟體之研發設計能力並將其導入自動化步驟對於大規模交易策略發展相當重要。例如：預期將三組不同交易策略對二十種市場最佳化。同時我們也希望程式能自動將適當的報告存入所選的資料夾與檔案中。

可惜對於多數既存商用軟體並無法做到。對於策略設計者

而言，由於受限於軟體而必須耗費許多時間精力在處理前述作業上。

　　反之若有工具能讓視窗軟體與程序能自動執行，經驗卻再再證明自動化應用程式發展之交易策略反而有所不及，且經常被證實無法滿足且為非有效程序。

　　為了排除繁瑣步驟，進而產生了一種更有效分配策略設計者時間之自動最佳化程序。如此反而補償了多數執行緩慢應用程式所造成之決定性衝擊。運用電腦透過自動化步驟研發程序可以被規劃並同時大量執行運算，即使花上數天或數週。策略設計者可以不需隨時監控其運算進度並有更多時間可從事更多具產生力之研究。

推進分析

　　當然任何研發平台產生之最佳化結果都可執行樣本外測試，以此可推展至完整推進分析。即便將個別小區間分析結合為完整推進分析，也因為未有自動化機制作業而導致相當繁瑣。建立成熟之推進分析相對而言是較為簡易之步驟。這是消耗時間但可被完整處理的步驟。

　　實際上即使如今電腦功能及軟體革新進展迅速，但並無迫切理由讓所有策略研發工具都能內建推進分析功能。

　　當然我們的附件功能[1]，可具體執行推進分析。也有些其他的TradeStation外掛程式宣稱能有相同功能。然而基於我的觀點，並無任何程式能做到本書中提及的範疇。

　　本書中心論點之一就是在未得到有效的樣本外測試，即理

論上的完整推進分析前，策略不應當用於真實交易。成功的交易策略當然已經成功獲利而無須再通過如此分析檢驗，我也相信有些成功的策略並不會透過此步驟便被研發出來。我的意思是還是有很多種可能存在。但對於缺乏實際交易驗證的策略，設計者對其擁有的信心將是會大打折扣。

投資組合分析

最後交易策略對多市場投資組合績效分析，有時被認為是研發過程中最重要的步驟。多數主要專業交易員及商品交易顧問或避險基金經理人皆會建立多市場投資組合。且經常並用多重策略（即使用多樣不同策略在同一商品）於商品投資組合。有些也會利用各種時間軸配合多策略應用於一籃子市場商品。而從事現貨交易者更常會使用大型投資組合，其中可能包含上千支股票。多數主要專業資金經理人亦會只用各式資產分配與部位縮放機制，進而增加了其複雜的層面。

因此，我希望你們能清楚認知評估，這複雜且多層面投資組合的絕對必要性。所有專業交易員都相當看重這關鍵性研究成效。策略設計者理想中之策略研發軟體應具備多層面投資組合測試之能力。但多數情況下如此強大之功能只存在於非常高階之應用軟體，而非一般軟體所有。

結論

本章並非傾向詳細介紹各軟體的特色與能力。而是假設多

數軟體允許使用者撰寫程式碼自訂指標與交易策略，並可執行對多商品各種形式的回測，且包含基本必要的功能。重點在該軟體關鍵功能是否可以完成交易策略研發的完整步驟。

該重點目標在提供交易策略設計者警訊。若交易員對其研發程序要達成的目標已有完整構想，如此則會有較高的效率與成果。本章說明每個研發步驟皆必須確切完成，才能使原始交易想法轉換爲可獲利的多策略，多重時間軸與多市場投資組合，並具有精密計算之資產分配與部位控制機制。

該資訊亦能輔助策略設計者免於承受研發過程中潛在性失誤。最好能夠一開始就對你使用之軟體有確切認識，而且能夠熟悉其各種功能。當然技術竅門KNOW-HOW可以有所幫助，但有時亦可能成爲阻礙。

遵循本章指引，可協助你在交易策略的研發擬訂，以成功地完成策略開發。

第 五 章
策略設計元件

　　交易策略與系統交易的制式定義已在第二章完整提及。概括而言，交易策略的中心概念即以系統化應用程式制式化交易規則。首先交易策略中關鍵優異處為其客觀性，一致性與綜合性。

　　本章中我會介紹交易策略之基本組成要素。交易策略可以從相當簡單到極度複雜。會有各種形式。一些經典交易策略如：移動平均線交叉，波動率突破，價格通道突破，單根價格線型態，多價格線型態，線圖形態，K線型態，波浪類系統與指標類系統。

　　本章只能探討基本設計元件。主要因為策略存在太多潛在之複雜性與超高變異性。完整論述對於單一章節而言負荷太過龐大。在此將專注於兩範疇。其一為建立具體形式，藉著一些基本範例將交易構想轉化而成。其二，要瞭解不同交易策略元件之基本架構與其如何影響策略整體運作。

　　一個簡單只有單一變數的交易策略相當容易被建立，測

試，最佳化與評估。相反的，一個極度複雜策略之建立，驗證與最佳化會更艱難且耗時。同樣的，策略複雜度會讓結果評估與信賴度核驗更形困難。如果沒有控制好複雜度會產生假性結果。因而隱含無止境的過度配適。

策略的三個組成原則

所有交易策略有三個主要原則組成：

1. 建立部位及平倉
2. 風險管理
3. 部位控制

接下來會將其明確定義並以範例說明。本節提供了概觀的說明。

建立部位及平倉

建立部位及平倉是交易策略之「引擎」或「駕駛員」。可以非常簡單或複雜。其訊號可被單一或許多不同元件所過濾出來。建立部位可以為特定價格，市價，開盤價或收盤價。交易策略亦可建立多重部位或分次平倉。也可以兩種完全不相關的條件來控制開倉與平倉。進出場原則之多元性完全無界限。

風險管理

所有交易策略皆有不同型態之風險。其一為要能接受所有策略皆會有虧損交易的事實。可能是一次也可能連續虧損。最佳交易策略能有明確方法控制該風險者。雖然控制風險並不表

交易策略評估與最佳化（第二版）

示排除所有風險，當然也會有更多型態之風險控管方法。更進一步要將風險加以衡量、預測並控制在可接受範圍內。適切的風險控管可以限制風險。

好的風險管理方式是認知是否風險變得無法控制——超過可接受的界限時——要知道是否該停止或重新修正至可忍受的程度。

風險管理主要目標為，限制交易資本之虧損以讓策略能在經歷連續損失或發生最大權益回落後能繼續交易。

讓我們先不要把風險管理當作是自尊問題，而是交易路上一盞鼓舞人心的明燈。如此才能將損失降到最低並讓交易策略能達到最大獲利。

部位控制

交易策略可以設定每次建立固定口數，或股票股數部位，亦可根據特別原則或規則增減倉位數量。這是相當難理解與取捨的策略設計。

但這麼做的確有很好的理由。要計算出一個部位縮放機制很容易，卻很難有好效果。解決如何有效控制部位縮放之難題儼然成為可獲利策略中不可缺少之一部分。如果策略不具備良好的部位縮放機制或演算法，則該策略所達到之效率便很難變理想。

有個值得注意之論點是許多策略設計者相信部位縮放機制的重要性還遠勝於交易策略本身。策略設計之最終目的到底為何？該建議指出與其花大量時間用於研究或改善策略之進出場點，不如找到最有效的部位縮放方法，反而效果更好。

經典交易策略總覽

　　交易策略至少要有兩個基本需求：進場原則與出場原則。

　　一個典型的策略組成通常是買賣點以剛好相反之原則所構成。例如當價格創三天新高後買進，創三天新低後賣出。這是對稱型交易策略的例子。策略也可使用完全不相關的買賣規則來構成。例如在創五天新高後買進，當五日均線跌破二十日均線後賣出。這是非對稱型交易策略的例子。

　　交易策略可包含停損單以控制風險。風險管理是限制資本在交易週期裡所承受之風險的途徑。典型的停損單風險控管是限制在不包括滑價下之最大損失金額。舉例若S&P期貨多單進場在1,495.00，策略設定最大風險在1,000美元或4.0點。當部位建立時，防護型停損空單也會被建立。如果風險是1,000美元或4.0點，則停損空單則會是1,491.00點（1,495.00－4.00）。

　　策略也可包含獲利管理。這是一個在獲利交易中（有時也可能為虧損交易）權益增加時保有獲利的方法。典型的獲利管理是以固定金額設定一個移動停損點，當多單交易過程中價格達到新高，或是權益達到高點時回落到該金額時先行出場。假設設定金額為2,000美元或 S&P期貨8.00點，多單進場後當價格持續往上該移動停損會被設定。假設多單在1,390.00點進場後第四天價格上漲至1,410.00高點，則停損點會設定在1,402.00點（1,410.00－8.00）。如此可鎖定3,000美元之獲利，不考慮滑價時（1,402.00－1,390.00）。

　　另一種獲利管理是使用停利單。這是屬於比較主動性的利潤獲取方式。典型方法是將停利單設定在進場點的上下特定範

圍。假設策略設定2,000美元或8.00點為停利點，當S&P多單在1,375.00點進場後，限價單則掛在1,383.00點賣出（1,375.00＋8.00）。如果市場反彈到此價格，則該賣單成交後則會實現2,000美元之獲利。

交易就是建立部位與平倉

我們從最基本層面來建立策略。對於已熟悉交易及交易策略者而言，可輕鬆跳過已熟知的部分。在第二章已制式定義什麼是「交易」。交易組成至少要有一個買進與一個賣出。交易即一開始建立部位，持倉，在市場不是多單（買）就是空單（賣），然後以相反方向買賣單平掉原本的部位，然後結算完成一個交易。例如一個交易員買進了十口S&P指數期貨合約而最後一定是賣出相同的合約十口來作為結束。空方交易就剛好相反。

一個交易策略要在已經證實為可以獲利的情況下，帶著正面期望進入市場。如此，該策略會在已經滿足的條件下出場。以此理論公式，完美進場點即指最佳買賣價進場（在最低價買進，最高價賣出）以創造利潤。最佳出場點則是得到最大獲利之價格。當然，任何交易員都知道這只是個夢想而不可能發生在實際交易中。然而把如此信念當作策略設計的最高指導方針是非常有用。讓我們詳述其細節，定義並舉例說明。

定義「進場規則」——為建立新多單或空單部位。只有在系統未持有部位時才能進場。例如買進多單進場規則（或是相反賣出空單進場規則）有：

・五日均線往上穿過二十日均線

・相對強度指標（RSI）收在20以下

・當日收盤漲幅1%以上且當周收盤漲幅1%以上

・今日收盤價大於昨日收盤價加上昨日高低差的50%

・今日收盤價大於三日收盤價

定義「出場規則」──為結束既有之多單或空單部位。

出場只會發生在當策略有多單或空單開倉部位之時。對稱型交易策略出場在進場訊號的相反條件下。例如對稱型移動平均交易策略的出場點是設定在進場點之相反點：當五日均線向下跌破二十日均線時多單平倉或出場。交易策略可設反手或不反手作單。

定義「反手作單規則」──平倉並開始新對向單。

當然反手作單只會發生在原本已持有倉位時。反手作單是將現有的部位平倉後再建立相反方向部位。即現有倉位出場後，新反向倉位同時進場。例如，當五日均線由上往下穿過二十日均線時，立即將多單平倉並同時建立空單部位。當然使用如此反手作單原則之交易策略將會持續持有部位。亦可設定策略在特定條件下才啟動反手作單，而其它狀況下則使用新訊號出場。

交易策略也可不反手作單。換句話說其利用進場相反條件或其它規則來平掉部位。如此一來，策略會等待其它訊號來建立新倉。簡單說，非反手作單規則便是進場後使用先前定義過的其它出場規則來平倉。

進場篩選

進出場訊號可被篩選。一般認知是利用額外資訊對進出場

訊號做篩選以提高其品質。而交易篩選的唯一目的就是要對進場訊號作更進一步的確認。

定義「進場篩選規則」——即追加額外資訊以產生較精確及可信賴之出場訊號。

換句話說，進出場篩選是使用額外指標與分析、行情條件或交易規則，來改善主要進場原則。篩選機制是進出場規則變得更爲複雜之主要原因之一。一個篩選條件可以非常簡單，而此單一的簡單條件可以被應用在進場規則中。例如，若今日收盤價高於昨日收盤價，則啓動買進訊號條件。一個簡單的複雜型篩選條件也可被使用。例如若今日收盤價，最高價，最低價皆高於昨日者，啓動買進訊號條件。

多重簡單篩選條件與多重複雜篩選條件可被使用。使用篩選條件之主要目的，是爲了讓進場條件更爲精確且更值得信賴，並提升交易策略進出場訊號之品質。爲了闡明該目的，讓我們考慮接下來簡短之篩選範例；有許多既存買進訊號篩選條件的例子（賣出訊號則爲相反條件），交易策略會在下列各條件皆滿足後啓動其買進規則：

1. 相對強度指標（RSI）小於30

2. 相對強度指標（RSI）在上一個K線低於30而現在高於30甚至更高

3. 今日最高價大於昨日最高價

4. 前一買進訊號爲獲利交易

5. 今日收盤價大於20日收盤均價加上10%

6. 今日收盤價落於昨日價格範圍的上三分之一區間內。

對於篩選條件的複雜度其實並無限制，皆可用於交易策

略。重要的是當條件使用越多，複雜度越高，則策略編碼及測試便更為困難。同時必須注意過度配適之可能性。若使用了極度不合理之過度配適模組，則對歷史模擬資料造成異樣篩選條件，如此會得到可獲利模擬結果在真實交易中卻造成虧損。

風險管理

交易策略評估與最佳化（第二版）

交易策略的第二個組成原則就是風險管理。有許多獨特方法鑑定各種不同型式之風險。而這些風險分類在設計風險管理時可提供相當大的助益。

值得注意在新牛津美國辭典定義「風險」所用之觀點：「可能之財務損失」。「交易風險」則被定義：「由交易活動或投資行為所產生之可能財務損失」。

這解釋的相當貼切。無論用何種方法檢視，定義或標註風險一詞，其交易風險之中心思考即是，任何開倉交易部位的虧損暴露。更簡單說，如果你在市場裡有部位，你便有損失金錢的風險。當然，你只有在參與市場時才能有獲利。

也許有人會說這是「交易的中心困境」。為了從市場中獲利，我們會蒙受風險。古有云：「沒有冒險進取，何有豐碩收穫？」然而若以此點出發，卻沒有良好的風險管理，總有一天會再也無法交易，因為沒有管理風險易造成巨大交易虧損。良好風險管理要點在如何讓交易資本在承受最小風險內得到最大獲利。說起來很簡單，要做好卻是策略設計中最困難的步驟之一。

風險可以被主要區分為三大類：交易風險，策略風險及投

資組合風險。

交易風險：由個別市場部位所產生之可能財務損失。

策略風險：使用一個策略所產生之可能財務損失。

投資組合風險：以總合使用投資組合等級（潛在多重策略，多重時間軸，多重市場）從事交易而產生之可能財務損失。

讓我們更詳細審查這些風險型態。

交易風險

定義：一個交易風險規則是要尋找交易資本在單一市場部位中，所能承受之最大虧損金額。定義中說「尋找最大」風險是因為有可能存在虧損超過最初設定金額的狀況。本節中會討論。

交易中主要風險管理方法是透過設定一個停損單，使風險停止，如果觸發該單會自動清算交易部位。為了讓該方法更有效，所有停損單必須在部位建立時被同時設定。利用風險停損設定可承受之風險，將其換算為某一特定價格，則在部位建立後其風險可被限制在此約略的金額範圍。

定義「風險停止」：在交易開始時設定權益金額所能承受之最大損失，並持續至部位結算。此為一停損單，在進場時建立，續存至倉位結束。如果該風險設定價位被觸及，則該部位無條件出場。權益風險大小有無數種計算方式。接下來會提出三種代表性範例。但首先我們必須知道為什麼風險金額會超過預估。整體而言，風險停止是趨向於讓交易損失接近預估值。市場會一直有行情波動，而這些波動則會造成停損單的實際交易損失大過預期。

例如，當快市發生時會導致停損到較差的價格而超過風險。務必注意交易中實際停損成交價格必然比風險停損掛單價格差。這便是當測試模擬資料時，準確估計滑價成本必要性的主要原因。細節會在第六章中討論。

滑價定義為：執行強制價格單所付出的交易開支。這是限價單和真實執行單之不同處。

而風險會超過設定風險金額之狀況，主要發生在「隔夜單風險」。

定義「隔夜單風險」——因今日收盤與明日開盤價格差反向不利於部位，所造成之權益損失金額。而收盤價與下一開盤價之間並無限制，而時有相當大之價差。讓我們檢視此開盤跳空對部位反向產生風險停止之不利影響。

考慮限制部位風險之風險停損單必須設為「未取消則存續單（Good Till Canceled, GTC）」。為了控制風險該風險停損單必須在部位建立時即設定且持續至部位結束。但這並不表示風險已被限制在所設定之價格內。這是因為隔夜跳空價格變化可能會大於風險停止單之設定。

例如若市場開盤價反向跳空10.00點，而風險停損設定為2.00點。則該掛單會在開盤以市價單並以開盤價附近成交，因而比預先設定多承受了8.00點之損失。

隔夜單風險潛在承受了更多的交易風險。唯一能解決該風險之方法是每日收盤皆結束所有倉位。但這並非適用於所有交易策略。而了解隔夜單風險能提供策略設計者良好機會，明確地管理此特殊風險。

接下來讓我們以三個例子，來定義交易過程中可承受風險

交易策略評估與最佳化（第二版）

金額，及其如何被風險停損單所控制。最常使用之風險停止方法是設定每筆交易所能承受之虧損金額。

定義「金額風險停損」──為當虧損幅度或點數到達特定金額時無條件出場。

例如，假設一風險停止設定為1,000美元（假設相當於4.00點）而多單進場在350點。空單風險停止單則會在346將多單平倉（350.00－4.00＝346.00）。停損賣單會依照策略進場原則在多單進場時同時被掛單。如果其後價格走勢與部位反向且超過該風險停損點（跌破），該交易系統將以1,000元虧損出場外加手續費與有可能之滑價。空頭部位之多單風險停損單則與其相反。

要達到此金額之路徑有相當多種可能。最糟糕的設定方法是策略設計者以自己主觀意見來決定其值。風險停損主要正面作用是要讓交易員覺得一切在掌握中。因此隨意設定之風險停損便絕對無法有效達到最小風險將獲利最大化之目標。

最佳設定風險金額方法要以市場行為作為基礎，配合策略之操作與節奏來完成。

讓我們以另外一種典型且普遍較佳觀點來定義交易風險。

定義「波動性風險停損」──使用某些計量市場波動率方法設定交易風險。

當然有許多方法計算波動率。讓我們考慮相對較簡單的例子。波動率計量風險是利用波動率放大與縮小調整可承受風險之金額。

我們以單日範圍（日最高價減去日最低價）作為波動率基準單位。再以三日範圍平均值作為風險計量。最後讓我們假設此三日範圍平均波動率對進場第一天是5.55點。則350點多單部

位之賣出風險停損5.55點會設定在344.45點（350.00－5.55＝344.45）。而空單之停損則爲反向計算。

我們前一個計算風險例子是基於交易淨值之百分比。其包含了常被引用之風險計算方法說明。知名交易員及技術分析先驅威廉‧江恩（W.D. Gann）在其「十誡」中提到「任何交易絕對不要讓你的資本承受超過10%的風險」。

而現在更多交易員傾向會說：「不要讓風險超過百分之一……」。這也只有在使用部位縮放機制下會有所影響。當部位大小固定，該公式會讓交易風險隨著戶頭淨值變大而增加。

讓我們假設100,000美元戶頭，每次交易兩口而最大每筆風險承受爲淨值之百分之一。則兩口多頭部位之賣單風險停止設定於淨值百分之一會是2.00點（100,000美元×0.01＝1,000美元／2口＝500美元／每口＝2.00點／每口）或是348.00點（350.00－2.00＝348.00）。空頭部位之停損則反向計算。

交易策略評估與最佳化（第二版）

策略風險

定義「策略風險」——爲使用特定交易策略以實現潛在報酬，而使資本金額承受之風險。

另解釋爲使用特定交易策略所隱含之內在風險。最好的交易策略都可能會失敗。換句話說，所有策略都有可能變得不賺錢，相反的會產生交易虧損並超過策略設計者最初使用該交易策略所設定之等級。這會在第十四章中作更多討論。有許多方法可用以計算策略所需可足夠承受風險之必須資本金額。將策略風險看作交易策略的風險停損，或策略風險停損是有用的。再者將其以特定金額或淨值百分比來定義也是可以的。

有個有效的公式可計算策略風險。將風險定義爲結合最大權益回落與所需安全緩衝或保證金誤差之總和。

定義「最大權益回落（Maximum drawdown,MDD）」——爲自權益淨值高點下滑至之後低點所產生之最大淨值下降幅度。而雖計量最大權益回落極具重要性，但其仍是所有交易策略下之預估值。我們知道所有統計資料計算出來的結果，皆有一定程度之變異性，最大權益回落亦然。

即便此爲統計考量，但不失爲避免錯誤之最佳警示，且最好以此統計變異性及預警估算等方法增加其最大權益回落。

定義「策略停損」——將策略風險定義爲最大權益回落乘上安全係數。

我們以安全係數乘數1.5作爲例子。如果最大權益回落爲40,000美元，則系統停損爲60,000美元（40,000×1.5）。

以此可延伸導出所需交易資本大小之計算公式。

定義「最小需求資本（Required capital）」——爲特定策略爲確保能持續交易，所需之保證金加上所承受最大權益回落乘安全係數之總金額。

讓我們用公式來計算策略用以交易所需的戶頭資金。假設最大回落是40,000美元且安全係數爲1.5，保證金爲15,000美元。該戶頭所需用以提供策略交易之資金爲75,000美元，即（40,000×1.5＋15,000）。

然而如此計算仍具相當風險。考慮如果發生最糟之狀況爲先發生了50,000美元之回落，戶頭僅剩25,000美元，是比保證金15,000美元小幅加上10,000美元。萬一在下一筆小幅獲利15,000美元淨值增爲40,000美元後，又發生另一次最大回落40,000美

元結果會如何？我們會被掃出市場而再也無法繼續交易，除非又有新資金挹注。

讓我們以更保守之公式來計算，以期度過此艱難之時期。以兩倍最大回落乘上安全係數，再加上保證金作為最小資本需求。根據此公式其戶頭大小為135,000美元（〔（40,000×1.5）×2〕＋15,000）。

如此再檢視若最大回落接連發生時之戶頭資本情形。在第一次50,000美元回落後戶頭下降至85,000美元。接下來一筆交易獲利15,000美元後回升至10,000美元。第二次又回落40,000美元後戶頭仍有60,000美元。即使經歷了兩次大幅回落40,000美元，保證金亦能足夠繼續交易。在第十四章會有完整討論。

交易策略評估與最佳化（第二版）

投資組合風險

定義「投資組合風險」——為當特定或多交易策略應用在多重市場或不同時間區間，為了獲得潛在報酬其資本所需承受之風險金額。

如同策略風險，應用在多市場之任何策略皆會有該策略之潛在風險。如前述最佳之策略亦可能失敗。而用在多市場的投資組合策略也可能失敗。更者，可想而知經過高度縝密設計過的投資組合也是有可能失敗。

投資組合的失敗率，會因不同策略組合及多種時間區段與市場數之增加，而使其不易攀高。風險削減便是該多樣性之主要作用之一。作為交易員我們計算機率並且隨時認知其警訊，不論其失敗率是否很低，我們仍必須時時密切注意。

我們作計算投資組合風險停止之公式，也類似策略風險停

止。當然有許多不同涵蓋在投資組合層面。最大之不同在公式裡使用投資組合之最大權益回落。

定義「投資組合最大權益回落」——是達到投資組合之最高淨值隨後下滑至淨值低點所產生之最大下降幅度。

計算投資組合風險停止之方法與計算策略風險停止時相同。因為投資組合淨值包含了多個市場，良好的統計會建議在個別市場的最大回落都能減到最小。而且當組合多樣性上升，其投資組合淨值最大回落也會隨之上升。因而當投資組合應用了相當多種不相關聯之策略與不同時間區段及一籃子不同市場時，比起單一策略及時間區段在五種不同利率市場裡，前者之回落會高很多。

當然，更精確與可靠量度投資組合風險的主要好處之一，是該投資組合更能被有效利用且對它更有信心。以此論點，管理風險便成為我們注意的主要防線。換句話說，我們把重點放在交易策略設計元件上，以此來保護交易資本以防交易有任何出錯。

還有另一種截然不同且較受歡迎的資金管理方法，但只適合交易員有開倉獲利部位時使用。而該名稱為獲利管理較為適宜。接下來會討論。

獲利管理

本節範圍與風險管理相同有其潛在複雜性。而著重之要點卻不同，獲利管理亦攸關交易資本之保護。主要不同就是如何保住開倉獲利？重心在如何獲取更多利潤且避免在行情結束前

就提早先行出場。有兩種主要方法來保住獲利：移動停損單及停利單或是目標限價單。

移動停損單（Trailing Stop）

定義「移動停損單」是一動態掛單其會隨著（持多單時）市場創新高時向上移動。（持空單時）市場創新低時向下移動，以此保有部分預期之開倉獲利。

移動停損單是在交易過程中建立往獲利方向移動的停損單所構成。多頭部位之移動停損會在市場走高時往上移動。空頭部位之移動停損會在市場走低時往下移動。亦須注意的是移動停損並不會往回走。換句話說，當新高或新低已經產生，且更高或更低之移動停損已被計算出來，即便市場回檔或反彈該掛單絕對不會往更低或更高之方向調整。最理想的移動停損是恰巧能包含足夠市場喘息空間，讓獲利能夠最大，並免於提早出場之情形。

絕大多數的市場在大幅上升過程中，沒有不拉回休息的。所以理想中該移動停損，要能允許這接自然拉回而等到眞正反轉時才出場。

移動停損有無止境之變化。讓我們以兩種相關的一般性範例來討論：金額與波動率。

定義「獲利金額移動停損」是設定在（多單）近期高點以下或（空單）低點以上之固定金額作爲出場點。

例如，假設獲利金額移動停損設定在1,000美元（相當於2點），多單建立在350，現在市場最高價爲356.00。則此多單之賣出移動停損爲354（356.00－2.00＝354.00）。如果價格持續回

交易策略評估與最佳化（第二版）

檔並跌破賣出移動停損點則該多單會保有2,000美元之獲利出場，再扣掉手續費及滑價。空頭部位的移動停損則是相反。

定義「波動率獲利移動停損」是由某種市場波動率度量方法設定一價格點位，使其掛於當前（空單）最低價之上，或（多單）最高價之下。

讓我們假設：

1. 單日價格範圍（最高價減去最低價）是波動率基本單位。

2. 以50%波動率作為停損點位值。

3. 價格範圍之三日平均為波動率量度。

以此假設價格範圍之三日平均為波動率為5.50點，則百分之五十為2.75點。

假設多單進場在350點而當前高點在356.00。除賣出移動停損單則設定在353.25（356.00－2.75＝353.25）。如果價格持續回跌並穿過該賣出停損單點位，則該多單將保有1,625美元獲利出場，再扣除手續費及滑價費用。空單之移動停損則相對掛於最低價之上。

除此幾種基本類型之外亦有許多建立移動停損之方法。在此再提出三種不同類型移動停損方法：移動平均值，壓力與支撐點，某期間範圍之回檔百分比。移動停損的關鍵成功點在交易週期裡找出價格點位，如果該點位穿價，我們可以知道這筆獲利的交易結束了。當然還有許多方法可以做到，接下來就是策略設計者要能找到最適合策略所使用的移動停損。

隔夜倉位對移動停損之衝擊

移動停損為交易中動態隨市場順向上下移動之掛單。為了

產生效用，該掛單必須在部位存在時期設爲「未取消則存續單」（GTC）。如此尚無法完全如預期得取獲利？爲什麼呢？這又是因爲跳空及大波動的開盤價會超過移動停損單原先之掛價。例如開盤價跳低在340點，比起移動停損350點還低了10點，則該停損單會以市價出單完成該停損。隔夜單風險有可能會將爲實現獲利轉爲虧損。當然也是有可能朝倉位同方向跳空開出。

交易策略評估與最佳化（第二版）

獲利目標（Profit Target）

另一個保護未實現獲利之方法是預先設定平倉價位或設定獲利目標值。有許多方法可計算獲利目標值。獲利目標單會設爲限價單（limit）或是較佳價單（better）。

定義「獲利目標」——爲鎖定交易報酬在預期價位或獲利達到時無條件出場。

將獲利目標併入交易系統是屬於更主動且積極性的獲利管理。其最正面意義在當獲利目標被達到時可以立即實現。這和移動停損單仍有可能失去原有獲利並不相同。這壞處是可能平倉後市場又繼續往獲利方向移動，而導致失去潛在獲利因爲部位已出場。

獲利目標之交易有好有壞。有些交易員不能不使用到該方法，如同有些交易員永遠都無法認同一般。比起不使用獲利目標之交易系統，運用該法的系統可能有較少之累積獲利，但可獲得較高之勝率與更平滑的權益曲線。有時獲利目標可縮減交易，降低總風險且讓總績效更趨穩定。

並非所有系統皆透過獲利目標來改善。不論獲利目標是有較好效果或並不太影響到原始交易策略運作。一般而言多數積

極反向操作策略在超買或超賣時使用獲利目標會有較好之效果。反之較慢動且順勢操作之策略則較不容易有成效。對於獲利目標還有另一特點，限價單會以設定價格成交而不會有較差的成交滑價。事實上，限價單因此還有可能有正向滑價。但也有可能造成部分限價單無法成交，這樣子的滑價形式代價就會相當高。

讓我們以兩種不同型態獲利目標來舉例說明：獲利金額目標與波動率目標。

定義「獲利金額目標」──是當交易部位價格上漲（多單）或下跌（空單），其未實現獲利金額達到預期值時無條件出場。

例如假設獲利金額目標為1000美元（相當於2.00點），空單建立在350.00。則買單目標價在348.00點。（350.00－2.00＝348.00）。該最佳價買單在空單開倉時立即設定且為未取消則存續單（GTC）。如果後續價格跌破該價位，則該交易系統會以1,000美元獲利出場，再扣除手續費及滑價。

定義「波動率獲利目標」──是當交易部位價格上漲（多單）或下跌（空單），其價格水位達到市場波動率時，無條件出場。

我們再次假設條件：

1. 單日範圍為波動率基本單位

2. 以150%波動率為目標值

3. 以單日範圍的三日平均作為波動率量度

以此條件假設今天三日平均波動率為5.5點，則150%波動率為8.25點。

假設多單建立在350.00點。則賣出目標單設在358.28（350.00

＋8.25＝358.25）。該最佳價賣單在多單開倉時立即設定且為非取消則存續單。如果後續價格持續上漲且觸及該價位則該交易系統會以4,125美元獲利出場，再扣除手續費及滑價。

隔夜變化對獲利目標之衝擊

獲利目標單設定為限價單且為未取消則存續單，因為其必須存在於整個交易週期。但這並非必然限制了目標單的獲利。又，隔夜價格變化是很戲劇性的，如果開盤價跳空開高超過原先設定之賣單價10.00點，則其價格會以開盤價成交。在此，多跳空10點則會為系統帶來5,000美元額外獲利，當然也要再扣除手續費及滑價。

部位縮放控制（Position Sizing）

決定交易部位縮放是許多人所著重最關鍵之交易策略成份。簡單說交易部位大小決定了押注多寡，或是每筆交易資金承受之風險。

定義「部位縮放規則」——決定每筆交易可接受的合約口數或股數。

要觀察部位縮放所帶來之衝擊相當明顯。如果部位非常小——如每一百萬美元交易一口S&P合約，則我們的交易資金並沒有得到最佳運用。相反的，若交易部位放太大——如以十萬美元交易一百口S&P合約——則對我們資金而言則承受太高且具毀滅性風險。

只有多數初級交易員或經驗不足者會陷入此極端中。這是

部位縮放的兩種極端，但部位縮放能眞實衝擊交易策略成效，無論是正面或負面。

　　最佳部位縮放規則能帶給交易資本最佳且最有效的影響，亦即在可承受風險內達到最大報酬。但該問題相當難解。而其中涉及許多精密數學計算方法並非本書範疇。

　　造成此主要困難之原因點在該金融市場及其所產生報酬在其統計上爲非高斯分佈曲線（尤其是厚尾分佈）。如此分佈降低了傳統統計估算的效用而必須精密的估算方法。

　　另一層面之困難爲該縮放規則的計算缺乏統計健全性。最後是當縮放規則加入投資組合後其複雜度問題，當然這不是最後一個待解決的困難。這些複雜且高技術性的議題並非本書探討之範圍。但絕對有必要性去了解，部位縮放確實可成就或毀滅一個交易策略。

　　我們以四個例子來看部位縮放：

　　1. 波動率調整

　　2. 加倍賭注

　　3. 反向加倍賭注

　　4. 凱利法

　　波動率調整部位縮放以資金多寡與每次交易一口合約之風險作計算。

　　定義「波動率調整部位大小」——以交易權益除以交易風險之固定百分比，決定每筆交易所使用之口數或股數。

　　假設舉例：

　　1. 風險大小爲權益百分之三

　　2. 每口合約風險爲1,000美元

3. 戶頭資金爲250,000美元

該交易單位爲七口，計算方法如下：

總權益風險＝$7,500（$250,000× 0.03）

交易口數＝7（$7,500/$1,000＝7.5 取整數＝7）

一個廣爲人知的金錢管理法則是加倍賭注策略（Martingale Strategy）。爲博弈現金管理方法所衍生。

定義「加倍賭注法則」——爲當交易虧損後下一筆交易加倍其部位，而在每次獲利後重新使用一口開始交易。該法有許多變化型。其中之一爲反向加倍賭注（anti-Martingale）。

定義「反向加倍賭注」——爲當交易獲利後下一筆交易加倍其部位，而在每次虧損後重新使用一口開始交易。

最佳化 f（Optimal f）（固定比例交易）在1990由洛夫・文斯（Ralph Vince）所提出。該公式由凱利方法所導出，而後由愛德華・托普（Edward Thorpe）教授應用至博弈與交易領域。

檢視凱利公式其中的推導式：

凱利百分比＝（勝率－敗率）/（每筆平均獲利 / 每筆平均虧損）

例如，假設一交易策略勝率爲五成五而其平均獲利爲1750美元，平均虧損爲1250美元。則凱利百分比會告訴我們下一筆交易資金所承受之風險百分比。

凱利百分比＝（55%－45%）/（$1,750 / $1,250）

凱利百分比＝10%/1.4

凱利百分比＝7.14%

我們以此計算部位大小。由凱利公式所得到之風險大小爲7.14%，而每口可承受風險爲1,000美元，戶頭資金爲250,000美

元。則該交易口數為17口，如以下計算：

總權益風險＝$250,000×0.0714

總權益風險＝$17,850

交易合約口數＝$17,850／$1,000＝17.65

交易合約口數＝17.65取整數＝17口

試回想先前所提到該數據經常缺乏統計健全性。另一檢測法為辨認其是否過於模糊。因限於樣本大小且變數太多，該公式中使用之數據會導致凱利公式結果產生相當程度之變異性。這便是使用凱利公式或最佳化f之非準確性所帶來的模糊地帶。

仍有許多用以部位縮放規則的不同公式。共同點皆是設定每筆交易口數或股數的方式。這些在此舉例介紹的方法並不代表推薦使用。值得注意的是，多數縮放演算法皆從博弈文化中衍生。

部位縮放是交易系統設計中相當嚴謹的一環。該問題的存在不應阻擋策略設計者對其之深究與評估。然而，交易員應警覺其精準問題與隱含限制所造成之統計拘限性。由於該範疇研發所需之大量作業，因此許多人最終只好接受金融市場之交易乃非高斯分佈曲線。更者，有些亦認定其為碎形分佈。

進階策略

有一種進階部位縮放策略在專業交易員間被廣泛使用，稱為倉位進出規模。由於使用上之困難度，通常只會被高手級直覺交易員所使用。並無任何特別原因會導致此方法無法應用在自動交易策略中。

定義「倉位規模追加」——爲當市場往獲利方向移動時增加持有部位。

定義「倉位規模縮減」——爲逐步減少持有部位。

倉位規模追加方法：例如，每當未平倉獲利增加1,000美元時即增加一交易單位。

倉位規模縮減方法：例如，每當未平倉獲利增加1,000美元時即減少一交易單位。

而同時使用倉位進出規模法時則爲，每當未實現獲利增加1,000美元時增加持有一單位，直到其中之一最大未實現獲利達到5,000美元時，再以每往上1,000美元減少一交易單位。

總結摘要

本章已介紹交易策略三個主要組成之資訊。交易系統可以從極爲簡單到極度複雜。但簡單度與複雜度卻不能成爲其成就之理由。

有一位朋友給過我忠告——最佳交易策略是仰賴自然無可抗拒之力來獲利。

最後有兩件事維繫著一個交易策略：風險調整之報酬率，與眞實交易穩健度。

第六章
歷史資料模擬

　　我們在第二章已定義過模擬為使用電腦模型鑑定策略交易成效。只要有價格資料就可以測試，當然是模擬歷史或過去價格資料。我們注意到，歷史模擬可以得到非常多不同之資訊。該資訊可從詳細的每筆交易明細到整體績效報告，其中包括了統計資料等摘要。如果交易策略經過最佳化，亦會有如此資料呈現。最後，若經過複雜的推進分析，則會有更多結果資料產生。所有這些報表與結果會在本章中詳細舉例探討與解說。

　　本章中我們將聚焦於一項最重要但在整體交易策略研發過程中卻經常被忽略之議題：歷史資料模擬之準確性。該歷史資料模擬所產生之資訊，對於我們是否接受或拒絕交易策略的有效性是相當重要之基礎。除了模擬本身之外，當然最佳化評估與真實交易獲利可能性評估也是其中關鍵。

　　然而，這些結果皆建立在模擬之上。若此歷史模擬並不精確或有設計缺陷，相反的，整個策略評估結構會相對積弱且具毀滅性，如同建築在不穩固地基上的大樓一般。

關鍵報告

　　不同的軟體應用程式產生許多型態之歷史模擬報表。有些報表是必然存在的，如績效摘要（表6.1）與交易明細。其他極有價值者如：各種時間區段的報表及日權益曲線圖。除此尚有

表 6-1　標準普爾期貨 PTlx 成效摘要

成效摘要：多方交易

總淨利	$222,550.00	未平倉損益	($850.00)
總獲利	$50,200.00	總虧損	($279,650.00)
總交易次數	110	勝率	72.73%
獲利次數	80	虧損次數	30
單筆最大獲利	$26,300.00	單筆最大虧損	($41,200.00)
每筆平均獲利	$6,277.50	每筆平均虧損	($9,321.67)
均勝均虧金額比	0.673431075	每筆平均損益	$2,023.18
最大連續獲利次數	11	最大連續虧損次數	5
獲利交易平均 K棒	8	虧損交易平均K棒	20
最大權益回落	($149,100.00)	最大持有部位	1
獲利因子	1.795816199	年化報酬率	8.30%
帳戶所需資金	$149,100.00		

成效摘要：空方交易

總淨利	$116,075.00	未平倉損益	$0.00
總獲利	$385,650.00	總虧損	$269,575.00
總交易次數	108	勝率	61.11%
獲利次數	66	虧損次數	42
單筆最大獲利	$20,175.00	單筆最大虧損	($20,600.00)
每筆平均獲利	$5,843.18	每筆平均虧損	($6,418.45)
均勝均虧金額比	0.910372388	每筆平均損益	$1,074.77
最大連續獲利次數	8	最大連續虧損次數	5
獲利交易平均 K棒	9	虧損交易平均K棒	22
最大權益回落	($57,050.00)	最大持有部位	1
獲利因子	1.430585180	年化報酬率	11.31%
帳戶所需資金	$57,050.00		

許多報表，但遠不及這些重要。

績效摘要

該報表提供策略於歷史模擬產生的關鍵統計資料，並總結敘述於報表。關鍵統計數據為淨利、最大權益回落、交易筆數、勝率、交易平均損益與平均損益比例。夏普比率（Sharpe Ratio）對許多專業投資者而言，是極度重要之關鍵統計數據，但尚未被許多此類軟體所提供。

如所見範例，為S&P期貨自1989年1月1日到2006年12月31日已交易策略PTIx所作之歷史資料模擬結果。其產生之淨利為$338,625美元，最大權益回落在218筆交易中為$149,100，勝率為66.9%，獲利交易平均每筆6,081美元，獲利因子為1.62。

這些統計數據在第十二章中會有更詳細之討論。

交易明細

該報表為策略經歷史模擬後將每筆交易詳細表列出之報告。該報告提供進場時間及價位，買賣標籤，出場時間及價位，交易損益及累積交易損益（見表6.2）。

表6.3為其中一筆交易摘錄。

以此可看出該PTIx策略於1998年6月16日已1365.6價位買進多頭部位並標為PTIlo。其部位出廠於1998年6月25日並反手作空於1421.1價位，並標示為PTIsh。該筆交易獲利13,675美元並於該日，累積獲利達到84,450美元。

該報告在策略研發初期相當受用。該診斷相當重要，用來確認交易如規劃所進行。

表 6.2 交易明細

交易期間
PTIx_WF_SP SP-9967.TXT 1/1/1989-12/31/2006 系統：PTIX ()

買/賣	進場訊號	市場	進場日	口數	進場價	出場日	出場訊號	口數	出場價	交易盈虧	累計盈虧
BUY	PTIlo	SP-9967.TXT	10/28/1996	1	1045.0	11/5/1996	PTIlo	1	1053.1	$1,825.00	$1,825.00
SELL	PTIsh	SP-9967.TXT	11/5/1996	1	1053.1	12/6/1996	PTIlo	1	1073.2	($5,225.00)	($3,400.00)
BUY	PTIlo	SP-9967.TXT	12/6/1996	1	1073.2	12/23/1996	PTIsh	1	1089.1	$3,775.00	$375.00
SELL	PTIsh	SP-9967.TXT	12/23/1996	1	1089.1	1/3/1997	PTIlo	1	1080.9	$1,850.00	$2,225.00
BUY	PTIlo	SP-9967.TXT	1/3/1997	1	1080.9	1/13/1997	PTIsh	1	1101.2	$4,875.00	$7,100.00
SELL	PTIsh	SP-9967.TXT	1/13/1997	1	1101.2	1/28/1997	PTIlo	1	1111.4	($2,750.00)	$4,350.00
BUY	PTIlo	SP-9967.TXT	1/28/1997	1	1111.4	2/3/1997	PTIsh	1	1122.1	$2,475.00	$6,850.00
SELL	PTIsh	SP-9967.TXT	2/3/1997	1	1122.1	2/28/1997	PTIlo	1	1125.2	($975.00)	$5,850.00
BUY	PTIlo	SP-9967.TXT	2/28/1997	1	1125.2	3/10/1997	PTIsh	1	1140.2	$3,550.00	$9,400.00
SELL	PTIsh	SP-9967.TXT	3/10/1997	1	1140.2	3/18/1997	PTIlo	1	1129.2	$2,550.00	$11,950.00
BUY	PTIlo	SP-9967.TXT	3/18/1997	1	1129.2	4/18/1997	PTIsh	1	1096.3	($8,425.00)	$3,525.00
SELL	PTIsh	SP-9967.TXT	4/18/1997	1	1096.3	6/5/1997	PTIlo	1	1168.8	($18,325.00)	($14,800.00)
BUY	PTIlo	SP-9967.TXT	6/5/1997	1	1168.8	6/10/1997	PTIsh	1	1191.7	$5,525.00	($9,275.00)
SELL	PTIsh	SP-9967.TXT	6/10/1997	1	1191.7	6/27/1997	PTIlo	1	1213.5	($5,650.00)	($14,925.00)
BUY	PTIlo	SP-9967.TXT	6/27/1997	1	1213.5	7/3/1997	PTIsh	1	1238.8	$6,125.00	($8,800.00)
SELL	PTIsh	SP-9967.TXT	7/3/1997	1	1238.8	7/22/1997	PTIlo	1	1237.6	$100.00	($8,700.00)
BUY	PTIlo	SP-9967.TXT	7/22/1997	1	1237.6	7/25/1997	PTIsh	1	1263.8	$6,350.00	($2,350.00)
SELL	PTIsh	SP-9967.TXT	7/25/1997	1	1263.8	8/12/1997	PTIlo	1	1259.4	$900.00	($1,450.00)
BUY	PTIlo	SP-9967.TXT	8/12/1997	1	1259.4	9/5/1997	PTIsh	1	1254.8	($1,350.00)	($2,800.00)
SELL	PTIsh	SP-9967.TXT	9/5/1997	1	1254.8	9/12/1997	PTIlo	1	1231.7	$5,575.00	$2,775.00

BUY	PTllo	SP-9967.TXT	9/12/1997	1231.7	1	9/18/1997	PTlsh	1	1262.7	$7,550.00	$10,325.00
SELL	PTlsh	SP-9967.TXT	9/18/1997	1262.7	1	9/29/1997	PTlsh	1	1259.7	$550.00	$10,875.00
BUY	PTllo	SP-9967.TXT	9/29/1997	1259.7	1	9/30/1997	BoundExit	1	1266.4	$1,475.00	$12,350.00
BUY	PTlsh	SP-9967.TXT	10/20/1997	1258.7	1	11/5/1997	PTlsh	1	1248.2	($2,825.00)	$9,525.00
SELL	PTllo	SP-9967.TXT	11/5/1997	1248.2	1	11/12/1997	PTllo	1	1219.7	$6,925.00	$16,450.00
BUY	PTlsh	SP-9967.TXT	11/12/1997	1219.7	1	11/18/1997	PTlsh	1	1257.7	$9,300.00	$25,750.00
SELL	PTllo	SP-9967.TXT	11/18/1997	1257.7	1	12/12/1997	PTllo	1	1267.8	($2,725.00)	$23,025.00
BUY	PTlsh	SP-9967.TXT	12/12/1997	1267.8	1	1/2/1998	PTllo	1	1278.8	$2,550.00	$25,575.00
SELL	PTllo	SP-9967.TXT	1/2/1998	1278.8	1	1/9/1998	PTlsh	1	1256.8	$5,300.00	$30,875.00
BUY	PTlsh	SP-9967.TXT	1/9/1998	1256.8	1	1/21/1998	PTllo	1	1275.3	$4,425.00	$35,300.00
SELL	PTllo	SP-9967.TXT	1/21/1998	1275.3	1	1/27/1998	PTlsh	1	1257.3	$4,300.00	$39,600.00
BUY	PTlsh	SP-9967.TXT	1/27/1998	1257.3	1	2/2/1998	PTllo	1	1296.8	$9,675.00	$49,275.00
SELL	PTllo	SP-9967.TXT	2/2/1998	1296.8	1	3/6/1998	PTlsh	1	1338.3	($10,575.00)	$38,700.00
BUY	PTlsh	SP-9967.TXT	3/6/1998	1338.3	1	3/10/1998	PTllo	1	1354.8	$3,925.00	$42,625.00
SELL	PTllo	SP-9967.TXT	3/10/1998	1354.8	1	3/31/1998	PTlsh	1	1394.3	($10,075.00)	$32,550.00
BUY	PTlsh	SP-9967.TXT	3/31/1998	1394.3	1	4/3/1998	PTllo	1	1415.3	$5,050.00	$37,600.00
SELL	PTllo	SP-9967.TXT	4/3/1998	1415.3	1	4/28/1998	PTlsh	1	1386.3	$7,050.00	$44,650.00
BUY	PTlsh	SP-9967.TXT	4/28/1998	1386.3	1	5/5/1998	PTllo	1	1408.8	$5,425.00	$50,075.00
SELL	PTllo	SP-9967.TXT	5/5/1998	1408.8	1	5/8/1998	PTlsh	1	1382.8	$6,300.00	$56,375.00
BUY	PTlsh	SP-9967.TXT	5/8/1998	1382.8	1	5/14/1998	PTllo	1	1403.8	$5,050.00	$61,425.00
SELL	PTllo	SP-9967.TXT	5/14/1998	1403.8	1	6/16/1998	PTlsh	1	1365.6	$9,350.00	$70,775.00
BUY	PTlsh	SP-9967.TXT	6/16/1998	1365.6	1	6/25/1998	PTllo	1	1421.1	$13,675.00	$84,450.00
SELL	PTllo	SP-9967.TXT	6/25/1998	1421.1	1	7/23/1998	PTlsh	1	1443.1	($5,700.00)	$78,750.00
BUY	PTlsh	SP-9967.TXT	7/23/1998	1443.1	1	8/20/1998	PTllo	1	1371.6	($18,075.00)	$60,675.00
SELL	PTllo	SP-9967.TXT	8/20/1998	1371.6	1	8/28/1998	PTlsh	1	1321.6	$12,300.00	$72,975.00
BUY	PTlsh	SP-9967.TXT	8/28/1998	1321.6	1	9/15/1998	PTllo	1	1299.5	($5,725.00)	$67,250.00
SELL	PTsh	SP-9967.TXT	9/15/1998	1299.5	1	10/2/1998	PTllo	1	1262.0	$9,175.00	$76,425.00

（續下頁）

表 6.2 交易明細

交易期間

PTIx_WF_SP SP-9967.TXT 1/1/1989-12/31/2006 系統：PTIX ()

買/賣	進場訊號	市場	進場日	口數	進場價	出場日	出場訊號	口數	出場價	交易盈虧	累計盈虧
BUY	PTIlo	SP-9967.TXT	6/26/2000	1	1620.8	7/11/2000	PTIsh	1	1638.8	$4,300.00	$357,375.00
SELL	PTIsh	SP-9967.TXT	7/11/2000	1	1638.8	7/25/2000	PTIlo	1	1635.3	$675.00	$358,050.00
BUY	PTIlo	SP-9967.TXT	7/25/2000	1	1635.3	8/8/2000	PTIsh	1	1633.3	($700.00)	$357,350.00
SELL	PTIsh	SP-9967.TXT	8/8/2000	1	1633.3	9/13/2000	PTIlo	1	1624.7	$1,950.00	$359,300.00
BUY	PTIlo	SP-9967.TXT	9/13/2000	1	1624.7	11/3/2000	PTIsh	1	1567.2	($14,575.00)	$344,725.00
SELL	PTIsh	SP-9967.TXT	11/3/2000	1	1567.2	11/10/2000	PTIlo	1	1521.2	$11,300.00	$336,025.00
BUY	PTIlo	SP-9967.TXT	11/10/2000	1	1521.2	12/28/2000	PTIsh	1	1452.9	($17,275.00)	$338,750.00
SELL	PTIsh	SP-9967.TXT	12/28/2000	1	1452.9	1/9/2001	PTIlo	1	1423.4	$7,175.00	$345,925.00
BUY	PTIlo	SP-9967.TXT	1/9/2001	1	1423.4	1/16/2001	PTIsh	1	1438.4	$3,550.00	$349,475.00
SELL	PTIsh	SP-9967.TXT	1/16/2001	1	1438.4	2/9/2001	PTIlo	1	1443.4	($1,450.00)	$348,025.00
BUY	PTIlo	SP-9967.TXT	2/9/2001	1	1443.4	3/8/2001	PTIsh	1	1371.1	($18,275.00)	$329,750.00
SELL	PTIsh	SP-9967.TXT	3/8/2001	1	1371.1	3/13/2001	PTIlo	1	1294.1	$19,050.00	$348,800.00
BUY	PTIlo	SP-9967.TXT	3/13/2001	1	1294.1	4/11/2001	PTIsh	1	1288.1	($1,700.00)	$347,100.00
SELL	PTIsh	SP-9967.TXT	4/11/2001	1	1288.1	5/15/2001	PTIlo	1	1348.6	($15,325.00)	$331,775.00
BUY	PTIlo	SP-9967.TXT	5/15/2001	1	1348.6	5/18/2001	PTIsh	1	1385.1	$8,925.00	$340,700.00
SELL	PTIsh	SP-9967.TXT	5/18/2001	1	1385.1	5/30/2001	PTIlo	1	1357.6	$6,675.00	$347,375.00
BUY	PTIlo	SP-9967.TXT	5/30/2001	1	1357.6	7/3/2001	PTIsh	1	1328.3	($7,525.00)	$339,850.00
SELL	PTIsh	SP-9967.TXT	7/3/2001	1	1328.3	7/9/2001	PTIlo	1	1283.3	$11,050.00	$350,900.00
BUY	PTIlo	SP-9967.TXT	7/9/2001	1	1283.3	7/31/2001	PTIsh	1	1294.3	$2,550.00	$353,450.00

Action	Signal	File	Date	Qty	Price	Date	Qty	Signal	Qty	Price	Amount	Equity
SELL	PTIsh	SP-9967.TXT	7/31/2001	1	1294.3	8/8/2001	1	PTIlo	1	1285.8	$1,925.00	$355,375.00
BUY	PTIlo	SP-9967.TXT	8/8/2001	1	1285.8	10/2/2001	1	PTIsh	1	1121.8	($41,200.00)	$314,175.00
SELL	PTIsh	SP-9967.TXT	10/2/2001	1	1121.8	10/19/2001	1	PTIlo	1	1149.8	($7,200.00)	$306,975.00
BUY	PTIlo	SP-9967.TXT	10/19/2001	1	1149.8	10/29/2001	1	PTIsh	1	1180.5	$7,475.00	$314,450.00
SELL	PTIsh	SP-9967.TXT	10/29/2001	1	1180.5	11/1/2001	1	PTIsh	1	1144.8	$8,725.00	$323,175.00
BUY	PTIlo	SP-9967.TXT	11/1/2001	1	1144.8	11/6/2001	1	PTIsh	1	1181.8	$9,050.00	$332,225.00
SELL	PTIsh	SP-9967.TXT	11/6/2001	1	1181.8	12/12/2001	1	PTIsh	1	1220.3	($9,825.00)	$322,400.00
BUY	PTIlo	SP-9967.TXT	12/12/2001	1	1220.3	12/20/2001	1	PTIsh	1	1229.5	$2,100.00	$324,500.00
SELL	PTIsh	SP-9967.TXT	12/20/2001	1	1229.5	1/11/2002	1	PTIsh	1	1238.6	($2,475.00)	$322,025.00
BUY	PTIlo	SP-9967.TXT	1/11/2002	1	1238.6	2/12/2002	1	PTIlo	1	1185.5	($13,475.00)	$308,550.00
SELL	PTIsh	SP-9967.TXT	2/12/2002	1	1185.5	2/20/2002	1	PTIsh	1	1165.5	$4,800.00	$313,350.00
BUY	PTIlo	SP-9967.TXT	2/20/2002	1	1165.5	2/27/2002	1	PTIsh	1	1194.0	$6,925.00	$320,275.00
SELL	PTIsh	SP-9967.TXT	2/27/2002	1	1194.0	3/15/2002	1	PTIlo	1	1237.3	($11,025.00)	$309,250.00
BUY	PTIlo	SP-9967.TXT	3/15/2002	1	1237.3	3/20/2002	1	PTIsh	1	1242.3	$1,050.00	$310,300.00
SELL	PTIsh	SP-9967.TXT	3/20/2002	1	1242.3	3/22/2002	1	PTIlo	1	1230.8	$2,675.00	$312,975.00
BUY	PTIlo	SP-9967.TXT	3/22/2002	1	1230.8	5/15/2002	1	PTIsh	1	1168.8	($15,700.00)	$297,275.00
SELL	PTIsh	SP-9967.TXT	5/15/2002	1	1168.8	5/23/2002	1	PTIlo	1	1165.3	$675.00	$297,950.00
BUY	PTIlo	SP-9967.TXT	5/23/2002	1	1165.3	6/19/2002	1	PTIsh	1	1106.9	($14,800.00)	$283,150.00
SELL	PTIsh	SP-9967.TXT	6/19/2002	1	1106.9	6/25/2002	1	PTIlo	1	1077.4	$7,175.00	$290,325.00
BUY	PTIlo	SP-9967.TXT	6/25/2002	1	1077.4	7/31/2002	1	PTIsh	1	976.9	($25,325.00)	$265,000.00
SELL	PTIsh	SP-9967.TXT	7/31/2002	1	976.9	8/30/2002	1	PTIlo	1	987.2	($2,775.00)	$262,225.00
BUY	PTIlo	SP-9967.TXT	8/30/2002	1	987.2	9/12/2002	1	PTIsh	1	977.8	($2,550.00)	$259,675.00
SELL	PTIsh	SP-9967.TXT	9/12/2002	1	977.8	9/16/2002	1	PTIsh	1	963.5	$3,375.00	$263,050.00
BUY	PTIlo	SP-9967.TXT	9/16/2002	1	963.5	10/15/2002	1	PTIlo	1	942.3	($5,500.00)	$257,550.00
SELL	PTIsh	SP-9967.TXT	10/15/2002	1	942.3	11/12/2002	1	PTIsh	1	956.8	($3,825.00)	$253,725.00

（續下頁）

交易策略評估與最佳化（第二版）

表 6.2 交易明細

交易期間

PTIx_WF_SP SP-9967.TXT 1/1/1989-12/31/2006 系統：PTIX （ ）

買/賣	進場訊號	市場	進場日	口數	進場價	出場日	出場訊號	口數	出場價	交易盈虧	累計盈虧
BUY	PTIlo	SP-9967.TXT	11/12/2002	1	956.8	11/19/2002	PTIsh	1	971.8	$3,550.00	$257,275.00
SELL	PTIsh	SP-9967.TXT	11/19/2002	1	971.8	12/9/2002	PTIlo	1	980.3	($2,325.00)	$254,950.00
BUY	PTIlo	SP-9967.TXT	12/9/2002	1	980.3	1/6/2003	PTIsh	1	985.2	$1,025.00	$255,975.00
SELL	PTIsh	SP-9967.TXT	1/6/2003	1	985.2	1/21/2003	PTIlo	1	981.7	$675.00	$256,650.00
BUY	PTIlo	SP-9967.TXT	1/21/2003	1	981.7	2/21/2003	PTIsh	1	915.7	($16,700.00)	$239,950.00
SELL	PTIsh	SP-9967.TXT	2/21/2003	1	915.7	3/6/2003	PTIlo	1	900.2	$3,675.00	$243,625.00
BUY	PTIlo	SP-9967.TXT	3/6/2003	1	900.2	3/17/2003	PTIsh	1	905.8	$1,200.00	$244,825.00
SELL	PTIsh	SP-9967.TXT	3/17/2003	1	905.8	4/1/2003	PTIlo	1	926.8	($5,450.00)	$239,375.00
BUY	PTIlo	SP-9967.TXT	4/1/2003	1	926.8	4/4/2003	PTIsh	1	958.8	$7,800.00	$247,175.00
SELL	PTIsh	SP-9967.TXT	4/4/2003	1	958.8	5/21/2003	PTIlo	1	994.3	($9,075.00)	$238,100.00
BUY	PTIlo	SP-9967.TXT	5/21/2003	1	994.3	5/29/2003	PTIsh	1	1031.3	$9,050.00	$247,150.00
SELL	PTIsh	SP-9967.TXT	5/29/2003	1	1031.3	6/25/2003	PTIlo	1	1060.5	($7,500.00)	$239,650.00
BUY	PTIlo	SP-9967.TXT	6/25/2003	1	1060.5	7/2/2003	BoundExit	1	1062.0	$175.00	$239,825.00
BUY	PTIlo	SP-9967.TXT	8/6/2003	1	1040.5	8/19/2003	PTIsh	1	1080.3	$9,750.00	$249,575.00
SELL	PTIsh	SP-9967.TXT	8/19/2003	1	1080.3	9/26/2003	PTIlo	1	1080.6	($275.00)	$249,300.00
BUY	PTIlo	SP-9967.TXT	9/26/2003	1	1080.6	10/3/2003	PTIsh	1	1112.6	$7,800.00	$257,100.00
SELL	PTIsh	SP-9967.TXT	10/3/2003	1	1112.6	10/24/2003	PTIlo	1	1104.1	$1,925.00	$259,025.00
BUY	PTIlo	SP-9967.TXT	10/24/2003	1	1104.1	10/30/2003	PTIsh	1	1133.2	$7,075.00	$266,100.00
SELL	PTIsh	SP-9967.TXT	10/30/2003	1	1133.2	11/12/2003	PTIlo	1	1127.1	$1,325.00	$267,425.00
BUY	PTIlo	SP-9967.TXT	11/12/2003	1	1127.1	11/26/2003	PTIsh	1	1137.9	$2,500.00	$269,925.00

SELL	PTish	SP-9967.TXT	11/26/2003	1137.9	PTish	1	1218.8	2/24/2004	($20,425.00)	$249,500.00
BUY	PTllo	SP-9967.TXT	2/24/2004	1218.8	PTllo	1	1239.5	3/8/2004	$4,975.00	$254,475.00
SELL	PTish	SP-9967.TXT	3/8/2004	1239.5	PTish	1	1223.3	3/10/2004	$3,850.00	$258,325.00
BUY	PTllo	SP-9967.TXT	3/10/2004	1223.3	PTllo	1	1208.6	3/31/2004	($3,875.00)	$254,450.00
SELL	PTish	SP-9967.TXT	3/31/2004	1208.6	PTish	1	1212.9	4/16/2004	($1,275.00)	$253,175.00
BUY	PTllo	SP-9967.TXT	4/16/2004	1212.9	PTllo	1	1223.3	4/26/2004	$2,400.00	$255,575.00
SELL	PTish	SP-9967.TXT	4/26/2004	1223.3	PTish	1	1199.6	4/30/2004	$5,725.00	$261,300.00
BUY	PTllo	SP-9967.TXT	4/30/2004	1199.6	PTllo	1	1202.3	5/27/2004	$475.00	$261,775.00
SELL	PTish	SP-9967.TXT	5/27/2004	1202.3	PTish	1	1203.8	7/6/2004	($575.00)	$261,200.00
BUY	PTllo	SP-9967.TXT	7/6/2004	1203.8	PTllo	1	1181.6	7/30/2004	($5,750.00)	$255,450.00
SELL	PTish	SP-9967.TXT	7/30/2004	1181.6	PTish	1	1153.9	8/6/2004	$6,725.00	$262,175.00
BUY	PTllo	SP-9967.TXT	8/6/2004	1153.9	PTllo	1	1162.6	8/18/2004	$1,975.00	$264,150.00
SELL	PTish	SP-9967.TXT	8/18/2004	1162.6	PTish	1	1191.8	9/24/2004	($7,500.00)	$256,650.00
BUY	PTllo	SP-9967.TXT	9/24/2004	1191.8	PTllo	1	1202.5	10/1/2004	$2,475.00	$259,125.00
SELL	PTish	SP-9967.TXT	10/1/2004	1202.5	PTish	1	1207.6	10/11/2004	($1,475.00)	$257,650.00
BUY	PTllo	SP-9967.TXT	10/11/2004	1207.6	PTllo	1	1206.0	10/28/2004	($600.00)	$257,050.00
SELL	PTish	SP-9967.TXT	10/28/2004	1206.0	PTish	1	1260.6	12/9/2004	($13,850.00)	$243,200.00
BUY	PTllo	SP-9967.TXT	12/9/2004	1260.6	PTllo	1	1281.1	12/14/2004	$4,925.00	$248,125.00
SELL	PTish	SP-9967.TXT	12/14/2004	1281.1	PTish	1	1267.6	1/6/2005	$3,175.00	$251,300.00
BUY	PTllo	SP-9967.TXT	1/6/2005	1267.6	PTllo	1	1271.1	2/2/2005	$675.00	$251,975.00
SELL	PTish	SP-9967.TXT	2/2/2005	1271.1	PTish	1	1268.6	2/23/2005	$425.00	$252,400.00
BUY	PTllo	SP-9967.TXT	2/23/2005	1268.6	PTllo	1	1285.9	3/2/2005	$4,125.00	$256,525.00
SELL	PTish	SP-9967.TXT	3/2/2005	1285.9	PTish	1	1283.3	3/14/2005	$450.00	$256,975.00
BUY	PTllo	SP-9967.TXT	3/14/2005	1283.3	PTllo	1	1265.8	4/1/2005	($4,575.00)	$252,400.00
SELL	PTish	SP-9967.TXT	4/1/2005	1265.8	PTish	1	1235.9	4/15/2005	$7,275.00	$259,675.00

（續下頁）

表 6.2 交易明細

交易期間

PTIx_WF_SP SP-9967.TXT 1/1/1989-12/31/2006 系統：PTIX（）

買/賣	進場訊號	市場	進場日	口數	進場價	出場日	出場訊號	口數	出場價	交易盈虧	累計盈虧
BUY	PTIlo	SP-9967.TXT	4/15/2005	1	1235.9	4/25/2005	PTIsh	1	1236.0	($175.00)	$259,500.00
SELL	PTIsh	SP-9967.TXT	4/25/2005	1	1236.0	5/16/2005	PTIlo	1	1232.2	$750.00	$260,250.00
BUY	PTIlo	SP-9967.TXT	5/16/2005	1	1232.2	5/19/2005	PTIsh	1	1264.9	$7,975.00	$268,225.00
SELL	PTIsh	SP-9967.TXT	5/19/2005	1	1264.9	6/27/2005	PTIlo	1	1265.9	($450.00)	$267,775.00
BUY	PTIlo	SP-9967.TXT	6/27/2005	1	1265.9	7/12/2005	PTIsh	1	1293.6	$6,725.00	$274,500.00
SELL	PTIsh	SP-9967.TXT	7/12/2005	1	1293.6	8/9/2005	PTIlo	1	1302.1	($2,325.00)	$272,175.00
BUY	PTIlo	SP-9967.TXT	8/9/2005	1	1302.1	9/8/2005	PTIsh	1	1304.2	$325.00	$272,500.00
SELL	PTIsh	SP-9967.TXT	9/8/2005	1	1304.2	9/22/2005	PTIlo	1	1280.4	$5,750.00	$278,250.00
BUY	PTIlo	SP-9967.TXT	9/22/2005	1	1280.4	10/4/2005	PTIsh	1	1297.9	$4,175.00	$282,425.00
SELL	PTIsh	SP-9967.TXT	10/4/2005	1	1297.9	10/6/2005	PTIlo	1	1266.8	$7,575.00	$290,000.00
BUY	PTIlo	SP-9967.TXT	10/6/2005	1	1266.8	10/26/2005	PTIsh	1	1261.5	($1,525.00)	$288,475.00
SELL	PTIsh	SP-9967.TXT	10/26/2005	1	1261.5	12/21/2005	PTIlo	1	1327.6	($16,725.00)	$271,750.00
BUY	PTIlo	SP-9967.TXT	12/21/2005	1	1327.6	1/6/2006	PTIsh	1	1344.3	$3,975.00	$275,725.00
SELL	PTIsh	SP-9967.TXT	1/6/2006	1	1344.3	1/25/2006	PTIlo	1	1330.9	$3,150.00	$278,875.00
BUY	PTIlo	SP-9967.TXT	1/25/2006	1	1330.9	1/31/2006	PTIsh	1	1343.4	$2,925.00	$281,800.00
SELL	PTIsh	SP-9967.TXT	1/31/2006	1	1343.4	2/6/2006	PTIlo	1	1323.6	$4,750.00	$286,550.00
BUY	PTIlo	SP-9967.TXT	2/6/2006	1	1323.6	2/16/2006	PTIsh	1	1340.3	$3,975.00	$290,525.00
SELL	PTIsh	SP-9967.TXT	2/16/2006	1	1340.3	3/7/2006	PTIlo	1	1333.4	$1,525.00	$292,050.00
BUY	PTIlo	SP-9967.TXT	3/7/2006	1	1333.4	3/16/2006	PTIsh	1	1362.6	$7,100.00	$299,150.00
SELL	PTIsh	SP-9967.TXT	3/16/2006	1	1362.6	3/31/2006	PTIlo	1	1355.8	$1,500.00	$300,650.00

BUY/SELL	訊號	市場	進場日	口數	進場價	出場日	訊號	口數	出場價	交易盈虧	累計盈虧
BUY	PTIlo	SP-9967.TXT	3/31/2006	1	1355.8	4/6/2006	PTIsh	1	1363.4	$1,700.00	$302,350.00
SELL	PTIsh	SP-9967.TXT	4/6/2006	1	1363.4	4/11/2006	PTIlo	1	1352.3	$2,575.00	$304,925.00
BUY	PTIlo	SP-9967.TXT	4/11/2006	1	1352.3	4/20/2006	PTIsh	1	1362.1	$2,250.00	$307,175.00
SELL	PTIsh	SP-9967.TXT	4/20/2006	1	1362.1	5/15/2006	PTIlo	1	1336.4	$6,225.00	$313,400.00
BUY	PTIlo	SP-9967.TXT	5/15/2006	1	1336.4	6/2/2006	PTIsh	1	1336.6	($150.00)	$313,250.00
SELL	PTIsh	SP-9967.TXT	6/2/2006	1	1336.6	6/8/2006	PTIlo	1	1299.4	$9,100.00	$322,350.00
BUY	PTIlo	SP-9967.TXT	6/8/2006	1	1299.4	7/3/2006	PTIsh	1	1319.5	$4,825.00	$327,175.00
SELL	PTIsh	SP-9967.TXT	7/3/2006	1	1319.5	7/14/2006	PTIlo	1	1284.4	$8,575.00	$335,750.00
BUY	PTIlo	SP-9967.TXT	7/14/2006	1	1284.4	7/28/2006	PTIsh	1	1310.2	$6,250.00	$342,000.00
SELL	PTIsh	SP-9967.TXT	7/28/2006	1	1310.2	8/14/2006	PTIlo	1	1313.8	($1,100.00)	$340,900.00
BUY	PTIlo	SP-9967.TXT	8/14/2006	1	1313.8	8/17/2006	PTIsh	1	1332.4	$4,450.00	$345,350.00
SELL	PTIsh	SP-9967.TXT	8/17/2006	1	1332.4	9/8/2006	PTIlo	1	1333.3	($425.00)	$344,925.00
BUY	PTIlo	SP-9967.TXT	9/8/2006	1	1333.3	9/14/2006	PTIsh	1	1351.1	$4,250.00	$349,175.00
SELL	PTIsh	SP-9967.TXT	9/14/2006	1	1351.1	11/3/2006	PTIlo	1	1400.2	($12,475.00)	$336,700.00
BUY	PTIlo	SP-9967.TXT	11/3/2006	1	1400.2	11/8/2006	PTIsh	1	1406.9	$1,475.00	$338,175.00
SELL	PTIsh	SP-9967.TXT	11/8/2006	1	1406.9	11/29/2006	PTIlo	1	1417.1	($2,750.00)	$335,425.00
BUY	PTIlo	SP-9967.TXT	11/29/2006	1	1417.1	12/5/2006	PTIsh	1	1437.4	$4,875.00	$340,300.00
SELL	PTIsh	SP-9967.TXT	12/5/2006	1	1437.4	12/27/2006	PTIlo	1	1443.3	($1,675.00)	$338,625.00
BUY	PTIlo	SP-9967.TXT	12/27/2006	1	1443.3	12/29/2006	Still Open	1	1440.7	($850.00)	$337,775.00

表 6.3 PTIx於標準普爾期貨其中一筆交易

買/賣	進場訊號	市場	進場日	口數	進場價	出場日	出場訊號	口數	出場價	交易盈虧	累計盈虧
買	PTIlo	SP-9967.TXT	6/16/1998	1	1365.6	6/25/1998	PTIsh	1	1421.1	$13,675.00	$84,450.00

此交易明細有另一個更具價值，但未被充分利用的應用方法。當交易模擬進行時，交易員能依照價格圖表檢視每筆交易及其行為，以感覺當該策略真實應用時每日實際交易之情形，抑或是在更短時間區間裡。即便再好的交易策略，也會有令人不悅或最大權益回落虧損之時期。該交易明細則為理想工具，可讓策略設計者更熟悉其交易策略每日之動態。其演練之價值不可被低估。

權益曲線

　　圖6.1為典型圖形報表，用以顯示策略累積獲利與虧損。其策略模擬結果以線圖視窗方式，繪製於市場價格圖表之下（見圖6.1）。

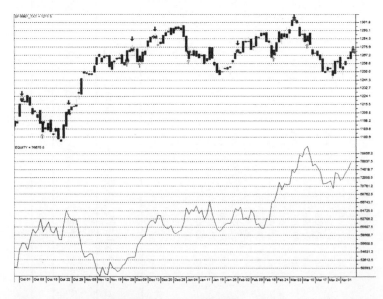

圖 6.1　PTIx於標準普爾期貨之K線與權益曲線

交易策略評估與最佳化（第二版）

我們可於範例中看到當2005年4月7日PTI策略用於SP得到
之權益曲線點落於76,675美元。權益區線圖主要好處之一，是
能立即獲得其相關流暢性與一致性之指標資訊，或所不足。另
一極有價值之好處，為該圖能提供其策略在不同市場狀況下所
得到之績效比較。值得注意的是當市場在非理想狀況下之情
形，特別是當最大權益回落時。該權益曲線評估會在第十二章
中更詳細解說。

時間區間分別報表

該報表提供關於策略可交易性與穩健度之相當重要資訊。
其作用為將交易成果以不同時間區段分開。對於多數策略而言
我們習慣將其分為年度報表。可看到例子中（表6-4）此報表提
供年度關鍵績效統計數據。配合權益曲線，該表可讓我們計算

表 6.4　PTlx 於標準普爾期貨之年化績效

個別年度報告

PTlx_WF_SP SP-9967.TXT 1/1/1989 to 12/31/2006. System is PTIX()

Period	Trades	Winning Trades	Win %	Open Trade	Net Profit	Return %	Running %
1996	4	3	75.00%	1	$3,100.00	3.48%	3.48%
1997	24	16	66.67%	1	$21,500.00	24.14%	27.62%
1998	23	16	69.57%	1	$42,375.00	47.58%	75.20%
1999	26	21	80.77%	1	$174,175.00	195.56%	270.76%
2000	22	16	72.73%	1	$99,775.00	112.02%	382.78%
2001	20	11	55.00%	1	($16,425.00)	−18.44%	364.34%
2002	19	9	47.37%	1	($75,925.00)	−85.25%	279.09%
2003	18	12	66.67%	1	$7,475.00	8.39%	287.49%
2004	18	10	55.56%	1	($11,425.00)	−12.83%	274.66%
2005	19	13	68.42%	1	$22,875.00	25.68%	300.34%
2006	25	19	76.00%	1	$70,275.00	78.90%	379.25%
Total	218	146			$337,775.00		

策略績效對時間區分佈的相對一致性。我們必須尋找策略績效最一致之區段。若我們發現策略在某一或二區段中產生爆發性增長，則須特別留意。更多細節在第十二章中討論。

準確的重要性

所有策略研發軟體都可執行相對準確的歷史模擬。表示軟體可以一套標準與可信賴行為建立交易分析。但軟體臭蟲（bug）的問題往往存在，會影響模擬的準確性。然而，軟體臭蟲是運算過程中不愉快的事實。但若你遭遇到而且有了負面衝擊，你知道該如何以最佳方式解決。

以電腦測試交易策略是一個模擬程序的建立與評估，或是將策略之交易成效模組化。所有的模擬都有可能有準確性問題。一個準確的模擬就是要讓歷史交易資料盡量貼近真實交易之情形。越準確的模擬則會有越好的真實交易結果。而不準確或過度樂觀的模擬，會導致交易策略測試得到錯誤的結論。而該錯誤的結論則會造成真實交易虧損。本章涵蓋最完整模擬所須注意之要點，以達成精確測試交易系統。

創造近趨完美的模擬必須具備兩條件：通透且完全瞭解軟體限度與資料的問題，與謹慎考慮多種成本與滑價之假設。

軟體限制

這是個微妙的問題，除非策略設計者有警覺這些問題，其影響會讓歷史模擬交易結果的可信度過於樂觀且一點都不安全。

交易策略評估與最佳化（第二版）

進位議題

這聽起來技術上並無任何傷害，但在交易中若缺乏適當價格資料來計算進場與出場價位，則會對交易績效累積產生相當誇張之影響。如此會造成另一層面的錯誤，可能包含或疏忽了並不會在實際交易時觸發之交易。

我們在討論的是哪些進位？所有市場裡交易都是以最小跳動單位（minimum fluctuations）起算，或跳動點（ticks）。例如黃豆最小跳動0.25美分，美國國庫長期債券最小跳動0.03125s（1/32）而S&P最以0.1點交易。顯然的當下單時期下單價位會反映出最小跳動點如S&P 1535.60，長期債券109.08，和812.5的黃豆。

為何這些會是模擬軟體之問題？有些應用程式會很適切的調整最小跳動點以符合商品資料。這稱為跳動點數學（tick math）。但其他軟體卻不會。這是什麼意思？這可能導致兩種錯誤，一個比一個糟。如果模擬中沒有適當的跳動點計算則可能導致不應被成交的單成交或應該成交的單卻未成交。而其二是可能造成詭異，微小且持續性的獲利低估或高估。

考慮以下例子，其顯示當有缺漏交易時可能導致掛單之無法成交。程式會使用不精確之十進位小數109.24997代替長期債券模擬之掛單價位109.08*。而在比較正確掛單價109.08與真實市場價格109.08後，軟體會選擇使用109.249999代替。（因為技術性原因電腦語言程序處理時，其數學方法算出之數值會盡可能逼近價位）。當然這是為了舉例所假設之不合理情況。重點是如果該單以適切的市場跳動價格109.08被正確執行，且成交價位也正確落在109.08，此停損買單會正確的在實際交易中被執

行。但在模擬中該停損買單並未被執行，且不會顯示於交易紀錄中。（譯註：109.08*指的是109又8/32＝109.25）

　　考慮後面的舉例，其顯示模擬獲利與虧損如何因不正確的進位而失真。讓我們考慮下列例子，由於進位錯誤，獲利因最小跳動點而過度膨脹。當在一個適當時機買進1525.20時其十進位格式為1525.15123，而再適當時賣出於1527.90，其十進位格式則在1527.94999。

　　該筆交易獲利在最小跳動調整計算後為675美元（1527.90－1525.20＝2.70×250）。但由於錯誤之交易價格使模擬交易之獲利變為699.69美元（1527.94999－1525.15123＝2.7988×250），在此獲利膨脹有24.69美元。

　　也許有人會覺得其差異很小而不需太介意。在跳過如此簡潔之結論之前我們先想想兩件事，如果我們使用之有效策略平均每筆獲利為100美元，而此大小之持續性誤差將會實際導致策略是否仍具有可行性之差異。再看看更健全且每筆交易有250美元獲利之策略。比照該策略，其誤差看起來顯得微小許多。但實際上其獲利過度膨脹仍高達一成左右。

　　要做到如此交易模擬最小跳動點計算，對於大多數軟體並非難事。缺少跳動點計算功能的模擬，其誤差足以讓看似可獲利的策略變得完全無法獲利。因此，最小跳動點計算必然為重點步驟之一。

　　一切端看策略設計者是否使用具有如此運算方法的軟體。如果沒有，策略設計者在交易模擬中面對如此扭曲因素便無所仰仗。

　　進位的錯誤對於交易頻繁且獲利較少之交易會有更顯著的

交易策略評估與最佳化（第二版）

衝擊。而對較緩慢之交易系統影響會較小，除非該進位誤差包含或缺漏了原有應該存在或不存在之大額獲利或虧損。

異常幽靈交易（Phantom Trades）

這是模擬軟體隱含之內部作業問題之一。其發生在模擬軟體得處理兩筆恰巧落於同一個價格棒的單子。考慮如交易策略以日線為單位，並以開盤價加減某值作為進場點。如果該進場單被執行，策略會置入風險停損單，而如果該單亦被執行則會落於同一日線上。

假設交易系統在每一天開盤前便預先下單。該模擬軟體必須先確認是否該觸價只會在開盤有效。如果不是，下一步檢查並判斷該點是否落於今日高低範圍間，如果是，則該單應考慮被執行。如符合上任一條件則此單應當明確被成交。若皆不符合則皆不會。

考慮一交易系統產生之進場單與同時風險停損單。如果兩者價格皆於日高低範圍間，該結果可能會不甚精確。這歸因於某些應用程式對下單執行之查驗問題。舉最簡單的例子，程式於開盤時即決定其觸價點是否有成交，之後會以日高低範圍查驗該風險停損單，而軟體發現該單符合此範圍。這就是模擬有可能發生錯誤的地方。為什麼呢？因為該程度之檢驗無法精確得知是否進場單在今日已被成交。這是因為風險停損單的成交與否取決於今日高點或低點何者先來。

舉例如一買單進場價在352，而配合風險停損為該價減2.00點，而當日高354，低350，收353．以此價格明顯進場單352一定有成交，但這裡卻成為不確定的部分。如果高點先來則該風

險停損單350也一定成交並完成出場。但若低點先來，則模擬軟體會假設進場點爲低點出現之後往上翻揚時才做買進，而該風險停損單就不會觸價。

以此推斷，該問題是由於交易策略模擬使用了兩個可能被成交在同一價格棒之下單。單單使用日線資料該模擬軟體無法得知並確認下單是否被執行，亦難確認第二筆下單是否也有被執行。該資訊只能由較小時間單位之平行資料所提供，如此可以決定下單執行順序與第二筆下單是否被執行且成交。例如，用日線模擬之交易策略產生的兩筆單皆在當日高低點內時，可以參照五分鐘線圖來決定適合之下單順序。

交易策略評估與最佳化（第二版）

但有些模擬軟體允許策略在同一價格棒中的兩下單條件皆成立時，在既有的日高低範圍裡用最佳預測方式來決定高或低點何者先來。這樣的預測方法基於合理的假設，看最高價或最低價哪個比較靠近開盤價，靠近的先出現之後才是另一個。這邊一樣有問題，例如：開盤價比較靠近最高價，但是事實上那個比較遠的最低價先來之後才觸到最高價。一般而言這是合理的推測，除了猜錯的狀況之外。該模擬軟體臆測錯誤之結果，又會是實際交易中可能有包含或被排除的下單結果。這就會有追蹤誤差。

對於多數策略而言，追蹤誤差對績效表現造成之差異也許不大。但對交易頻繁且平均損益較小之策略來說，會有較大之影響。可能足以將可獲利策略變得無法使用。而其至少都將無法量化之風險帶入該模擬之中。如果追蹤誤差無法被排除，則策略設計者便必須將之列爲考慮因素，如此會在策略評估上增加某些形式之成本或風險。

定價單

本議題為模擬軟體內部作業中最後一個造成的問題。定價單或限價單（會在下一節明確定義）是將價格設在現價之下（買）或是現價之上（賣）。多數典型會用在逆勢操作系統，跌深買、反彈賣並加上獲利目標單，與停損或市價單不同之處在該類型單不保證在觸價或穿價後會保證執行且成交。

因此有些問題。多數模擬軟體皆自動假設該設定之任何限價單在觸價後皆成交。裴利・考夫曼主張多達三成之限價單應未被成交。此種滑價會在後面章節中討論[1]。

該軟體限制取決於此軟體如何看待該問題。當限價單無法被保證成交，而交易員可以於模擬軟體中對限價單追加額外需求來達成執行成交機率。該額外需求可讓策略設計者設定為了達到成交而所需讓與價位的金額。

考慮下列例子：當限價單買進S&P掛在1525.50或較佳價。策略設計者在模擬軟體中規劃該單除非此價格穿價8個跳動點（0.80點）或某些其他小價格波動的穿價，否則不會被執行。換句話說，在模擬中除非價格達到1524.70（1525.50－0.80）否則都不算成交。雖然如此也不能保證如此所有單皆會被成交，但卻是比每次觸價皆成交更實際的假設。

這對使用限價單策略設計者來說是個非常深具意義的考量。在步調越快的市場裡，該問題對策略之影響就更形顯著。

實際假設

在交易模擬建立過程中，需要做很多看似無影響的假設。

然而這些假設並非無害且不具決定性，因而會導致模擬結果受到相當強烈的質疑。多數明顯且重要的假設多跟各種滑價等交易策略主要問題有關。

價格與交易滑價

每筆交易皆伴隨固定及變動之交易成本如手續費及滑價。

定義「手續費」──是下單時，經紀商執行交易收取的費用。

不會有人質疑手續費問題，這是經紀商必然收取的固定成本，但竟然不少策略設計者會低估滑價成本。

定義「滑價」──是以較差價位成交時所付出的交易開支。這是下單價格與實際執行或成交價格之差異。

滑價是交易中相當具影響的成本。它可是真實的存在。研發過程中要完整評估滑價相當困難，特別是對於現今高效率電子下單的時代，隨時都可能因巨大衝擊而造成極大滑價。一個策略可以針對某些特別穩定或相對平靜時期之市場作交易而有較小或較無滑價。但若某天發生了非預期事件而觸發了快市產生極大市場變化，則該單成交有可能滑價比原本平均十倍還來得更多。這滑價之淨影響足以瞬間抵銷長期之零滑價。反向市場行為對滑價之影響有許多種狀況，會在後面作討論。

滑價也受到下單價格，部位大小及市場流動性所影響。

定義「市價單（market order）」── 是以現行價格買進或賣出之立即成交單。

定義「賣出停損單（sell stop order）」──是將價格掛於現行價格之下，當價格下跌至掛價價格之下時立即以市價賣出。

定義「買進停損單（buy stop order）」——是將價格掛於現行價格之上，當價格上漲至掛單價格之上時立即以市價買進。

停損單可用於進場與出場。買進停損掛在現行價格之上，而賣出停損則在之下。停損單之價格通常會成交在較差位置。因為當停損單被觸及，該市價單會不計價成交。更糟的是有許多突破型交易策略都使用該停損單，而使得狀況更為嚴重。實際上有許多交易策略將停損單分散在其他價位，變成一連串掛單，以和其他策略或市場參與者作區分。

當此一群組停損單被觸發，該停損單為了成交會將價位推往更大幅度的波動和滑價。這就是為什麼許多停損無法成交在其掛價之價位。瞭解到實際交易的停損單滑價，並以謹慎且有效方式合理計算並處理滑價是相當重要之課題。

定義「限價賣單（sell price limit order）」——為將賣單掛於限價之上，而當價格漲過此掛價時才會成交。

定義「限價買單（buy price limit order）」——為將買單掛於限價之下，而當價格跌破此掛價時才會成交。

限價買單掛在現行價格之下，而限價賣單掛於現行價格之上。限價單與停損單最大不同在前者不保證會成交。一但成交會為掛單價或較好之價格。因此其必然不會有較差價格滑價。因為該價格並不保證成交，卻也使其產生原本應獲利之交易但因沒成交所導致之另外一種滑價。亦有可能因為限價出場單沒有成交而使獲利縮小形成另一種滑價。

定義「交易滑價」——是因為使用限價單沒成交而錯過交易進場時機，或出場在較差價格所產生之交易成本。

定義「觸價賣出單（sell Market If Touched, MIT）」——是

將在現行價格之上掛一價格點位，當價格上漲到該價位時即轉為市價單賣出。

定義「觸價買進單（buy Market If Touched）」——是將在現行價格之下掛一價格點位，當價格下跌到該價位時即轉為市價單買進。

觸價買進單置於下跌市場中，而觸價賣出單則在上漲市場中。觸價單結合了限價單與停損單兩者之好處。該限價單尋潛在適當之回檔買進及反彈賣出點。而停損單保證當策略判斷出適當價格點時該交易能在此價格附近被成交。如同停損單，觸價單亦有滑價問題。

開盤跳空滑價

所有市場在收盤與下個交易日間都有開盤跳空差距。而多數狀況跳空都並不是那麼大而會對交易產生巨大衝擊。但若在市場收盤後，有偶發重大經濟或政治事件則會產生相當大跳空。開盤跳空會對所有形式的未取消則有效單（GTC）造成一種滑價。當跳空大幅超過停損當然會造成虧損滑價。而跳空大幅越過限價單則會帶來正面滑價效益。

所有模擬軟體皆會正確執行未取消則有效單（GTC），但該形式之滑價卻不會被如此紀錄。其不是被當作較差進出場之停損單，就是被當成較佳買賣點之限價單。策略設計者必須注意面對大幅跳空該型態之交易行為，對於策略是有正面或反面之影響。

如果策略在開盤時常有被反向停損之異常現象，則設計者應該考慮該設計弱點或有無潛在改進空間。

反之若策略經常因開盤價超過限價單而得到正面滑價之獲利，則設計者應考慮該策略的隱含優勢並增加某些可提升效益之設計。

無論在何種狀況，設計者應當警覺滑價的隱含影響，並留意其對策略潛在強弱度提供之資訊。

開盤與收盤範圍滑價

這是另一種無聲滑價。除非策略設計者特意尋找，否則此滑價可能永遠不會被注意。此種滑價會讓真實交易比模擬情況多出額外的交易成本。

多數價格資料庫裡之開盤價不是開盤第一價就是開盤範圍中間價。這是指在模擬中開盤掛單執行價位會被紀錄為此價格。但在實際交易裡成交價有可能是開盤範圍裡的任一個價格，也就是說有可能成交在很不理想之價位或附近。該價位差異是模擬歷史資料開盤價與現實交易的真實價格間的不同，實際上這是沒有記錄且無法偵測的滑價。可能多數時間裡並沒有如此戲劇性變化。但長期下來真的會造成成本上升而不可忽略。

同樣的現象也發生在收盤市價單（Market On Close, MOC）和收盤停損單（Stop Close Only, SCO）。然而在收盤時狀況可能更糟。從多數統計資料裡所得到的日收盤價會是結算價（最後30到60秒由交易所決定最具代表性的價格）或是最後30到60秒交易最高最低之平均價。

又是和開盤同樣狀況，模擬軟體會取該資料庫中紀錄之收盤價格作為收盤平倉單或收盤停損單之成交價。在真實交易裡執行之成交價總會和收盤背離。如此一來該無法紀錄且不會被

注意的滑價典型，又在交易裡產生了無法估計的成本。

　　沒有經過反覆研究，使用開盤市價單（Market On Open, MOO），收盤市價單（MOC）和收盤停損單（SCO）。收盤停損單的歷史模擬結果都難在真實交易達到相同結果。而市價單或停損單都有可能在開盤或收盤時以最差的狀況下成交（買最高，賣最低）。該模式無聲滑價會不斷累積並讓策略設計者訝異，因為他甚至可能不知道其存在。

交易策略評估與最佳化（第二版）

部位大小造成之滑價

　　下單部位大小亦有可能造成滑價衝擊。而下單部位越大則可能會造成更大滑價。以停損單買進五口S&P 500期貨相當容易被執行且精準計算出標準滑價成本。而以停損單買進五百口S&P 500期貨就不是這麼一回事了。該筆下單應以較大滑價計算。任何形式之大部位單都會造成影響。有點像限價單所造成之高成本。

　　滑價之幅度隨著部位增加而變大。大部位規模之策略設計者應謹慎做好設計選擇，以讓所有欲交易部位經能被完全執行，而不是直接放大帶過。

滑價的重要涵義

　　對於較長交易週期的低頻率交易策略而言，滑價所產生的附加交易成本意義通常不會很大。若系統在四年內交易十次，扣除交易成本前獲利兩萬美元。扣除每筆交易成本125美元（25美元手續費加上100美元滑價）則得到淨利18,750美元（$20,000－$125×10）。相對交易成本在這裡顯得很小。

而在短線頻繁交易之系統裡，價格滑價造成之交易成本衝擊就很顯著。交易成本對於如此系統成果會有戲劇性影響。假設系統在一年內交易兩百筆共獲利一萬美元。讓我們扣除每筆125美元之交易成本。結算後我們從獲利一萬美元變成虧損一萬五千美元（$10,000－$125×200）。在這例子裡交易成本讓原本獲利的策略變得完全無法獲利。

然而，若是因為沒有成交所造成之滑價交易損失在兩種情況裡都會造成影響。諷刺的是錯過交易可能有更糟的影響，對於非頻繁交易的策略來說，錯過的一兩筆可能就是策略成敗的關鍵交易。滑價交易也衝擊交易頻繁的策略，而導致一個似乎能獲利之策略變得虧損連連或更糟。

漲跌幅限制

多數期貨合約都有漲跌幅限制。當日漲跌幅限制由交易所公式化並規定商品最大漲幅與跌幅，即期貨與選擇權商品所被允許之單日最大上漲與最大下跌點。該限制幅度由前一交易日結算價所計算得到。

例如，黃豆現今單日漲跌幅限制為前一交易日結算價上下50美分。假設結算在635。這表示下一個交易日之價格最高可上漲至685（635＋最多向上50），而不能更高。相反地，價格可下跌至585（635－最多向下50），且不能更低。在上下極值仍可交易，但不可高過或低過該價。

交易所設定該限制是為了控制風險而非阻礙交易流動性。而雖然開盤就漲停或跌停且持續一路到收盤的狀況很少發生，

但其確實存在。這種狀況叫鎖漲停或鎖跌停。統計上來說，鎖漲跌停這一日之開高低收皆為同一價格。當市場鎖住，其成交量也會急縮到無成交。相對的在此不論因何種目的，皆應考慮在漲停價買進與跌停價賣出為不可能事件。為了建立貼近實際之模擬交易亦不應允許在鎖漲跌停之日進出場。

也有可能有大幅開高後急拉上漲停或大幅開低後急跌至跌停之況狀。為了建立可信賴模擬，該狀況也不列入交易考慮。這些交易日之型態應列入特別考量。判斷鎖漲停日應視是否最高價與收盤價皆為最高點，且等於前一日結算價加上單日漲幅限制之價格。判斷鎖跌停日應視是否最低價與收盤價皆為最低點，且等於前一日結算價減去單日漲幅限制之價格。

主要事件與日期

預定的主要經濟報告、換倉日、合約或選擇權到期日都會對市場波動造成異常或潛在爆炸性影響。該經常性的戲劇化波動已使市場出現專為獲取該報酬而建立之交易策略。該交易型態已被熟知為事件交易。

有些交易員會在該具影響性報告發表或到期日之前一晚先行平倉，以因應大幅波動。還有交易員會設定策略在發表關鍵經濟報告之某一段時間內不進場交易。如本章說所提到有可能之滑價，在這段大波動及市場快速變化期間內，勢必會造成嚴重滑價。一直以來，該如何最妥善處理這些事件，都是交易員與策略設計者所爭論之議題。顯而易見的，該事件會對不同策略產生不同之影響。

有些交易員會選擇在此巨大政策或經濟事件後暫停交易，像開戰或非預期經濟衝擊，這些足以讓價格產生劇變或超高波動率之後。例如，交易員也許會選擇在2003年三月美軍空襲伊拉克時暫停石油交易。

其他交易員與策略設計者或因波動率而大幅獲利。在這敏感且新聞導向之市場要正確預測市場走向非常困難。如果交易策略選對邊會帶來驚人獲利。相反的如果策略選了相反的方向，則會造成極大虧損。這些便是市場裡廣為人知的「黑天鵝事件（black swan event）」。

許多系統交易員認為一個好的交易策略，應當能平安度過如此事件風暴。當然和所有交易議題一樣，也有不少人持相反意見。重要的是策略設計者要懂得如何在此事件導向的極端市場活動裡存活下來，並精巧製作其策略以確保能安然度過並成功面對此類事件。

分別評估歷史資料模擬中，有或無因這些重大異常市場活動所引發之交易，會是聰明且審慎的。例如任何交易系統皆能掌握到1997年10月27日小幅股市崩盤，並得到大幅獲利。相反的如果交易員在此崩盤中持有多單，則會經歷異常幅度虧損。此事件很少發生且完全無法預測，因而不應假設為尋常可重複之交易行為中。

換句話說，該筆巨額獲利雖然可喜，但不能期望重複得到該類獲利交易。而是要讓策略能承受該風險。而從模擬中排除如此事件所造成之交易，再做績效評估則相當重要。

歷史資料

　　交易模擬必須基於準確且可信賴之歷史資料是毋庸置疑之事。期貨與選擇權都有其交易期限與到期日。此持續性到期合約造成兩個問題而使它們比現貨或股票市場更難做測試。

股價

　　不像期貨與選擇權，股票並不會到期或結束。（除非是公司破產，被買下，或下市）。該價格資料不像期貨選擇權一樣複雜，有著有效期限。所有上市股票在不同組織之證券交易所如：紐約證券交易所（NYSE）或倫敦股票交易所（LSE）中被交易，資料很容易得到。

　　股價有一個重要的小障礙是股票股息。股價必須精確調整計算反應其配息。當然股票分割（股票股利）也須被調整。還有一個不甚重要之小問題。許多股價歷史資料提供之開盤價並不精確。有些資料會把前一交易日之收盤價當做下一個開盤價來解決。這樣的資料就不能用於交易策略模擬。

現貨市場

　　所有期貨市場都有一個相應而優先的現貨或標的市場。例如S&P 500指數期貨基於S&P 500指數。黃豆期貨則基於黃豆現貨市場。原油期貨則基於原油現貨市場。在現貨市場裡該嚴謹度與集中度在每個市場皆不相同，從分散的穀物市場到高度組

織化的現貨貨幣市場，亦有許多交易員用其不同貨幣作替代交易。

　　許多現貨市場之歷史價格資料普遍存在。所有期貨市場都有優先之現貨標的。而現貨市場連續且永不過期。但現貨市場之行為與其所衍生之商品並不相同，不能將其看做是期貨價格的代替品。

期貨市場

　　期貨市場由一連串不同未來月份合約所組成。所有期貨合約都有交易週期。合約在其最後交易日結算或履行，即到期日。該合約在到期日之最後交易後停止交易，而此合約便正式結束。

　　如S&P期貨合約一年中有四個月份合約：三月，六月，九月，十二月。合約到期日為標的月份的第三個星期五。2006年三月的S&P期貨合約於2006年3月16日到期。在2006年3月19日，2006年六月份合約則變為第一近月合約。

　　由於這些到期性，所有期貨合約皆會不停的更替並進入下一個循環。第一近月合約，或是最先到期合約，通常會有最活絡的交易量。而在某些市場如能源或利率市場則在較遠月合約才有較大成交量與流動性，這是因為交易員與法人偏好於此。

　　考慮以下範例。在2006年1月時，2006年九月份S&P期貨合約為第三遠月合約，因此該合約比第一近月2006年三月份合約之交易量為少。S&P期貨之投機偏好多集中於第一近月合約。而遠月合約較少被交易員看重，因而導致2006年九月份合約交

易活動較少。這可以從低成交量與未平倉量中看出。而由於交投冷清，容易造成價格行為之不連續價格差與低波動性及小幅日高低範圍。

　　圖6.2及6.3分別顯示自2005年6月到2006年3月，2006年三月及2006年九月S&P期貨合約之日價格線圖。差異相當明顯。每個圖表都被方框圈示出在此時期該合約所屬到期月份之順序。

　　S&P 2006年九月份合約在2005年6月屬第五到期合約。很明顯可看出該期之開盤跳空與短價格棒為數不少。而該現象隨著該合約推進到第四與第三到期合約而減少。S&P 2006年三月份合約在2005年6月屬第三到期合約。這裡很明顯可看出該期之開盤跳空與短價格棒也不少。而當該合約往前推進至第二到期合約時，此特徵迅速減少，等推進到第一到期合約時，該現象已完全消失。

　　接下來考慮S&P期貨2006年十二月到期合約之週期。當2006年三月合約到期，此2006年十二月合約會由第三到期上升至第二到期合約。因此會多吸引一些投機客和價差交易員的投入。結果該成交量與投機行為便多，而該價格行為便產生小幅複雜度變化。

　　當2006年六月合約到期而2006年九月變成第一到期合約，成交量最後一次增加。一般此種期貨合約的週期都是由低成交與低未平倉量，不連續且低波動率價格行為開始，一直到變為一般最近月合約有正常波動率，成交量與未平倉量。

　　這種有限週期與持續增加型波動率與成交量使得實際期貨合約無法切合應用在交易策略模擬。基本上投機交易主要存在於流動性最大的合約中，該合約也最能反映出現貨市場的價格

圖 6.2　標準普爾2006年九月合約

圖 6.3　標準普爾2006年三月合約

波動，此通常都為最近月合約。我們接下來會討論的就是在歷史模擬資料建構中要以最具價格代表性之資料作為基礎，也就是連續最近月合約。

而此種尋常性合約更替與最近月合約交易偏好，使得真實交易中需要把即將到期的合約倉位轉換到新的最近月合約。

例如持有S&P 2006年三月多單合約。假設策略選擇將到期合約在第五交易日轉倉。即2006年3月5日。在該天交易員將其2006年三月多單合約平倉出場並以S&P 2006年六月合約建立新的相同部位。

而在到期的2006三月與新的2006六月合約間會有某些價格差異。這就是轉倉價差。該轉倉時之價差是到期合約與現行交易合約間的過渡區，一般而言對交易不會有太大影響。策略設計者應當注意的是轉倉的存在。對於能源期貨這類每個月到期而轉倉頻繁的合約來說，在實際成效上就會有所衝擊。

理論上，模擬應該包含這些實際轉倉之交易。如此所有價差，滑價和手續費等等的影響都應該準確的在模擬中被計算。但多數模擬軟體並無法精確模擬轉倉交易。但策略設計者仍應考慮該轉換是否會對策略帶來影響。如果要做計算，有個簡單的方法，便是將估算轉倉成本視為額外滑價。多數情況下，轉倉並不會成為影響交易策略成果的因素。

總括而言，實際期貨價格合約並不適宜作長期測試，有兩個原因：該商品週期太短，且其成交量與波動並不能代表該商品之交易型態。其二是為因應期貨合約之到期需要具有轉倉設計之長期策略來維持其長期部位之續存。

現已存在許多用來解決期貨合約問題之測試方法。主要方

交易策略評估與最佳化（第二版）

法是將最近月價格以某些形式結合成爲連續月份合約以供測
試。我們接著會提到這些方法。

連續月合約

一個解決方法是連續月合約。該合約依序將個別合約連結
爲一連續資料。如2006年1月時，連續月S&P合約用2006年三月
合約價格資料。2006年4月時，連續月S&P合約用2006年六月合
約價格資料。連續月合約連結交易最熱絡的最近月合約，讓它
成爲單一價格歷史檔案。

連續月合約解決了三個主要問題其中的兩個。其能視狀況
配合需求。因該資料擁有最近月合約價格而能精確反應多數投
機交易員對交易工具之需求。然而卻還有一個問題：轉倉時新
舊倉有時仍會有大幅價格差異。這有可能在模擬中造成巨大獲
利或虧損，但實際上該狀況並不存在。如果策略設計選擇使用
該連續月合約作測試，則該價格落差必須納入考量。

無限期合約

另一種普遍的解決方法是使用無限期合約。該合約與連續
月合約有極大差異。該價格資料由一數學轉換而非眞實價格所
構成。無限期合約中價格資料以一轉換公式所得到，用以建立
商品每三個月之前行值，類似倫敦金屬交易所（LME）的前行
定價。該公式設計爲趨向於建立較接近標的三個月合約的歷史
價格資料。

該無限期合約解決了三個主要問題其中兩個：可配合需求且其能夠估算轉倉價差。但該價格與波動率結構會類似最近月合約，而不是真實最近月合約之價格。此不同會造成模擬績效與實際交易績效之微妙差異。

無限期合約導致了三個特別的問題。第一，該資料不包含真實歷史價格。每個價格都經過轉換而來。第二是該價格為一新變形，而此偏向為某種經由處理真實價格資料所作出的人為波動率扭曲。第三，真實下單的進出場單價格必須經由轉換得到。如果使用日交易訊號，這些訊號價位必須調整為可用於真實交易之價格。

此額外價格扭曲對於針對大波段交易的慢速系統或許少有影響。但對於抓短線波動且對短期波動率變化高度敏感之積極型交易策略，該價格失真則構成嚴重問題。

連續月調整合約

連續月調整合約合併了先前兩者最佳處。其將最近月合約價格併入歷史連續價格資料中。但以數學方法移除了轉倉價差。有兩種方法可以做到。合約可以如此調整：保有最近期資料不便，並將先前資料對轉倉價格差作上下調整。這稱為連續月背向調整合約（back-adjusted continuous contract）（見圖6.4）。

而連續月前向調整合約（front-adjusted continuous contract）則從調整檔案之開始一直到結束。這保留了最遠資料的原始性並將最近資料作調整。這種中性的資料轉換保有價格間相對差異。它也會產生採用價格百分比來計算的價格扭曲。這無法使

交易策略評估與最佳化（第二版）

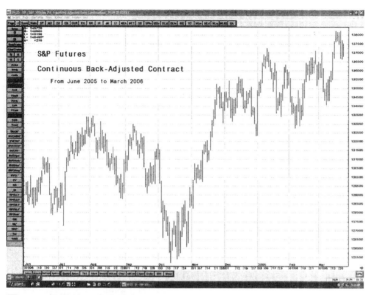

圖 6.4　標準普爾連續月背向調整合約

用在判斷壓力與支撐的絕對價格線圖應用程式。連續月背向調整合約也有可能因價格間差調整而出現負數價格。

　　連續月背向調整合約則爲多數系統解決了所有三個主要問題：該法可配合需要，忠實地呈現可交易資料並估計轉倉價差。如果追溯至早期價格資料，價格有可能會變得異常大或是變爲負數，原因是該變化採用價格百分比作計算。因而連續月背向調整合約並非在交易策略測試中不會遇上任何問題。

測試視窗期間大小

　　交易策略之模擬是在歷史資料中某一段時期執行之結果。如一個S&P 500期貨的移動平均交易系統，其歷史模擬之價格

資料為從1995年1月1日到2006年12月31日。

定義「測試視窗」──是歷史模擬用以評估交易策略所使用的歷史價格資料期間。

決定測試視窗大小時有兩個必要條件需被考量：對交易系統與市場之統計合理性與適宜性。

此二條件並非規定測試視窗之特定期間，如幾天，幾週或幾個月。而是確立如何對特定交易系統與市場選擇正確視窗期間大小所設定的最佳方針。統一規格的測試視窗並不適用所有市場。

不同的測試視窗對資料模擬測試結果與可信度有相當程度之影響。不同期間內參數的選擇與交易步調會有所不同。同樣的要證明其模擬之統計可信度或是否有所缺漏，都有很長的一段路得走。

統計需求

測試視窗必須期間夠長足以產生健全統計結果，且必須包含足夠樣本資料條件。統計健全指兩件事。一是必須有有效數量的交易以得到具意義之結論。二是該測試視窗必須能夠滿足交易策略使用參數所需之自由度大小。如果沒有遵照這些方針，則該歷史模擬結果會缺乏統計健全性且因此受到質疑。

樣本大小與統計失誤

標準誤差（standard error）是統計分析中使用的數學概念。我們可以使用統計軟體來提供我們了解，有助於歷史模擬所使用交易樣本的影響及其統計成效結果的健全性與準確性。標準

誤差大意指該資料散佈遠離平均值，而標準誤差小則指資料集中在平均值附近。較小標準誤差下有較少特別獲利交易而多數為平均交易獲利。

標準誤差＝標準差／樣本大小之平方根

我們將從三筆不同的獲利交易系列計算三個平均交易獲利之標準誤差。

讓我們具體定義軟體中公式所需要計算平均獲利標準誤差之值：

AWt＝平均獲利

StDev＝標準差

SqRt＝平方根

Nwt＝獲利交易次數

標準誤差（Standard Error）＝StDev（AWt）／SqRt（Nwt）＝平均獲利標準差／獲利交易次數之平方根

標準誤差會提供我們對平均獲利可信度之計量，以獲利交易次數為函數，即樣本大小。如若平均獲利為200美元而標準誤差為50美元，則典型獲利範圍會分布在150美元到250美元（$200＋/－$50）。聰明的策略設計者會保守估計其值，也就是假設平均獲利為150美元（預期獲利範圍中較不樂觀那一邊）。

試想不同樣本大小如何改變其結果，考慮三範例樣本數10，30，100之標準誤差。假設平均獲利之標準差為100美元。

當獲利交易次數為10，標準誤差：

標準誤差＝100/10的平方根

標準誤差＝100/3.16

標準誤差＝31.65

當樣本為10筆，則標準誤差為31.65取32．將該值加入公式中則得到獲利範圍為200美元加減32美元為168美元到232美元。當樣本為30筆，則標準誤差為18（18.25約值）。則預期獲利範圍為200美元加減18美元為182美元到218美元。最後當樣本為100筆，標準誤差為10美元。該預期獲利範圍是200美元加減10美元即190美元到210美元。

從這些範例可知當樣本越大，平均獲利的標準誤差或是變異越小。當我們用平均獲利作分析時，較大樣本空間與較小標準誤差的相對關係會讓我們能用更真實的角度來看待歷史模擬所產生之統計成果資料。

需要多少交易？

要多少交易才夠呢？基於前節所提之資訊可看出是越多越好。歷史資料模擬是一種交易的統計分析。而統計上有越大的樣本空間，其預測越有可信度。所產生預期之每天交易策略的權益變化可信度性也越高。而底限是至少要能讓審慎的交易員能夠信賴的樣本大小。

當然因為許多原因可能導致無法取得我們所需之足夠交易筆數。因此對於長期且交易不頻繁的交易系統而言是個問題。最好的方法是當測試這種系統時盡量以最長的測試視窗期間來模擬以得到最多樣本筆數。

統計上，30筆似乎是有效評估之最低需求。但對於策略設計者並不一定總是可以有這麼多筆交易。其筆數取決於測試視窗期間長短與交易策略之步調。

如果模擬交易遠少於30筆則必須有額外評估的注意事項。如策略必須有理論健全性，即必須要符合市場行爲之邏輯原則，可以額外增加點信心。如果該策略已經過最佳化，該參數範圍是否合理則更爲重要。此外，若涉及多市場應用則更增加統計有效性。

穩定性

穩定性是指交易系統得到交易績效整體一致性。在不同層面呈現出的結果越一致，則代表該策略在實際交易中的穩定度與可信賴度越高。第八章中會探討評估交易模組績效之評估原則。再此可先提出幾個要點可以幫助我們更易了解。

交易應當在整體測試視窗期間裡平均分佈。較小的盈虧標準差會讓策略更顯穩定。同樣的有越小的勝次敗次標準差會更好。最好是其季度與年度成果報表也有一致性。而當參數集作改變時若其交易成果也有同樣成效時，其策略穩健度則更爲良好。歷史模擬穩定度是眞實交易是否能重現其成效之非常重要的預測指標。

自由度（Degrees of freedom）

這是一個要產生可信賴統計測試結論所必要之基礎統計原則，充分自由度。

自由度的概念相當敘述性，這是在集合資料中所擁有觀測點數量，看其能夠在統計樣本裡用來計算的多元性。[2]

把自由度看做是視條件或規則數量而對模擬樣本空間所做的調整。該模擬測試空間會依策略規則或變數等消耗自由度之數量作等比例處理。

考慮以下例子。假設交易策略只使用30日移動平均線，測試視窗期間為100天。可以說自由度被每次經過計算之資料點所消耗。30日移動平均使用了30個自由度。為了瞭解其涵義讓我們用更實際的方法，透過公式來決定剩餘自由度：

DF＝自由度

Udf＝已使用自由度

Odf＝原始自由度

Rdf%＝剩餘自由度百分比

$Rdf = 100 \times [1 - (Udf/Odf)]$

$Rdf = 100 \times [1 - (30/100)]$

$Rdf = 70\%$

例子裡所剩餘的自由度為百分之七十，並不具吸引力。第一要件規則是最好剩餘自由度能有百分之九十以上。因此該例子之模擬成果並不值得注意。

另依方面若交易系統使用的是10日移動平均線而測試視窗期間為1000天。

$Rdf\% = 100 \times [1 - (10 / 1000)]$

$Rdf\% = 99\%$

該模擬之可處理百分之九十九之自由度。這會有更高的統計歷史模擬可信度。

考慮其他兩種此原則之應用。其一，有一百個規則應用在一百天的模擬資料中。我們沒有剩下的自由度可用。很明顯該

測試並無效。相反的若使用一個規則在一百天資料中，即便資料很少，可用自由度仍有可接受的百分之九十九。

交易頻率

　　這是個有趣的議題，當測試視窗期間或大小不同時，交易的步調與流暢度會有不均衡的影響。對短線積極交易策略而言，短期測試視窗就可以有足夠樣本空間。它的必然過程是有些原本更快的交易參數將傾向於上升至極點。並且，沒有固有原因解釋一個短線系統執行在一個大測試視窗時，也不會得到好結果。然而，這並非總是如此。

　　快速交易策略在大波動市場上如S&P指數，使用更小的測試視窗會有更多好處。例如對於專以短期（三天）價格波動獲利的快速逆勢趨勢策略，只測試一到三年期間效果會較好。相反地，小測試視窗對一個較長期且步調緩慢之交易系統一般而言無法產生足夠交易樣本。這是因為緩慢步調策略在短期視窗內無法平均地消耗掉自由度所造成。

　　市場中較慢跟隨趨勢之策略對於趨勢依賴度較高，如日圓，則在較長的測試期間，如三到六年（或更久），會有更好的效果。

　　因為市場的型態如趨勢和活躍性隨時間不停改變，所以推進分析所提供之週期性再最佳化更具意義。

　　第十一章會有更詳細說明，而在此節特別提到的稱為關鍵資料理論（The Theory of Relevant data）。

市場型態

即使是不經意的觀察交易市場都知道，市場經歷不同的階段。有四種不同市場類型：

1. 牛市（多頭）
2. 熊市（空頭）
3. 來回循環
4. 盤整

可以表現出高度的變異有關因素，如強度，範圍和持續時間。 例如，牛市中可能出現短期盤整修正。在修正階段的牛市會有短期熊市波動。區間來回可以涵蓋整個牛市。

這四個基本市場型態的潛在組合與變化是永無止境的。

牛市

牛市是推進市場。價格隨時間持續上升。有典型的牛市。畫回歸線通過一個典型的牛市市場會有一個大約15至50度之斜率。這樣的市場步伐相對漸進推動，是可持續的，並可以持續數月甚至數年（見圖6.5）。

也有可能有急升牛市。通過該價格之回歸線可能到達50到70度，有時甚至超出。這樣的市場看起來好像在爆衝。急升牛市比典型的牛市罕見。它們也不會持續，因此相對較短（見圖6.6）。牛市是大部分策略最有效的市場。

熊市

熊市正在下跌的市場，它的特色將價格隨時間持續下跌。

圖 6.5　典型牛市線圖

圖 6.6　強勢牛市線圖

也有典型的熊市市場。回歸線繪過典型熊市線圖將有一個15至40度的斜坡。這樣的市場在以漸進的步伐相對下降，爲可持續並可能持續數月甚至數年（見圖6.7）。

也會有恐慌熊市市場。通過這樣的市場的回歸線可能達50至70度，甚至某些時候，這樣的市場看起來像自由落體。他們通常造成金融市場的群眾恐慌。歇斯底里的熊市常常發生暴跌但幸好只短期存在。這樣的市場通常稱爲大恐慌。1929年和1987年的股票市場崩潰的就是熊市大恐慌（見圖6.8）。

熊市是較易進行交易的市場類型，但即使是一個和牛市相反的趨勢，由於不同的市場動態，對許多策略而言它並不是經常有利可圖。

圖 6.7　典型熊市線圖

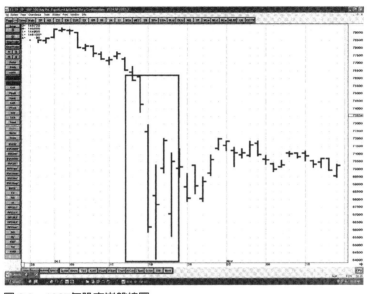

圖 6.8　1987年股市崩盤線圖

來回循環市場

　　來回循環市場也被稱為交易範圍市場——在此清楚地看到，
雖然對多數非專業人士並非眾所周知。正如其名，顧名思義，循
環市場振盪，較短的牛市和熊市的在價格範圍或交易範圍內變
動。市場在觸及週期低點然後反彈到範圍頂端。它形成一個短
期高點，然後回檔休息到交易範圍低點。循環市場主要特徵為
隨著時間推移的或多或少，價格範圍定期振盪在高點和低點之
間（見圖6-9）。循環市場也可能在較長的時間範圍走平緩趨
勢。來回循環市場也存在於一個更大的趨勢。可以有一個溫和
的牛市或熊市傾斜的交易範圍（見圖6-10）。如果交易範圍足夠
大，這些市場也非常適合交易。大範圍來回循環市場是最好的
交易市場。牛市來回循環市場對於大部分交易策略是最佳市場。

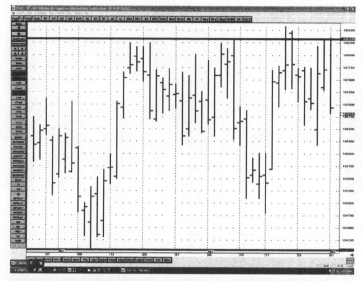

圖 6.9　區間來回震盪線圖

圖 6.10　循環牛市線圖

盤整

　　盤整市場的典型特徵是缺乏的趨勢，波動率和可交易價格波動。一個盤整市場包涵在壽命極短，約一到兩根價格線，交易波動範圍普遍較窄的高低點之間（見圖6-11）。他們是典型的無法交易市場，而且大部分的交易策略會遇到一定程度的權益回落。

　　如果市場的盤整狀況持續延長，即使是良好的交易策略，也將遇到很大的權益回落，即使不是最大的。對於交易策略盤整市場，是最糟糕的市場類型。其大多只爲以極短期交易獲取極小利潤的交易員提供良好交易機會。但即使是他們在盤整市場獲利也很困難。

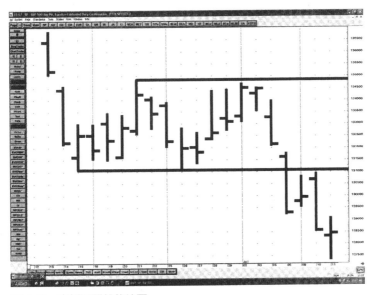

圖 6.11　高低區間盤整線圖

效率市場

提出效率市場假說（Efficient Market Hypothesis,EMH），的尤金·法瑪（Eugene Fama）在學術界享有很大的支持度。但是當前多元看法使效率市場假說不再被接受爲準確市場行爲理論。但談到市場效率很難不順便提到它。

效率市場假說（EMH）認爲市場上的資訊會有效率的傳播。這意味著所有可以影響市場價格水平的資訊也同樣適用於所有的參與者，因此市場會快速消化該資訊而價格也會立即被反映。效率市場假說認爲，由於市場是非常有效的處理的相關資訊，幾乎是瞬間，一交易員被認爲不可能持續獲得相對於其他人的優勢。效率市場假說陳述，實際上，所有形式的交易優勢，如市場分析和自動化的交易策略，基本上是幻想，不能成爲盈利的長遠目標。很明顯，有許多從交易或投資已賺取大量財富之人會認爲效率市場假說不足信。

諾貝爾獎得主邁倫·休斯（Myron Scholes）提供進一步支持這種觀點的形式，他在爲其前對沖基金（現已解散的長期資本管理公司Long-Term Capital Management）招攬客戶時說了這麼一句話：「該基金將會成功，」他對著一個持懷疑態度的投資者這麼說：「因爲有像你一樣的傻瓜。」[3] 休斯說的是長期資本管理公司的天才，將有效利用低效率的愚蠢市場參與者。因此他們創造數年的高利潤。但休斯沒想到此致命的低效率，因長期資本管理公司的專業基金經理不斷地逐步「推升市場的低效率」而在該時間因受他人利用付出慘痛代價！[4] 在「平倉」的長期資本管理公司的部位時，加上其他商品，幾乎釀成股災。

讓我們用更實際的方法來檢視市場效率概念。的確，早期公開喊價市場，正在迅速被更為有效的電子市場取代，電子市場是世界上最有效的市場。市場訊息的發佈，吸收，並或多或少在短期內準確地反映在市場價格上。價格被快速修正，但也許並非相當精準，但可視為交易員社群的對該觀點看法在市場上所做出之交易反應。

但是市場，特別是現今全球化腳步持續發展，變得巨大且越來越浩瀚。他們還有不同時間範圍觀點，從一分鐘線到月線，在這之間有各種時間變化。這具有倍增效應，不同的時間跨度，可以真正吸引完全不同群體的市場參與者。一個市場參與者的範圍可以從數千到數以百萬計不同，而且每個人都在追求狹隘的自身利益。

當然，在市場上交易過的人都知道每一個交易員對市場都有自己的見解。不然找一個不是的交易員給我看啊！在相近的時間裡，專業交易員和基金經理獲得或多或少相同的資訊。他們都會以自己的信念和策略系統過濾這些訊息，然後作出對應的交易。

不同的投資者對市場有不同的用途和需求。場內投機客想在每筆交易賺取幾個跳動點的差價。場內當沖交易者想賺取當日高低點一半的獲利。對避險者要確保當買進或賣出現貨商品後期貨市場的價格跳動。套利者希望在兩個相關產品小偏差時賺取獲利。以巨大部位獲取微小波動利潤的高度機械化統計套利交易，可利用先進的演算法與高速電腦的速度進行。投機者想以任何可能的方式賺錢。投機交易可以一分鐘、以天、周、或月為單位。

隨著越來越了解市場行爲，更清楚眞正知道的其實很少。價格行爲結構很明顯無法被完全理解。隨著時間累積，技術分析領域儲存了更龐大的資料與知識。然而，這些資訊不能眞正說是精確和正式的數學知識。此外，許多先進的統計套利數學方法已成功地用在市場獲取利潤。同時，計算能力，高速通信，電子下單輸入都侵蝕市場的低效率。這種結合越來越複雜的知識和強大技術下的市場，變得更爲有效率。

一次又一次，市場中存在的機會　低效率—曾經存仕且被發現，被利用而已不復存在，因爲它們日益廣爲人知。 一個低效率市場一但被發現，一般不會再持續太久。不過隨著新方法和技術出現，新的低效率將會被發現，利用和消逝。最有可能的是，這個高效率和低效率的拉距將持續繼續不會結束。

是的，市場是有效率的。然而市場並非無所不知。並非完全有效率，也有著任何可能。此外，有些市場訊息可能連一個參與者都不知道，更不用說所有參與者，根本不可能。事實上反向思考有時才是眞的。越大的市場變得讓它吸引更多的競爭者，就會變的更複雜。因此，市場上總是會有機會被發現和被利用。當市場上有更多聰明的參與者和更強大的技術力，則策略需擁有更多的原創性。即便市場持續消耗交易員，技術和科技，但爲什麼交易模式或策略卻可能有一個有限的生命週期？

交易策略生命週期

很明顯，在本節的標題使用一個有關參數設置和交易策略基本信念，它們有一個生命週期，開始，中間，或許是個結

束。更明顯，操作假設是任何給定值之模型參數的交易策略，都有其有效範圍。這種假設可推展到交易策略本身，可能有時間效期。

這些假設礙於空間限制無法在此證明。但是，根據多年的經驗它們是策略研究診斷和交易之基礎。此外，多年來有不少文獻支持此一觀點。我個人也聽到許多故事，各種交易員在過去幾年中越來越重視這些概念。最後，但並非最不重要，近年來，它幾乎成為普遍接受的事實，成為許多對沖基金和商品交易顧問圈子裡的信念，特別是在那些投資於這些工具，需要花錢不斷研究，調整和完善策略的人身上。

該議題在交易策略開發者間已被爭辯多年，而未來的日子裡仍會被爭論下去。

對該議題想法有兩學派。其一認為，良好的交易策略是指一個交易策略不需也不會隨時間變化。這信念固有理論是在所有市場上使用相同的規則和參數讓最好的交易策略不需最佳化。這當然不用說，這將是一個很好的交易策略。事實上，如果你有一個這樣的策略，你根本不需要這本書。現在就去賺你的大錢吧。

另一種觀點是，在漫長的時間與交易策略裡為了達到最佳的交易績效，它會需要被更新，至少偶爾。這也是這種看法的一部分，這是完全可以接受的交易策略，在不同的市場裡運用不同的參數。這事實上是可行的，因為它讓投資組合更加分散。在此對其作出必要的細節討論超出了本書的範圍。我只想說，多年來我看到了很多交易策略，我還沒有看到一個對所有市場，趨勢和市況永遠放之四海而皆準的交易策略。

事實上，有人甚至說金融怪傑理查·丹尼斯——他因海龜交易聲名遠播——認爲海龜交易系統的主要法則已不再有效[5]。但值得一提說明的是，海龜交易系統及其變化型在其有效時期裡，已經產生數億美元的交易利潤。

另外，我也有看到眞實交易策略爲不同的市場使用不同參數值，並定期再最佳化而獲利。事實上，採用此模型商品之交易顧問帕多資本有限公司便是一例。它的績效爲公開資料，有興趣的人可參考。

我想如果你能跟隨一堆專業基金經理觀察他們，你也許會訝異他們的模型和策略不停地在做變化和發展。值得注意的是，當前的大型投資機構的趨勢是基金經理人應該不斷追尋變化，適應和研發自己的策略。十年前所皆適用之準則在現在已經有很大的不同了。

本書操作之假設是模型或是策略將受益於不時的修正。這也是推進分析最初創建的其中一個原因。

測試視窗大小與模型週期

我們假設大部分交易策略，將需要以再最佳化調整參數設置才能從中獲益。我們現在必須研究測試視窗大小的和它使用期限兩者之間的關係。而使用，是指兩件事。第一個應用是測試視窗樣本外的推進分析。第二個應用是要求再最佳化前，該模型可用以實際交易的時間長短。

許多交易策略，尤其是那些適應性低的高度最佳化策略，將需要某種類型的定期再最佳化。再最佳化的影響是以目前的

市場行為調整交易模型，對目前的市場情況尋找最佳的模型參數。經驗顯示，一般也如此認為，在對一個越大的測試視窗作最佳化之交易策略，能持續不做再最佳化的時間越久。相反，在較短測試視窗最佳化的交易策略更容易需要再最佳化。可以說是以較小測試視窗所建立之模型其壽命越短。而以較大測試視窗所建立之模型則有更長的使用壽命。

　　主要原因是結構性問題。再最佳化間的時間普遍被發現是原來的測試視窗大小的一些小規模部分。這強調了推進分析，會再第十一章中討論。一個好的經驗法則是，要決定交易視窗期間，最好將它設置為八分之一到三分之一的測試視窗大小。

　　例如，如果交易策略對24個月的測試視窗最佳化？那麼它可以安全地進行樣本外的實際交易三（24 / 8＝3）到八（24 / 3＝8）個月，為最大能忍受不佳成效期間。讓我們為此原則嘗試提供一些直觀的概念。看看下面的例子。將一策略對兩年歷史資料做最佳化。他在未來6個月會對此交易模型具足夠信心嗎？也許，但未來3年他對同一交易模型也會有信心？有充份的理由說也許不會。

　　這有點類似於一個相近的應用統計模型。據了解，統計預測在短期未來階段最為準確，而隨時間拉長變得更不精確。讓我們假設，例如，我們使用多項式回歸模型預測石油收盤價。該預測今後一段時間內的準確度（以較窄的信賴帶）將比五段期間之後所做的預測準確度來得更高。這將在下一節詳細討論。

　　交易系統必須重新進行最佳化主要的原因是，因市場以一定的頻率在變化。但是他們不會作大規模改變。如果市場條件仍然相同，一個重新再最佳化的交易系統，最有可能得出的參

數值會與先前最佳化時相同。相反，如果市場狀況的變化特別顯著，再最佳化將很有可能得到新的參數值。

那麼，短期測試視窗中某些小部分比例時期中，似乎可以用以交易的主要是什麼原因呢？主要是因為一個小的測試視窗，不可能包括全面的抽樣市場類型和波動水平。想想看在主要市場活動是一個強勁的牛市裡的小視窗時期，可以說是只看到一種類型的市場。回顧圖6.12即此一概念的例子。另外，如果是在相當一致的牛市，其相對交易量和波動率亦相對穩定。

當一個交易策略對一個穩定牛市，與穩定波動的測試視窗進行最佳化，可以說這一模型已適應了這種類型的市場和條件設置。事實上，你可以說該模型已被特別定製成適合該狀況。也許是該策略被調整適應的太好了。在類似行情下該策略將會

圖 6.12　一年內強勢牛市線圖

交易策略評估與最佳化（第二版）

持續展現良好成效，但如果市場趨勢從一個穩定的牛市到變化震盪的熊市，那麼該策略便不太可能繼續有好效果。

　　當市場類型和波動性有所變化，出現了這種策略沒有見過的情形，它便不能保證將繼續如最佳化結果所展現之成效。再最佳化授與交易策略有能力適應如此類型市場變化和未遇過之行情。根據定義，較小測試視窗對市場類型和波動性狀況的觀點會有所侷限。正因這種有限的觀點，所以需要更頻繁的再最佳化。相反，較長的測試視窗期間可能會包括一個更大的範圍，和多種類型的市場及更廣泛的波動性和成交量。而根據定義在此較大領域中，它能夠有一個更為廣泛市場觀點並有效地適應各種情況。而立於龐大知識基礎上時，交易策略更可有效的在更多不同市場類型和條件下交易（見圖6.13）。

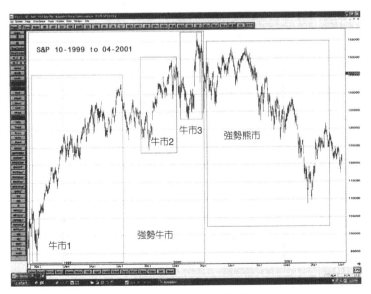

圖 6.13　三年期間中包含強勢牛市與強勢熊市線圖

一般來說，一個較短測試視窗期間需要更頻繁再最佳化，而使其對目前的價格行為更為敏銳，也就是更具獲利性，但卻不能夠有效地適應急劇變化的趨勢和波動。相反，在一般情況下較長測試視窗期間便不需要頻繁的再最佳化，且對目前市場價格反應不敏銳，即利潤較低，但卻更能夠有效地適應大趨勢及波動和變化。

交易策略評估與最佳化（第二版）

第 七 章

公式化與規格化

　　現在我們已經探討完成必要的基礎知識，我們可以開始詳細地介紹策略發展八個階段的第一步：公式化與規格化。

　　交易概念是從一個簡單的想法開始。該交易概念可能已相當精確，衡量其情況後這一階段將可直接展開。但也有可能只是模糊的想法。在這種情況下制訂過程變得更加複雜。如果沒有一個清晰明確的策略公式化方式，則無法開始研發策略。如果該策略有些模糊，那麼首先需要讓它變得精確。簡而言之，第一階段的策略發展過程，是將交易概念轉換為交易策略研發應用程式所能夠理解的敘述語言，得以用於歷史交易模擬。正如我們在上一章所見，歷史模擬是交易策略評估過程的命脈。

交易策略公式化

　　如前所述，交易策略剛開始是一個概念或一連串想法的集合。整體而言，它將包括各種公式、指標、規則、下單價格等

等。每個這些不同的組成策略元件必須個別地規格化。而這些組件的相互關聯性亦必須非常具體。一個策略可以是非常簡單或非常複雜。策略本身的簡單或複雜並沒有特別重要。而重要的是策略是否被規劃的相當準確、完整且一致。

參考以下這個簡單的交易策略，例如。當價格等於或超過昨日收盤加昨日高低差範圍的125%以停損單掛價買進多頭部位。當市場回落到價格等於或小於昨日收盤減昨日高低差範圍的145%以停損單掛價賣出。出現相反信號時則出場並反手。

在所有必要細節準確的規範交易策略，是這一步驟成功的必要因素。這就是說，沒有完整詳細規範策略的每一個規則與公式是策略研發中最常見的錯誤。尤其對研發交易策略的新手交易員而言更是如此。

無庸置疑，對交易策略的必須細節做完整跟精確的規格化是成功的基本步驟。不完整的規格、公式跟交易細節是交易策略研發過程中最常犯的錯誤。這對交易策略研發的新手特別常見。

任何成功的交易者在開始交易前都有完善的事前準備。同樣的，每一個成功的交易策略的開發人員必須跨過所有的 t 與每個 i（指每段時間跟每個變數）。像在其他許多複雜的過程一樣，在交易策略的發展過程中，也有魔鬼陷阱在細節裡。

隨著策略難易程度，策略設計者會以截然不同方式執行此步驟。即使是很有組織，想法徹底且具邏輯和清晰思維的策略設計者在此程序會覺得有些困難。而缺乏這些優勢者，會發現這是一個艱鉅的任務。但和所有技術一樣，經過反覆練習和應用，這個過程將變得更加容易。

交易策略評估與最佳化（第二版）

這交易策略組織與規劃過程，很像進行其他專案或設計所需要的計劃和結構。所有的部分——公式，規則和指標——必須先行組織。其準確性必須得到證實。所有問題必須被放置在正確的順序。換句話說，我們必須計算並取得所有必要的資料。我們要按照所有的步驟和順序來建立交易的決策過程。決策必須有正確的邏輯順序。徹底的組織化與注重細節是成功策略規劃的關鍵。

當所有的交易公式與規則已被組織好後，最好把交易策略以某種形式的英文簡寫出來。在程式編寫過程中，這個過程稱為虛擬程式碼（pseudocoding）。虛擬程式碼越詳細和具體越好。這虛擬碼將被寫成測試軟體可用的程式碼語言。有更詳細的規劃則會更容易撰寫。

虛擬程式碼其中一個最大的優勢是，它是一個非常有效的手段，用以確定是否每個元件皆已納入，且此過程中所有的步驟已經確認。

規格化——將概念轉化為可測試策略

以下虛構的對話提供了一個交易概念，可能包含極端的含糊不清類型的例子。這是一個無分析性、高度直覺式的成功交易員喬，和具高度分析邏輯及組織化的程式設計師艾力克斯兩人之間的對話。喬的專長是在與交易員面談的過程中，分階段紀錄所有具體方法並將其構成交易策略。之後艾力克斯將這些資訊以軟體程式碼準確地公式化為交易策略。

然而在艾力克斯開始前，他必須和喬重新審查是否有需要

糾正任何錯誤和誤解。艾力克斯融合了這些修正，追加項和刪除項等，然後再次和喬統一審查。這反覆的過程將持續到喬認為該形式最能代表他的交易策略，而艾力克斯亦認為這些可寫成程式碼以供測試為止。

　　請注意，這次對話是故意含糊不清且為了舉例而稍做誇大。交易員顯然有許多不同類型且擁有不同背景，尤其是在當今競爭激烈的交易環境下，從交易員喬的思維方式到訓練有素的博士，各種能力範圍的人可能都有。接著，讓我們繼續與我們的對話。

　　交易員喬採用類系統方式的移動平均線交易策略。他已經以某種獨特的方式運用移動平均線得到一定程度的成功。喬認為如果他知道更多有關其如何運作及為什麼它們有效，他可以賺到更多的錢。為了追尋更多資訊，他僱用了程式設計師艾力克斯編寫電腦程序，將讓他公式化和檢驗自己的交易策略。以下談話是喬解釋他的方法。

喬：我在移動平均線看起來很好時買進，當看起來不好時賣出。

艾力克斯：嗯，這非常有趣。它有效嗎？

喬：有時候。

艾力克斯：很有趣，但是我們將需要更具體來測試此想法。你介意我問你幾個問題嗎？

喬：我想不會，但希望不會花太久時間。

艾力克斯：好吧。你能先告訴我你看好平均線的意思嗎？

喬：是的，但我認為這很明顯。當短期平均線衝過長期平均線時看起來就很好。

艾力克斯：好了，如果對你是顯而易見的，但不一定對我或電腦也是。所謂「衝過」你是指較快的移動平均線MA1從下面超過較慢的移動平均線MA2嗎？

喬：是的。

艾力克斯：好。MA1穿越過MA2多少有關係嗎？

喬：有時候是，有時沒有。要看狀況。

艾力克斯：什麼狀況？

喬：這很難說。

艾力克斯：嗯，那麼，也許我們應該把穿越多少留在以後再改進。讓我們先公式化的基本系統。我們知道，如果MA1從下穿越超過MA2時作多。現在，你說「平均線看起來不好」的意思是？

喬：這也應該是顯而易見的。他們就徹底崩潰，坐著手推車下地獄。

艾力克斯：那麼因為MA1從下穿越超過MA2時作多，我假設當MA1從上往下跌過MA2時作空正確嗎？

喬：嗯嗯，你說得對，艾力克斯。

艾力克斯：好。這看起來像我們一直會持有部位。這是否正確？

喬：大部分的時間。

艾力克斯：何時會沒有持有部位呢？

喬：當所有事都不對勁時。

艾力克斯：你這意思是？

喬：當市場不太動，移動平均線糾纏成一團讓我很難過。

艾力克斯：你說「市場不動」是什麼意思？

喬：市場根本沒有任何行情。一堆小波動，但沒有大的波動。

艾力克斯：這是否意味著該移動均線的策略實際上只能抓到大
　　　　　波動？

喬：是的。

艾力克斯：那什麼是大波動？

喬：這要看狀況。

艾力克斯：看什麼狀況？

喬：市場狀況。

艾力克斯：我明白了。這是否會因市場或年份不同有很大差異？

喬：你說對了。

艾力克斯：不同時間長度的移動平均線會有所影響嗎？

喬：是。

艾力克斯：你怎麼確定要使用哪個？

喬：我在圖表軟體使用不同的移動平均線，用看起來不錯的那
　　個。

艾力克斯：好的，你知道任何有關這些「看來相當不錯均線」
　　　　　的利潤和風險表現嗎？

喬：沒有，我不知道。這就是為什麼我聘請你。你應該為我算
　　出這些結果。

艾力克斯：嗯，我會盡我所能。當你持有部位時如何控制自己
　　　　　的風險時？

喬：這要看狀況。如果均線像蝙蝠出洞一樣，快速穿過另外一
　　條，我通常會馬上平倉賺錢落袋。
　　　這沒有什麼問題。但有時候市場只是看起來不是很理想，
　　我會設一個較近的停損單。

艾力克斯：你的意思是有時候你使用停損單，但有時你不用？

喬：嗯。

艾力克斯：這聽起來很不一致，可能會很危險。你想分別測試有和沒有風險停止的策略嗎？

喬：是的，這是個好主意。

艾力克斯：好吧。我會以此選擇建立策略。當你獲勝時會怎麼做？

喬：如果我賺了兩千元，我通常會敲響我的收銀機把獲利收下來。

艾力克斯：你的意思當你未平倉獲利到達一定金額時，你會獲利了結？

喬：是的。

艾力克斯：多少才夠？

喬：要看。

艾力克斯：看什麼？

喬：市場。看我最近做得如何。我的感覺。還有很多東西。

艾力克斯：好，我應該在程式中建立停利概念以供選擇嗎？

喬：那太好了。

艾力克斯：讓我們看看目前為止如何。我們的基本交易模式是使用兩種不同時間長度的移動平均線。該模型總是持有多單或空單，除非我們因風險或獲利管理選擇退出交易。如果較快的移動平均線從下穿過較慢的移動平均線則買進作多。而較快移動平均線從上往下跌過較慢的移動平均線則賣出作空。這是否正確？

喬：到目前為止，一切都很好。

艾力克斯：此基本模式有兩種特殊狀況。風險停損單和獲利目
標單。當其中任何一者成立將導致模式例外。如果
因風險停損或較佳獲利目標單使部位出場，該模組
便不會一直都持有部位。這樣行不行？

喬：把結構説一次我聽聽。

艾力克斯：好。我將把這個軟體設計的可讓用户自行定義移動
平均線的長度，並可以選擇使用風險停止，獲利目
標，或兩者兼而有之。該軟體將可以測試一批不同
長度的移動平均線組合。你認爲這樣做對嗎？

喬：嗯，這是一個開始。讓我們看看會有什麼結果。

精準化模糊的概念

　　這個小鬧劇足以顯示環繞在交易策略發展過程中之模糊地
帶。交易員喬也許有點極端。有許多可能狀況會讓交易策略缺
乏清晰性，多到不勝枚舉。而且，說實話，程式設計師艾力克
斯比起許多程式設計師有包容力又好溝通多了。

　　你可以自問自答模擬這種類型對話，或者可以借助外界的
幫忙。作爲範例的這些對話乃至關重要的第一步，而下一步
要做的便是收集，組織和具體規劃交易策略。交易策略是一套
明確的規則和公式，不論其多簡單或複雜。如果交易的概念不
能以準確和符合邏輯的方式表達，那麼它就不能算是一個交易
策略。交易策略在上述對話討論中可以概括爲三個方面：普通
英文、明確的規則和公式和電腦程式碼。普通英文指的是虛擬
碼。公式以比較準確方式將虛擬碼轉換爲可以測試的電腦程式

碼。該策略以一個電腦能夠理解的C程式語言來表達。

作為普通英文的虛擬碼，移動平均線的交易策略可以表示如下：

1. 計算快速移動平均線
2. 計算緩慢移動平均線
3. 當昨天快速移動平均低於緩慢移動平均線，而今天的快速移動平均線在緩慢移動平均線之上時買進作多
4. 一旦作多便持有有部位，直到出現賣出訊號
5. 當昨天快速移動平均高於緩慢移動平均線，而今天的快速移動平均低於緩慢移動平均線時賣出作空
6. 一旦作空便持有部位，直到出現買進訊號

這項策略的虛擬碼可轉換為以下定義，公式和邏輯規則集合：

1. C (t) 是第 t 天的收盤價，當 t＝1則表示今天
2. X是的移動平均線1的長度 (MA1)
3. Y是的移動平均線2的長度 (MA2)
4. $MA1＝[C (t) ＋C (t＋1)＋\cdots＋C (t＋X-1)] / X$
5. $MA2＝[C (t) ＋C (t＋1)＋\cdots＋C (t＋Y-1)] / Y$
6. Y不會小於兩倍X
7. 如果空手無部位當MA1(t)＞MA2 (t) 和MA1 (t-1)＜MA2 (t-1)，買進作多。
8. 如果持有空頭部位當MA1(t)＞MA2(t)和MA1(t-1)＜MA2 (t-1)，反向作多。
9. 如果空手無部位當MA1 (t)＜MA2 (t) 和MA1(t-1)＞MA2 (t-1)，賣出作空。

10. 如果持有多頭部位當MA1(t)＜MA2(t)和MA1(t-1)＞
    MA2 (t-1)，反向作空。

這種概念看起來和C語言有相當多的不同。用來計算移動
平均線值之C語言碼列舉於範例1。

int SMA (int day, int period, int type, float *value)

```
{ register int i;
    float total;
    *value = 0.0;
    if (period < = 0)
     period = 1;
    if (day < period)
     return (-1) ;
    total = 0.0;
    for (i = 0; i < period; i++)
    total += get_price_data (type, day-i );
    *value = total / (float) period;
    return (1) ;
}
```

當然，除非你是程式設計師不然沒有必要了解這個C語言
程式碼。它只是作為一個例子，包括了在這層級程式編碼所需
的精確度。要完成這個例子，最後這個交易策略所用到的C程
式編碼細節等一共需要8,187行。在這種形式下才可以對價格數
據作準確測試。

對於那些不精通C，或者其他一些編程語言如Visual Basic

的人，有更多友善介面交易應用程式是專門設計給不擅寫程式之交易員。[1]這些應用程式可讓策略設計者無需具有程式語言編程能力便可將想法描述以測試交易策略。這並不是說錯誤的系統規劃也能夠期望有適當的結果。並不行。而是說這些軟體裡有一些內建的功能和操作選擇使規劃編寫電腦可測的交易策略變得較容易。

在這本書的例子將使用Metastock、TradeStation和Traders Studio作互換。任何交易策略研發應用程式，必須給用戶提供相同的能力來準確地表達規則，用以測試和最佳化它們。我們所提及的所有交易策略編碼表達稱為程式腳本（script）。一個以EasyLanguage範本（TradeStation的語言）表達早先規劃的兩個移動平均線交易策略如下：

```
{EOTS-MA©2007 Robert Pardo All Rights Reserved}
{This is the sample code from TradeStation EasyLanguage}
Input: MA1_Period (10), MA2_Period (30);
Vars: MA1_Today (0), MA1_Yesterday (0), MA2_Today (0),
      MA2_Yesterday (0);
IF currentbar > MA2_Period then begin
{Calculate MA values 計算均線值}
MA1_Today = average (close, MA1_Period);
MA1_Yesterday = average (close, MA1_Period) [1];
MA2_Today = average (MA2_Period);
MA2_Yesterday = average (close, MA2_Period) [1];
{Set buy entry 設定多單進場}
```

```
if MA1_Today > MA2_Today then begin
   if MA1_Yesterday < MA2_2Ysterday then begin
        buy ("LOen") next bar on open;
   end;
end;
{Set sell entry 設定空單進場}
if MAl_Today < MA2_Today then begin
   if MAl_Yesterday > MA2_Yesterday then begin
   sell ("SHen") next bar on open;
   end;
end;
END;
```

以Metastock 編寫之交易策略腳本如下：

```
BUY ---
    Fast: = 10;
    Slow: = 30;
    Fm: = Mov (C, Fast, S);
    Sm: = Mov (C,Slow, S);
    Y: = Cross (Fm, Sm);
    Ref  (Y,-1)
SELL ---
    Fast: = 10;
    Slow: = 30;
    Fm:= Mov (C, Fast, S);
```

Sm: = Mov (C, Slow, S);

Y: = Cross (Sm, Fm);

Ref (Y, -1)

SHORT ---

Fast: = 10;

Slow: = 30;

Fm: = Mov (C, Fast, S);

Sm: = Mov (C, Slow, S);

Y: = Cross (Sm, Fm);

Ref (Y,-1)

COVER---

Fast: = 10;

Slow: = 30;

Fm: = Mov (C, Fast, S);

Sm: = Mov (C, Slow, S);

Y: = Cross (Fm, Sm);

Ref (Y,-1)

以 TradersStudio 編寫之交易策略腳本如下：

'EOTS-MA © 2007 Robert Pardo All Rights Reserved

'This is the sample code from TradersStudio Basic Sub EOTS

_MA (MA1_Period, MA2_Period)

Dim MA1_Today As BarArray

Dim MAl_Yesterday As BarArray

Dim MA2_Today As BarArray

196

交易策略評估與最佳化 (第二版)

```
Dim MA2_Yesterday As BarArray
If BarNumber = FirstBar Then
    ‘MA1_Period = 10
    ‘MA2_Period = 30
MAl_Today =  0
MAl_Yesterday = 0
MA2_Today = 0
MA2_Yesterday = 0
End If
If CurrentBar > MA2_Period Then
‘Calculate MA values
    MA1_Today = Average (Close,MA1_Period,0)
    MA1_Yesterday = Average (Close,MA1_Period,1)
    MA2_Today = Average (Close,MA2_Period,0）
    MA2_Yesterday = Average (Close,MA2_Period,1)
‘Set Long Entry
If MA1_Today > MA2_Today Then
    If MA1_Yesterday < MA2_Yesterday Then
    Buy (“ LOen”, 1, 0, Market, Day)
    End If
End If
‘Set Short Entry
If MA1_Today < MA2_Today Then
    If MAl_Yesterday > MA2_Yesterday Then
    Sell (“ SHen”, 1, 0, Market, Day）
```

```
End If
    End If
  End If
End Sub
```

正如你所看到的，這三種不同的範本是比C語言更容易理解的程式碼。他們比虛擬碼更濃縮，看起來像很多定義和公式的版本。在EasyLanguage腳本設定的變量值「MA1_Period」為10和「MA2_Period」為30。它還把今天的「MA1_Today」設定為一個簡單的10天移動平均線〔即平均（收盤價，均線1周期），average（close, MA1_Period）〕，在其他移動平均線也相同使用收盤價。

該買進條件設置在所謂的「if」敘述中。if語句是一種設立條件，即「如果這是真的話，那麼就這樣做，如果是假的，那麼做其他事。」當滿足這些條件——MA1穿越MA2情況發生時，在下一個價格棒之開盤設定買進單，並將現有之空頭部位反向作多。

賣出條件也以不同的「if」語句設定。當滿足條件情況發生時，在下一個價格棒之開盤設定賣出單並將現有之多頭部位反向作空。這些範本會做和C語言完全相同的作用，但不用花費很多精力和時間，因為這些不同的交易策略的開發應用程式，包含了所有的必要的內建功能。

比較這三種移動平均線交易策略不同的腳本，顯示了兩個主要議題。首先，他們都完成同樣的事情，雖然各自使用自己的方式。其次，他們在編程語言本質上各有長處，弱點和特

性。正如我們在第四章所提到，策略設計者在選擇應用程式時須注意其具有所需的功能和易用性，這是任何成功的交易策略的發展過程中必不可少的關鍵。即使應用程式具備了所必需的能力，但是，策略是否正確規劃，並以所選之範本程式語言正確編寫，全看策略設計者本身。

交易策略評估與最佳化（第二版）

第八章

初步測試

現在我們已經完成了第一階段策略發展的概念化、設計、規劃，並以電腦語言範本寫成可測試形式。現在，所有這些工作必須得到驗證。換句話說，我們現在必須確認所有程式碼工作正常，並發揮符合你交易策略預期的作用。

第二階段的策略研發過程是交易模組初步測試。這一輪測試須完成五件事。第一到第三步重心放在程式碼。最後兩個測試提供初步績效評斷。

初步測試將完成：

1. 驗證所有的公式和規則是否正確計算

2. 確定是否公式、規則與其結合後表現之行為和最初設計時相同

3. 確認交易策略成效與與理論預期一致

4. 提供初步盈利估計

5. 初步審定其穩健度

交易策略研發進程中穩健度（Robustness）是一個重要的概

念。一般或術語使用之含義皆包含於的正式定義中。同樣的意義亦適用於交易策略穩健度。

新牛津美語辭典提供「穩健」之定義是對於過程而言，尤其是經濟上的：「承受或克服不利條件之能力。」

當應用此概念到交易策略穩健度更是特別中肯。穩健的交易策略其條件是：即使在困難與改變中的市場趨勢及條件下，仍可以持續產生強勁獲利。換言之，穩健的交易策略是歷久彌堅的。

一個穩健的交易策略，符合以下四個主要特點亦能獲利：

1. 廣泛的連續參數集
2. 廣泛多樣化的一籃子市場
3. 範圍廣泛的市場類型和行情狀況
4. 有多頭與空頭部位交易

正如許多有關交易的事項，穩健性當然也有許多程度的不同。我們一直都在想辦法找到最穩健的交易策略。我們這樣做，是因為一個穩健的交易策略，是我們在這個高度不確定的交易世界裡，正向獲利成果的最佳保障。按照定義很容易看到，穩健的交易策略是當市場有所變化亦將持續獲利的策略。而且，因為市場波動率與交易量會有相對穩定之時，更穩健的交易策略才會在最後有更大的勝算。

賴瑞・海特（Larry Hite），被傑克・史瓦格名列《金融怪傑》（Market Wizards）裡之基金經理人，說：「我們不是在尋找最佳方法，我們是在尋找最頑強的方法。」

把頑強換為穩健後，我們可以看到該成功交易員將交易策略的這個特性視為非常之重要。一個交易模組只在美國公債市

場具高波動性時賺錢，或是用小參數設定值在狂漲升之牛市中獲利的策略，不太可能在廣泛多重趨勢和不同程度波動率的一籃子市場裡長期生存。

我將在第8、10、11、12和13章討論穩健交易策略的不同層面。

驗證計算與交易

為了驗證設計的交易系統，其計算和交易必須個別核對。即使是最有經驗和熟練的程式設計師與交易策略設計者，都必須執行這一關鍵階段的測試。為了要確定程式碼準確地執行交易策略，通常會建立一個歷史價格數據作為模擬樣本。

歷史樣本必須夠大，讓交易模組的每個公式和規則至少產生的少量的買進賣出信號。使用在模型上之值必須是在合理的理論或經驗基礎上；但是這些值沒有影響很大，只要足以產生一個可以接受的交易樣本。為了確保交易規則計算和程式碼的準確性，交易信號會在以價格棒為基礎的資料樣本上產生以便核對。

對於較簡單的策略，這往往是相對快速和輕鬆的過程。交易信號會呈現在圖表上，交易明細，或有其他類型的報告。這種類型的報告在不同平台各有不同。如果系統更為複雜，則需要更費時檢查不同的信號、指標、下單等等。對於這個部分研發者需要有更多技巧和耐心。此等級的確認通常需要設計和建立某種類型的自行定義的報告，或是制式列印的報表，用來適當地審查這些資訊（詳見圖8.1）。

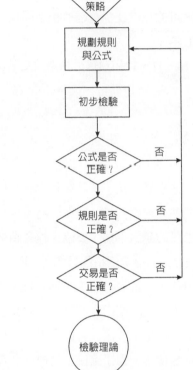

圖 8-1　初步測試

計算

　　詳細審查所有的變數、規則、進場單、出場單，必須證明
該交易是由正確交易策略的公式和規則所產生。可以完成審查
的唯一方法是手動計算，或以試算表計算的結果與交易策略應
用程式所產生之結果作比較。通常是對這些計算結果作抽樣檢
查。抽樣檢查應至少包括每種可能計算結果的一些例子。表8.1
是以每日收盤價計算之5日移動平均線值。

表 8.1 移動平均線值

日收盤	五日均線
Close = 62.11	5-Day MA = 62.5880
Close = 61.45	5-Day MA = 62.3419
Close = 61.50	5-Day MA = 62.0900
Close = 61.63	5-Day MA = 61.8759
Close = 62.37	5-Day MA = 61.8120
Close = 61.72	5-Day MA = 61.7340
Close = 61.85	5-Day MA = 61.8139
Close = 61.12	5-Day MA = 61.7379
Close = 62.89	5-Day MA = 61.9899
Close = 62.89	5-Day MA = 62.0940

　　一般而言，沒特別理由要檢查交易策略應用程式之程式碼，所內建功能和指標計算出來的結果。然而，上述只是針對部分良好的程式碼，這些交易策略設計者設計的公式其結果都經過驗證。

交易規則

　　確認交易行為規則按照計劃，設計和撰寫也是良好程式碼一個重要成分。由於交易策略複雜度上升，驗證績效的時間和精力亦會增加。交易策略決策的函數複雜度也成為更需注意的要點。

　　考慮一個簡單移動平均線的交易策略，由兩條移動平均線和一個為期兩天時間過濾器構成。為期兩天的時間過濾器必需當訊號出現於時間過濾器設定之長度後才成立。

　　在這個例子中，移動平均線穿越必須持續成立兩天。則該模型會在第三天，MA1（三日收盤移動平均線）仍然穿越超過

MA2（爲期12天的中點價移動平均線）兩天後，在開盤價買進。相反，該模型會在MA1跌過MA2且持續的第三天以開盤價賣出。

如果MA1和MA2平均線的計算方法是屬內建功能，則可假定它們是正確的。但仍應查核計算出的期望價格是否符合正確的均線長度。由於程式碼是由策略設計者所撰寫，驗證買入和賣出信號就更爲重要。必須確認買進訊號在MA1已超過MA2兩天後之正確日期以開盤價買入。若反向條件成立，就必須確認訊號是否正確賣出。

交易明細報告是一個類似試算表格的報告的，包含有日期、價格、訊號名稱（通常是），與累積每筆買進賣出交易之利潤或損失。交易明細配上標有買賣訊號的圖表，便是一個用來執行診斷的完美工具。可以標示繪製於圖表上的任何指標或是其他有關交易策略之計算結果，有助於提供更多幫助。

這將使策略可以確定該模型是否在正確的價格水位買進或賣出。如此更大規模，更宏觀的交易成效審查可以找出是否有任何異常，並排除那些從微觀自行逐步檢查小樣本買賣信號所找不出的錯誤。圖8.2爲標準普爾圖表，並配合標上XTO6ct的買進和賣出信號。

表8.2爲XTO6ct策略對標準普爾的交易明細，圖8.2顯示其對應信號。

糾正所有不準確的計算。修改錯誤的交易規則。重複對那些新公式和交易規則進行再一輪測試和持續進行此檢查和調整過程，直到所有計算和規則皆如預期運作。當確定所有公式和交易規則均已完美運作，才能安全的進行下一回合測試。

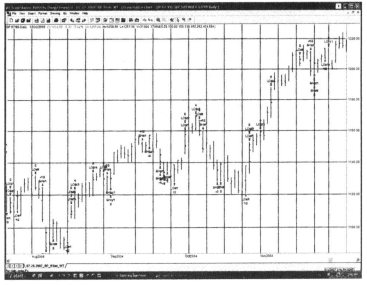

圖 8-2　標準普爾線圖

總結

　　在結束這一輪的測試後,我們知道關於交易策略的兩件事:
該公式產生了準確的結果和交易規則,跟如預期正確地進入和
退出市場。

理論期望

　　交易模型的成效現在必須根據理論預期進行評估(見圖
8.3)。我們現在必須判斷初步測試結果,是否符合交易策略的
理論基礎。

表 8.2　標準普爾交易明細

交易次數	日期/時間	型態	口數	價格	訊號名稱	單筆損益	累計損益
1191	7/27/2004	Buy	10	1119.50	LOen		
	8/3/2004	LExit	10	1124.40	LOex	10,250.00	2212150.00
1192	8/5/2004	Sell	10	1116.80	SHen		
	8/6/2004	SExit	2	1097.30	SHpt1	9350.00	2221500.00
	8/6/2004	SExit	2	1097.30	SHpt2	9350.00	2230850.00
	8/6/2004	SExit	2	1087.90	SHpt3	14050.00	2244900.00
	8/10/2004	SExit	4	1103.00	SHex	13000.00	2257900.00
1196	8/16/2004	Buy	10	1097.70	LOen		
	8/17/2004	LExit	2	1108.30	LOpt1	4900.00	2262800.00
	8/17/2004	LExit	2	1109.90	LOpt2	5700.00	2268500.00
	8/18/2004	LExit	2	1117.40	LOpt3	9450.00	2277950.00
	8/25/2004	LExit	2	1129.50	LOpt4	15500.00	2293450.00
	8/30/2004	LExit	2	1129.80	LOex	15650.00	2309100.00
1201	8/31/2004	Sell	10	1121.40	SHen		
	9/1/2004	SExit	2	1130.00	SHps1	(4700.00)	2304400.00
	9/1/2004	SExit	8	1130.20	SHrs1	(19200.00)	2285200.00
1203	9/15/2004	Sell	10	1151.90	SHen		
	9/17/2004	SExit	2	1157.30	SHps1	(3100.00)	2282100.00
	9/22/2004	SExit	2	1145.00	SHpt1	3050.00	2285150.00
	9/22/2004	SExit	2	1140.80	SHpt2	5150.00	2290300.00
	9/23/2004	SExit	2	1133.90	SHpt3	8600.00	2298900.00
	9/24/2004	SExit	2	1139.80	SHex	5650.00	2304550.00

#	Date	Type	Qty	Price	Signal	Amount	Cumulative
1208	9/28/2004	Buy	10	1138.70	LOen		
	10/1/2004	LExit	2	1150.40	LOpt1	5450.00	2310000.00
	10/1/2004	LExit	2	1157.70	LOpt2	9100.00	2319100.00
	10/6/2004	LExit	2	1169.40	LOpt3	14950.00	2334050.00
	10/7/2004	LExit	4	1159.90	LOex	20400.00	2354450.00
1212	10/8/2004	Sell	10	1149.00	SHen		
	10/14/2004	SExit	2	1135.20	SHpt1	6500.00	2360950.00
	10/15/2004	SExit	8	1139.00	SHex	18400.00	2379350.00
1214	10/26/2004	Buy	10	1128.70	LOen		
	10/27/2004	LExit	2	1140.40	LOpt1	5450.00	2384800.00
	10/27/2004	LExit	2	1147.60	LOpt2	9050.00	2393850.00
	11/1/2004	LExit	2	1159.30	LOpt3	14900.00	2408750.00
	11/4/2004	LExit	2	1178.00	LOpt4	24250.00	2433000.00
	11/16/2004	LExit	2	1206.20	LOex	38350.00	2471350.00
1219	11/19/2004	Sell	10	1205.30	SHen		
	11/22/2004	SExit	2	1195.70	SHpt1	4400.00	2475750.00
	11/22/2004	SExit	8	1203.60	SHex	1800.00	2477550.00

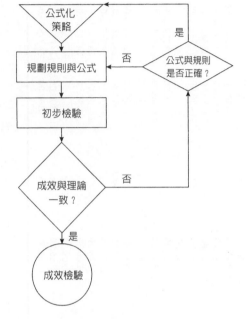

圖 8-3 檢驗理論

　　這是什麼意思呢？這意味著第一次歷史模擬交易之結果應與整體交易策略所假設的行為一致。因此如果我們是要找長期，緩慢的交易策略，我們相信它不會一個星期出現交易三次。相反，它的交易步調應該大概在每個月一次。如果我們在找趨勢跟隨型交易策略，我們希望看到也許只有在出現了一定程度的趨勢存在確認後，交易會配合此長期趨勢方向執行。

　　相反，假設理論客觀交易策略是以中度波動程度（5至10天的長度）作短線交易以減少錯誤訊號。這種模型應具有幾個明顯特點：中等交易量（1個月兩次到四次），雙邊停損限制，以及普遍較大的平均利潤。

然後我們必須確認現階段的交易成效，大致符合其交易報告的理論預期。如果我們覺得合宜，則可以繼續進行下一輪的測試。要記住這只是初步測試，該評估只是一個粗略的估計。如果交易成效大幅偏離其理論期望結果則必須找出原因。交易理論是錯誤的嗎？如果是這樣的話，那麼此不尋常獲利能力的突變交易系統是否可更進一步評估，重新做一個完全不同、意料之外的交易策略？

當研究交易策略，要謹記歷史資料的科學研究過程中包括發現許多錯誤結果，或其他不可預見的重要影響。正確地交易策略研究，是一種科學研究方法並針對同一個議題，找出不同問題。

如果這個交易策略績效意外具吸引力，在理論健全的狀況下且程式碼無錯誤，則探索此策略作為一個全新意料之外的策略便相當具意義。歷史科學散落著許多這樣幸福的巧遇。交易策略評估也是。

然而若績效沒有吸引力，且其行為與理論預期完全不同，則可能須重新評估策略。重新設計交易策略顯然不是很妥當，如果可以的話，盡量基於預期理論上之概念，重複測試全部完整的過程。

當交易策略執行績效遠遠超出預期理論範圍也很重要，可用以找出或排除市場行為不尋常的原因。

在這種情況下，重要的是要注意用於這個模擬的歷史價格，是否對交易基本理論不友善或異常不利。這樣的價格數據會導致理論期望和模擬結果之間的大幅偏差。

舉例來說，一個趨勢跟隨系統進行了部分價格數據測試，

對包括長時間盤整期和一個大幅無方向性但高度波動數據時期，兩者結果會相同嗎？這些數據將導致較慢的順勢交易模組動作更為頻繁，而利潤遠遠低於對它更為有利的長趨勢時期。

如果可以找出模擬用價格數據問題的原因，則無須斷然放棄或大幅改變交易模組。但如果在艱難市況下與理論成效差異過大則仍有可能成為放棄該策略之理由。意指當交易策略在面臨不利行情下的策略測試績效評估。如果績效在這些類型的市場行情下仍維持理論預期，則我們能夠進入下一輪測試。

以此論點，我們現在知道交易策略與其腳本程式碼三件事：所有公式計算要正確，所有的交易規則如設計運作，且其行為維持與理論預期一致。

初步測試可獲利性

我們的下一個步驟是確定交易策略的一些粗略估計盈利（見圖8.4）。要做到這一點，我們首先計算近期一段合理歷史資料的盈利和虧損。這將會讓交易策略功能型態多樣化。短期系統可以對一到兩年數據作測試，中期則為2至4年，長期在4至8年。這些都是一般準則，當然也可以有所改變，這些測試視窗期間取決於策略，市場和行情。

這個測試將提供初步利潤和風險估計。一般原則是期望全年利潤等於該市場交易保證金。風險不應超過年度利潤。由於評估範圍相當有限，因而在此早期階段即把獲利成效看得太重，並不是很妥當。

測試主要目的是找出一個粗略的績效概念。因為它很可能

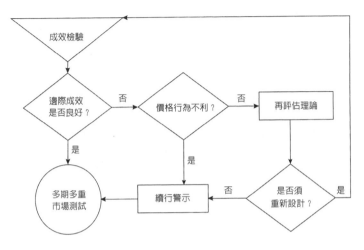

圖 8-4　檢驗成效

是從對目前市場行情的交易概念所演變而成之策略，策略設計者會將其設計的策略在該市場上測試，預期在這一階段有良好績效表現並非不合理。換言之，其績效要呈現小幅獲利以上或至少不是完全無法獲利。表8.3顯示對標準普爾使用移動平均線策略所產生之可接受績效。

如果策略產生的邊際收益或損失，則績效被認為是可以接受的。邊際績效描述其報酬是否均達到或略低於初步預期。如果此測試結果具高利潤與準確性且風險非常低，這當然前景相當看好，尤其是如果它的績效與非常密切符合。在這兩種情況下，這種測試將被視為是成功的。

但是若績效出現異常高的損失，應該被看作是初步警告之象徵。表8.4顯示了移動平均線策略績效明顯有所問題。如前所述，這可能發生在非常惡劣的市場條件。如果這被視為特例的話，則繼續下一輪的測試。

表 8-3　移動平均策略

TradeStation策略成效報告——標準普爾均線交叉系統　67/99——日線

成效摘要：所有交易

總淨利	$19,750.00	未平倉損益	$0.00
總獲利	$91,550.00	總虧損	($71,800.00)
總交易次數	33	勝率	30.30%
獲利次數	10	虧損次數	23
單筆最大獲利	$17,050.00	單筆最大虧損	($6,450.00)
每筆平均獲利	$4,511.89	每筆平均虧損	($3,121.74)
均勝均虧金額比	2.93	每筆平均損益	$598.48
最大連續獲利次數	2	最大連續虧損次數	8
獲利交易平均K棒	17	虧損交易平均K棒	5
最大權益回落	($26,325.00)		
獲利因子	1.28	最大持有部位	1
帳戶所需資金	$26,325.00	年化報酬率	75.02%

表 8.4　移動平均策略對豬腩市場

TradeStation策略成效報告——標準普爾均線交叉系統　67/99——日線

成效摘要：所有交易

總淨利	($5,804.00)	未平倉損益	$0.00
總獲利	$11,556.00	總虧損	($17,360.00)
總交易次數	32	勝率	28.13%
獲利次數	9	虧損次數	23
單筆最大獲利	$3,580.00	單筆最大虧損	($1,712.00)
每筆平均獲利	$1,284.00	每筆平均虧損	($754.78)
均勝均虧金額比	1.7	每筆平均損益	($181.38)
最大連續獲利次數	3	最大連續虧損次數	13
獲利交易平均K棒	12	虧損交易平均K棒	5
最大權益回落	($13,392.00)		
獲利因子	0.67	最大持有部位	1
帳戶所需資金	$13,392.00	年化報酬率	-43.34%

如果發生極大損失但市場行情卻非極度不尋常或更糟，對於理想交易模式而言，可能是得再考慮此策略是否應該放棄。這表明理論顯然有問題。例如，若一個移動平均模型在明顯趨勢市場中虧損，則爲不良模型。在現階段沒有完全放棄這種模型之唯一原因，是由於這次試驗範圍相當狹窄。如果有理由相信這是一個反常現象，則繼續下一輪測試。但是如果沒有，放棄此交易策略可能是個明智的決定，或至少返回到設計階段重新設計。

無論策略是否產生意外的獲利或是令人胃痛的損失，此未臻成熟的假設將提供我們很大的助益。在任何情況下，除非有很強烈的理由相信這些結果應作更廣泛預測，否則策略設計者不應將此策略作下一輪的測試。

多重市場及多重時期測試

多重市場和多期測試是擴大初步績效在市場層面和歷史資料之檢驗（見圖8.5）。因而產生一批歷史模擬資料。這些歷史模擬包括將選定的一套交易策略模型參數，應用到一籃子多重市場對多個不同歷史時期。

這個測試的目的是爲了快速獲得初步模型概念的可靠性和更大範圍的交易概觀。這是對交易策略相對嚴峻的考驗，但它可以迅速完成且不費吹灰之力。

雖然這一輪測試既不全面也不具決定性，但可以提供交易策略潛在好處的寶貴見解。一個非常好的交易策略有可能在後來的發展階段更臻完美。這是個謹慎樂觀的理由。

交易策略評估與最佳化（第二版）

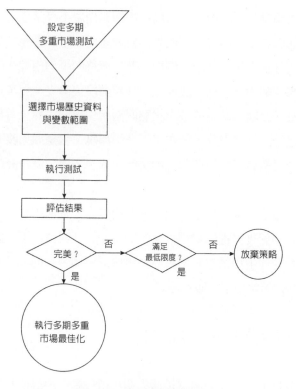

圖 8.5　多期多重市場測試

　　相反地，若交易策略看起來十分糟糕則應該斷然放棄。如果是介於兩者之間，大多數策略都表現不好，我們要找到潛在改進方法。屬於這一類的策略當然值得進一步研究和審查。

　　一籃子市場交易策略測試是假定該策略目的在於交易許多不同市場。當然會存在有效的交易模型，有的會針對特定市場或市場中的特定市場領域有效，如股票指數期貨。如果是這樣的情況下應該做多期測試，但多重市場的一籃子多市場測試則可以略過。

選擇一籃子組合

　　如果交易策略的標的是一籃子交易市場，最好選擇一籃子高度多樣化市場。在這個階段，我們尋找一個相對簡單快捷的交易策略驗證。選擇一小籃子市場因此便足夠。這當然比完整組合且通過最終測試經證實的交易策略所得的結果必然更少。但這一輪測試較像是一個快速的績效草圖。

　　鑑於此籃子測試之範圍因設計而受到拘限，故找尋最大市場多樣化更形重要。顯然地選擇標準普爾、羅素指數和那斯達克綜合指數之多樣性並不多。選擇通用汽車（General Motors）、福特（Ford）、朋馳（Mercedes-Benz）作組合會因同樣的原因被拒絕。另外，一小籃子組合包含標準普爾、日圓、美國公債（T-bonds）、原油、咖啡期貨提供了一個好的多樣化選擇。若一小籃子組合有微軟、家得寶（Home Depot）、美國聯合航空公司（United Airlines）、福特和花旗集團，則提供了一個好的股票多樣化。

　　有兩個主要標準用以衡量市場之間的不同程度。他們是統計相關性和基本面的差異（兩者間需缺乏相互關係才得以支撐此狀況）。相關係數的計算是衡量兩個市場收盤價之間的相似性程度。如果相關係數為1，它們是完全相關而應予以拒絕。如果他們的相關係數為負（-1是一個完美負相關），它們是呈負相關，都可以而且應該被選入。相關係數呈現介於-0.5到 0.5表示並沒有多大關係，這些市場也可包括在內。

　　雖然一籃子市場數量範圍應在5至10間，但是一般而言沒有必要執行相關係數矩陣分析。

　　對有知識基礎要素的市場組成做一籃子測試更為容易，且

一般而言較爲有效。而咖啡、活牛、股市等有不同的基礎條件，因此，這些優秀的候選名單將列在同一個投資組合籃子裡。好的期貨一籃子測試可包括咖啡、棉花、原油、黃金、豬肚、大豆、標準普爾500、糖、日圓和美國公債。一個較小的測試可能可以包括咖啡，棉花，原油，標準普爾500和美國公債。

決定測試期間長短

下一步是確定歷史價格最佳長度，以在市場測試交易模型。一般而言使用更多的歷史價格，測試結果會更好。 對每個市場以10年的歷史資料所建立之測試會相當穩固。以經驗法則而言，五年（日資料）是最低底限。該歷史時期的價格十分可取，因其至少包含一個各主要市場類型：牛市、熊市和盤整。

顯然第一個必須釐清的問題是，是否有足夠的數據可用於所選擇的測試視窗大小。隨著期貨在過去10年交易的增長，有很多較新的交易市場其歷史價格相當有限。例如，道瓊工業平均指數的期貨於1997年開始交易，只提供10年的歷史。多數農產品期貨價格資料可追溯到1970年代和1980年代，這可完全滿足大多數人的需求。

標準普爾500指數期貨爲歷史最悠久的股票指數市場，並在1982年開始交易。許多金融期貨的交易在80年代中期才開始。許多較新的市場在20世紀90年代才開始交易，這可能會導致測試問題。

在所有測試裡是否擁有足夠歷史價格是一個關鍵因素。雖然我們一籃子組合之測試規模有限，但選擇有足夠的歷史價格的市場應該不是問題。

交易策略評估與最佳化（第二版）

分割資料

　　另一個必須釐清的問題是，要對策略測試一部分或一組較小的資料部分。以部分歷史價格測試策略似乎最具統計合理性。這是真的，因為很可能會有更顯著的交易樣本。但是這種做法可能會掩蓋一些非常重要的訊息。交易策略於某一個歷史時期運作可能會有某種程度的一致性，但在另一時期卻並非如此，這非常重要。

　　一個模擬交易策略，10年間產生10萬美元的利潤乍看之下看起來非常可觀。但是如果這個利潤是在其中一個或兩個非常好的年所產生，而其他8年卻只有微幅獲利或虧損呢？它看起來仍然很好嗎？當然，以此看來並不是。

　　因此，在這一輪測試其目標，最好是將整個歷史時期分成幾個長度相等而更小時間區間作測試。例如，將一個10年期的測試分為五個為期兩年的部分會較好。但是如果交易模型是長期型態，對每隔兩年測試會得到無效的抽樣統計，則證明可能必需使用3年或4年的資料區段。因此亦可證明需要使用較長期的全面測試階段，才能提供足夠數量的資料。這將在第10章詳細討論。

測試

　　為了繼續進行測試，我們要選擇一籃子的市場和我們所要回顧的歷史「視窗」期間長度，在一定數量的歷史資料片段上進行測試。我們的測試組合將包括咖啡、棉花、原油、標準普爾500和美國公債。此一籃子組合提供了優秀的基本面多樣化。測試期間長度為10年，自1997至2006年。這一時期的歷史資料

包含選擇了重要的不同市場類型和條件。這10年的測試期將對每個市場分為5個為期兩年的時間區段。五段長度為2年的測試為我們提供一定程度足夠的統計數據可靠性。

現在我們有一籃子組合，一段歷史時期和資料區段，可以開始建立我們的測試。在第一次測試用到的相同合理參數值集合也可用於這一輪測試。歷史模擬會對五個時期與五個市場的組合產生相同之策略參數。每次與每個市場的績效會被記錄並整理成一份報告。

該報告將提供此交易策略一個利潤和風險概述。在這一階段測試應該有何預期？

不應該預期只使用一個合理的最佳化策略參數設置，就能在歷史資料上對所有市場與我們測試組合產生最好的成效。如果事實上這次試驗總體而言產生卓越成效，則是一個非常令人鼓舞的跡象。我們應該期望一個強大和健全的策略，會在這樣的測試中產生不錯的結果。若有策略在此整體表現不佳，應予以拒絕。

在這個階段，若是在整籃子市場組合和不同的時間區段中，相當程度的混合了小幅獲利與虧損的隨機分佈，將被視為邊緣化或可接受的成效。這不值得慶祝，也不是個拒絕的理由。它也指出策略組成仰賴於適應一個特定的市場條件，以達到其最佳的績效。這將使一個策略顯示其對歷史時期哪些條件下有利，或對歷史時期中哪些條件不利。這種策略值得進一步研究。

但是這種類型的測試報告可能是隱含了不同的解釋。如果測試沒有明顯表現出策略對何種條件下有利，或對何種狀況下

成效不佳，這很可能這是一個不佳策略。基於此點，此策略可能會被拒絕。

　　但是如果對這類行為有一些看似合理的理由，可能還是值得考慮進入下一輪測試。但是，如果是整籃子組合和歷史成效上有巨大損失，即使偶有強勁表現，則此交易策略應視為不佳而放棄。

　　相反地，若交易策略對整籃子組合和歷史資料之成效獲利豐厚且具低風險，則可視為極具潛力。因為這表示不僅績效佳，且相對可靠性高。這種早期良好的結果可以樂觀看待。當然進一步測試是必要的。

　　讓我們研究多重市場和多期間樣本測試。我們將使用簡單移動平均線交叉系統並測試它在下列市場和價格資料區段（見表8.5）。

　　這一批測試包括：將10年資料分為2年的資料區段，把策略應用在5個不同市場，做25種不同測試。移動平均策略模擬參數會設定為5和20天。

表 8.5　多期多重市場測試之市場與歷史期間

開始 結束	1/1/1997 12/31/1998	1/1/1999 12/31/2000	1/1/2001 12/31/2002	1/1/2003 12/31/2004	1/1/2005 12/31/2006
咖啡	X	X	X	X	X
輕原油	X	X	X	X	X
標準普爾	X	X	X	X	X
美國債券	X	X	X	X	X
日圓	X	X	X	X	X

測試結果

　　25種不同的測試結果列於表8.6，8.7及8.8。

表 8.6　有問題的均線系統 / 第一回合測試

MA 5x 20 RITest
1/1/1990
12/31/2006

起始日期	結束	輕原油	日圓	咖啡	標準普爾	美國公債	總和	平均	最大	最小
1/1/1997	12/31/1998	(10,080.00)	8,775.00	6,350.00	(16,600.00)	2,481.25	(9,073.75)	(1,814.75)	8,775.00	(16,600.00)
1/1/1999	12/31/2000	(2,320.00)	7,875.00	5,706.25	88,350.00	(14,737.50)	84,873.75	16,974.75	88,350.00	(14,737.50)
1/1/2001	12/31/2002	(2,440.00)	(12.50)	(12,762.50)	(57,175.00)	(8,543.75)	(80,933.75)	(16,186.75)	(12.50)	(57,175.00)
1/1/2003	12/31/2004	(4,090.00)	(9,125.00)	(525.00)	59,150.00	(4,325.00)	41,085.00	8,217.00	59,150.00	(9,125.00)
1/1/2005	12/31/2006	6,300.00	3,075.00	(4,131.25)	29,650.00	(4,543.75)	30,350.00	6,070.00	29,650.00	(4,543.75)
總和		(12,630.00)	10,587.50	(5,362.50)	103,375.00	(29,668.75)	66,301.25			
平均		(2,526.00)	2,117.50	(1,072.50)	20,675.00	(5,933.75)	13,260.25			
最大		6,300.00	(9,125.00)	6,350.00	88,350.00	2,481.25	84,873.75			
最小		(10,080.00)	8,775.00	(12,762.50)	(57,175.00)	(14,737.50)	(80,933.75)			

表 8.7　良好的均線系統 / 第一回合測試

RSIct RITest
1/1/1990　12/31/2006

起始日期	結束	輕原油	日圓	咖啡	標準普爾	美國公債	總和	平均	最大	最小
1/1/1997	12/31/1998	3,110.00	25,650.00	(637.50)	(7,100.00)	20,500.00	**41,522.50**	8,304.50	25,650.00	(7,100.00)
1/1/1999	12/31/2000	80.00	312.50	36,187.50	26,475.00	6,468.75	**69,523.75**	13,904.75	36,187.50	80.00
1/1/2001	12/31/2002	230.00	18,537.50	0.00	37,475.00	6,406.25	**62,648.75**	12,529.75	37,475.00	0.00
1/1/2003	12/31/2004	31,500.00	6,737.50	2,437.50	61,600.00	14,093.75	**116,368.75**	23,273.75	61,600.00	2,437.50
1/1/2005	12/31/2006	0.00	(412.50)	(5,906.25)	48,900.00	843.75	**43,425.00**	8,685.00	48,900.00	(5,906.25)
總和		**34,920.00**	**50,825.00**	**32,081.25**	**167,350.00**	**48,312.50**	**333,488.75**			
平均		6,984.00	10,165.00	6,416.25	33,470.00	9,662.50	66,697.75			
最大		31,500.00	(412.50)	36,187.50	61,600.00	20,500.00	116,368.75			
最小		0.00	25,650.00	(5,906.25)	(7,100.00)	843.75	41,522.50			

交易策略評估與最佳化（第二版）

表8.8 優異的均線系統／第一回合測試

XTct RITest

起始日期 1/1/1990	結束 12/31/2006	輕原油	日圓	咖啡	標準普爾	美國公債	總和	平均	最大	最小
1/1/1997	12/31/1998	9,200.00	32,437.50	95,325.00	154,775.00	23,062.90	**314,800.40**	62,960.08	154,775.00	9,200.00
1/1/1999	12/31/2000	3,810.00	(8,637.50)	48,956.25	185,450.00	1,500.10	**231,078.85**	46,215.77	185,450.00	(8,637.50)
1/1/2001	12/31/2002	19,160.00	7,462.50	11,287.50	129,825.00	27,437.30	**195,172.30**	39,034.46	129,825.00	7,462.50
1/1/2003	12/31/2004	27,240.00	3,125.00	10,781.25	(9,850.00)	23,406.05	**54,702.30**	10,940.46	27,240.00	(9,850.00)
1/1/2005	12/31/2006	14,690.00	11,925.00	25,406.25	9,850.00	8,062.60	**69,933.85**	13,986.77	25,406.25	8,062.60
總和		**74,100.00**	**46,312.50**	**191,756.25**	**470,050.00**	**83,468.95**	**865,687.70**			
平均		14,820.00	9,262.50	38,351.25	94,010.00	16,693.79	173,137.54			
最大		27,240.00	(8,637.50)	95,325.00	185,450.00	27,437.30	314,800.40			
最小		3,810.00	32,437.50	10,781.25	(9,850.00)	1,500.10	54,702.30			

如前所述，其測試主要目的是要確定否交易策略是值得進一步發展。若一個交易策略在此階段的測試產生了優異的成果，當然無庸置疑值得進一步研究。相反地，若交易策略產生的結果不佳，可能就不值得進一步討論。

　　但這一點也有例外，因為這只是初步測試。如果策略設計者有理由認為它可以進一步改善，則可繼續進行。如果沒有，結束對此一策略的研究。最後，如果結果是平均水平，則也值得進一步發展。

第九章

搜尋與評估

　　下階段的交易策略評估是最佳化，這將在下一章討論。但是在繼續介紹這些方法之前，我們需要深入做一些對這方面程序極為重要的瞭解：最佳化空間搜尋。

　　為了充分了解最有效的最佳化方法以應用到特定的交易策略，我們需要了解這個看似無害領域的輪廓。在我們完全可以理解，如何能得到這些最有可能會產生實際且持續交易利潤的交易策略參數之前，我們需要了解所有重要的影響通常是什麼，這被稱為最佳化準則，在最佳化理論中這也被稱為適性功能，目標函數，搜尋條件，搜尋功能。為符合當前用法，我們將用同義詞──目標函數，在此作為表示以示區別。

　　精確而言，最佳化空間僅是策略所有可能的設置參數或候選參數的集合，以此可建立歷史模擬。一個最佳化必須對多個不同的移動平均線長度執行，以確定最可獲利的移動平均線組合以作為我們移動平均線範例。若

要做或是建立一個最佳化設定掃描，須將移動平均長度MA1從2到10的每次增加1，和MA2從20至40每次增加2，作每種組合的模擬。這種最佳化將以兩個移動平均長度建立99個不同的組合。所有解釋將會在本章內詳細說明。

但是在這些歷史模擬建立之後，仍必須選擇最佳參數組合。目標函數是最佳化過程中作出選擇所使用的原則。目標函數可以是簡單或複雜。但是無論多複雜，目標函數是利用演算法計算最佳化排名並選擇最終交易策略最佳參數組合。那麼搜尋功能便是交易策略的法官和陪審團。例如，如果淨獲利是我們的目標函數（順便說一句，不建議如此，但因為它被廣泛使用和理解，故有助於舉例），則產生最大淨獲利的策略參數將被選為最佳數對。

在測試和最佳化過程中，要了解目標函數與搜尋方法的影響為相當深奧及較難理解的一部分。他們比較艱澀難懂。但是他們對測試的影響和幫助了解結果極其重要。重要的是要留心學術領域的最佳化理論廣泛和迅速的增長。目前最佳化的交易策略開發應用程式和近期已發展出的最佳化理論相比，實際上仍處於初期階段。大多數應用程序仍然使用暴力網格搜尋方法，再加上已經過時且低效的搜尋功能，例如淨利。

有些外掛程式提供此領域一些先進功能，如遺傳最佳化和推進分析[1]，往後也會有更多功能。

策略設計者要了解有這些資源存在相當重要，因而可用於研發策略。同樣重要的是，要明白這些不同高階搜尋程序可以，而且應該取代這些目前是如此普遍的標準網格搜尋方法，而在推進分析也有一些先進的搜尋方式應用程序。

搜尋方法

所有的最佳化程序皆使用某種類型的搜尋方法，無論是簡單或高度複雜的。該搜尋方法將確定要執行的測試數目，因此，總處理所需時間必須在這一階段完成。這也將決定我們如何尋找並以最高效率完成這些解決方案。在一些比較複雜的搜尋方法，如遺傳最佳化演算法，在這個過程本身中就與搜尋功能緊密配合。該功能會指出該實際測試的眾多參數組合，因為該情況下有太多候選參數需要被測試。

最後，搜尋方法是一種有秩序地通過不同的組合參數，然後選擇目標函數所定義的最佳設置參數，以作策略使用的先進方法。

換句話說，任何最佳化即是對歷史價格資料做一系列的檢驗。可能沒有時間來研究所有可能的參數組合，所以要聰明的善用搜尋方法來指引出最有效的搜尋方向。這是為何有不同最佳化空間搜尋方法的原因之一。

個別測試是指以一組策略參數對歷史資料作模擬交易。一個交易模擬計算所有使用策略變數的交易和並產生績效數據統計，包括目標函數所定義之策略適性。最佳化或測試運作是指做一批或一個集合的測試。該過程所得成功的結果，會是所有滿足最低績效標準模型之集合，如「淨利大於零」或「最大回落不超過百分之二十。」一個失敗的測試運行，可能無法滿足最低限度的模型成效要求標準。

關於最佳化議題有廣泛的文獻。極其複雜的最佳化方法有各式各樣的名稱，如高溫回火模擬（simulated annealing），登山

型（hill climbing）和粒子群法（particle swarm）等皆已在這個非常專業的知識領域所創建。

然而同樣的也是有些惋惜之處，這豐富的最佳化領域知識，在一般策略開發應用程式中尚未被使用（除了那些為了維持獲利使用非常複雜軟體之人以外）。當然，如此多先進的最佳化方法對於簡單的最佳化問題，如我們移動平均線的例子來說真正助益也許不多。但更先進的搜尋方法將提供更多實用的功能，如複雜度和最佳化程序的廣度。

網格搜尋 （Grid Search）

這是最簡單形式的搜尋方法。這被認為是暴力的方法，它簡單計算，然後列序由最佳化程序所指定的歷史模擬結果。

考慮以兩個移動平均線交叉交易策略，測試從1995年1月1日到2005年12月31號標準普爾期貨價格。第一個移動平均線（MA1）將設定範圍從3到15天每次增加2天。亦即以每2天為單位掃描移動平均線3至15天。

七種不同的值將被測試，移動平均線3，5，7，9，11，13，15。

第二個移動平均線（MA2）將以10到100為範圍每增加10測試一次。

第二移動平均線將被測試10個不同的值：10，20，30，40，50，60，70，80，90，100。

整個測試運行將包括這兩個掃描範圍所包括的70個可能組合（7×10＝70）。測試運行進行如下。每一個MA1潛在值會對MA2的第一個可能值測試：

MA1:	3	5	7	9	11	13	15
MA2:	10	10	10	10	10	10	10

測試週期完成之後，測試程序會更進一步，也就是說，它會進到MA2的第二個可能值。即每個可能MA1值隨後會對MA2的第二個可能值做測試。換句話說：

MA1:	3	5	7	9	11	13	15
MA2:	20	20	20	20	20	20	20

這個過程一直持續到每個MA1潛在值對MA2最後一個可能值。最後的測試：

MA1:	3	5	7	9	11	13	15
MA2:	100	100	100	100	100	100	100

一個歷史模擬交易成果會以MA1和MA2的這些變量建立。每個這些參數集的交易績效會以目標函數衡量和排名。最佳策略－即能滿足評價標準的參數值－會被採用。圖9.1描述了這個變量網格空間的搜尋路徑。在網格中，每一行的交叉點表示接下來最佳化過程中要繼續測試之參數值。

這裡介紹的搜尋方法被稱爲網格搜尋。以兩個變數範圍組合定義網格變量組合。每個組合的績效會被評估。換言之，整個網格都會被搜尋。這是最常用的搜尋方法。該網格搜尋法的優勢是它做徹底的搜查。如果對每個可能的參數組合進行評估，也就不可能錯過最好的一個，除非搜尋方法或目標函數不健全。這會在下一節討論。

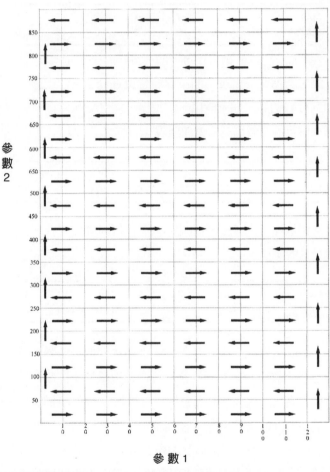

參數 1

圖 9.1 網格搜尋

　　網格搜尋的缺點是速度，或者可以說是它缺乏速度。如前面例子的小測試裡處理時間是微不足道的。假設即使每次測試速度慢一秒，網格搜尋70個參數候選將只要70秒。

　　但是考慮對四個變量之測試。假設測試兩個不同移動平均

線（MA1和MA2）和兩個波動帶（VB1和VB2），每一個移動平均線附近之值。

合理最佳化參數值包括以下四個掃描範圍：

MA1：	1 到 15	每增加2測試一次＝8次
MA2：	5 到 100	每增加5測試一次＝20次
VB1：	25 到 525	每增加25測試一次＝21次
VB2：	25 到 525	每增加25測試一次＝21次

要確定候選值總數（潛在參數集），並將所有步驟加乘。該計算告訴我們這個測試運行將有70,560（8×20 ×21×21＝70,560）候選組合。若每次測試需要一秒，這次最佳化運行將花費19.6小時〔（70560次／60秒）／60分鐘＝19.6小時〕！這是很長一段時間。

更糟的是若這些變量掃描不夠精細。以更小的增值來對此變量範圍作測試並非完全不合理，如：

MA1：	1 到 15	每增加1測試一次＝15次
MA2：	5 到 101	每增加2測試一次＝49次
VB1：	0 到 500	每增加10測試一次＝51次
VB2：	0 到 500	每增加10測試一次＝51次

其定義一個最佳化運行需測試1,911,735（15×49×51×51＝1,911,735）次。若每次測試需時一秒，這需要531小時〔（1,911,735 次／60秒）／60分鐘＝531小時〕！相當於22.13天（531／24＝22.13）。

當然這並不完全切實際，而是為了強調網格搜尋的主要缺

點。當結合許多市場及不同的時間區段與多重策略時，策略設計者會需要一台超級電腦。

此外，若最佳化空間超過兩個維度（我們的例子是四個維度），測試結果範圍會從困難提高到幾乎是不可能的。

為了使大範圍掃描和3、4個以上多變量測試成為可行，因而必須使用先進的搜尋方法。先進的搜尋方法是一種最佳化技術（記得我們變化多端的例子名稱），它可以在一個廣闊的最佳化空間選擇一些最好的變量組合（就像我們1,911,735筆的樣本空間），而不需透過逐一測試每個組合。由於處理速度加快，完整性便要作某一定程度的犧牲。這使得先進搜尋方法結合更精細之目標函數變得更為重要。

優先步驟搜尋 （The Prioritized Step Search）

優先步驟搜尋一次只對一個參數掃描，而對每個其他參數的範圍都設定該選定值保持不變，以減低其對成效之影響。考慮先前4個變量最佳化空間。

MA1：	1 到 15	每增加1測試一次＝15次
MA2：	5 到 101	每增加2測試一次＝49次
VB1：	0 到 500	每增加10測試一次＝51次
VB2：	0 到 500	每增加10測試一次＝51次

回想一下，執行一個這個空間之網格搜尋所需的時間並不理想。優先步驟搜尋對此參數空間管理相當有效，最小僅包括166次測試（15＋49＋51＋51＝166）。由於這個過程的迭代性質，而可能需要反覆執行數次。但是即使需要10次迭代，仍然

只有1,666次測試。當然這是一個最小時間需求。

讓我們假設，第一變量是最具影響力的參數，則第一次會掃描該值並將其他三個參數在範圍內設為定值，該其他三變量之定值可以隨機選擇，例如或設為該範圍中點。

第一次掃描將會是：

MA1:	1	2	3	4	5	...	13	14	15
MA2:	53	53	53	53	53	...	53	53	53
VB1:	250	250	250	250	250	...	250	250	250
VB2:	250	250	250	250	250	...	250	250	250

在第一次掃描中，所有可能的MA1值都被測試評估，而以不變的MA2（53），VB1（250），和VB2（250）則設為定值。讓我們假設這掃描產生最佳MA1值為5。

下一步然後將掃描第二個變量，MA2，並使用定值MA1（5），VB1（250）和VB2（250）。MA1保持在5：

MA1:	5	5	5	5	5	...	5	5	5
MA2:	5	7	9	11	13	...	97	99	101
VB1:	250	250	250	250	250	...	250	250	250
VB2:	250	250	250	250	250	...	250	250	250

該掃描將產生一個最佳值MA2，讓我們假設它是29。第三步將會掃描第三變量，VB1，並使用定值MA1（5），MA2（29）和VB2（250）。表列如下：

MA1:	5	5	5	5	5	...	5	5	5
MA2:	29	29	29	29	29	...	29	29	29
VB1:	0	10	20	30	40	...	480	490	500
VB2:	250	250	250	250	250	...	250	250	250

此掃描將回傳一個最佳的VB1值。讓我們假設它是260。第四步將會掃描第四個變量，VB2，使用固定值MA1（5），MA2（29）和VB1（260）。則結果會是：

MA1:	5	5	5	5	5	…	5	5	5
MA2:	29	29	29	29	29	…	29	29	29
VB1:	260	260	260	260	260	…	260	260	260
VB2:	0	10	20	30	40	…	480	490	500

如此掃描會得到最佳VB2值。讓我們假設它是320。該第四步讓我們得到每個參數之值MA1＝5，MA2＝29，VB1＝260和VB2＝320。

如果這些結果似乎是令人滿意的，該過程可以在這裡結束。但是判斷滿意與否之謹慎做法應執行數次迭代。

第二次迭代應以MA2＝29，VB1＝260和VB2＝320開始；並對MA1將再次進行掃描。這將如下所示：

MA1:	1	2	3	4	5	…	13	14	15
MA2:	29	29	29	29	29	…	29	29	29
VB1:	260	260	260	260	260	…	260	260	260
VB2:	320	320	320	320	320	…	320	320	320

假設這次發現一個新的MA1最佳值為7，一個完整二次迭代會重複第一個迭代例子中同樣的過程，但使用新找到的最佳參數。最好是重複這個過程幾次，直至成效或參數沒有重大變化。優先步驟搜尋有兩個主要好處：速度，和每個參數對策略成效相對影響的評估。即使需要20次迭代這還是很容易判斷，對於此超大參數空間該搜尋仍遠快於全域網格搜尋。

它還可以讓策略設計者獲得對於最佳化空間中每個參數之

相對關係及影響力有更微觀的瞭解。最具影響性的策略參數
（如果有的話）是指該參數之差異會對成效產生大幅的影響。假
設掃描MA1的產生以下結果：

MA1	盈虧
1	−$3,000
2	$2,500
3	$5,000
4	$10,000
5	$15,000
6	$12,000
7	$9,000
8	$7,000
…	.
15	−$3,000

在相同的測試中，掃描的VB1產生以下的利潤和損失：

MA1	盈虧
0	$14,000
10	$14,000
20	$14,000
30	$14,000
40	$13,500
50	$14,500
60	$15,000
70	$13,000
…	.
500	$12,000

　　不同的MA1值變化比VB1產生更明顯的成效差異。不同的
VB1改變對利潤和損失只有些許影響。而由這些數據得出的結
論是，該策略中MA1之變化比VB1是變化對績效更具影響性。

這告訴我們兩件事。它表示波動寬帶不會對交易策略提供很大績效改善。因此有可能是一個有力的論據可將其予以排除。至少它表明了這個參數真的沒有必要列入最佳化空間。由於不同VB1值只會對交易績效產生小幅改變，因此沒有什麼理由要進行更深入的搜尋。

優先步驟搜尋也有兩個缺點的。一是缺乏徹底性，由於有一定的限制範圍，在某些情況下優先步驟搜尋被證明有這個大缺點。如果步驟搜尋顯示每個參數對交易成效都有很大影響時，會特別嚴重。由於這種方法缺乏詳盡，那麼可能會導致的結果是未能找到最佳績效。

第二個缺點是較小的排序問題。鑑於步驟搜尋在運用處理時間上顯得十分經濟有效，反而考驗策略設計者時間運用和決策能力。

但是回想一下，在前面的章節提出的多重市場多時間軸測試，往往可以讓一個策略設計者對於交易策略的績效做出快速和可靠的決策。以此類似的方式，直接步驟搜尋方法可以對多維最佳化空間迅速產生相對可靠的理解。

登山型搜尋演算法（Hill Climbing Search Algorithms）

此搜尋方法僅僅是許多快速直接搜尋方法之一。登山型搜尋法與網格搜尋主要區別在它採用一個可稱為啓發型或資訊根據的選擇法。登山型搜尋法尋著最佳化空間中績效之上升為路徑。它有目標的移動並通過該空間。沿途其拒絕成效小於迄今已發現之最佳者，只允許更好的成果並朝該方向在最佳化空間中移動。

該有啓發型選擇法之淨效益是這些方法在最佳化空間中一小部分時，決定一個健全最佳參數集之能力。其好處是，這種選擇性的直接搜尋方法通常是比暴力法更能經濟地運用處理器時間。事實上，因為這樣的直接搜尋方法可能只測試網格搜尋方法，計算出之最大數量組合其中百分之五到十的潛在候選參數。考慮從我們先前例子的最佳化空間中1,911,735候選參數的百分之十是191,174左右，雖然還是很大，但卻較容易實現。

　　在登山型搜尋法也苦於缺乏徹底性。由於沒有檢查每一個策略候選參數，因此這種方法存在弄錯最佳策略參數的風險。

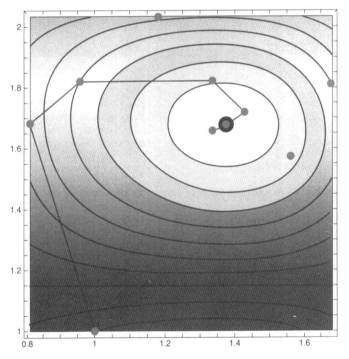

圖 9.2　登山型搜尋法

此外，任何直接的搜尋方法啟發型選擇法是由目標函數應用程式所提供。以一個非常現實的意義而言，直接搜尋方法之能力完全取決於目標函數。

當最佳化空間具連續性時，登山型搜尋法方法會有最佳效果。這些類型的方法很容易因為只搜尋到全域中某一區塊之最大值而失誤。也就是說，他們會在找到策略某個區域變量空間中的最佳參數後停止尋找。他們可能因此錯過在整個最佳化的空間最佳參數設定。

圖9.2是一個代表性的登山型搜尋法，在二維空間搜尋全域極限所構成之盤旋山。

交易策略評估與最佳化（第二版）

多點登山型搜尋

多點登山型搜尋法僅是在最佳化空間，以每個不同點開始所產生之結果。該法有個額外條件，因為這種類型搜尋法需要在每一個區域登山型搜尋法中選擇最佳策略參數。起始點數由策略設計者所設定。越多的起始點，搜尋更會全面和更耗時。

多點登山型搜尋法速度高於網格搜尋，但低於純登山型搜尋法。而徹底性較網格搜尋差，但比單登山型搜尋法更完整。也比單登山型搜尋法更不容易因局部極值形成失誤。多點直接搜尋必須選擇一組不同的起始點。他們可以許多方式被選擇。其中一種方法是在最佳化空間中隨機挑選。

圖9-3說明了選擇隨機抽取的5個出發點以1個啟動最佳化，以星星表示。

另一種方法是變量空間劃分成相等部分，然後選取每塊中心作為入口點。詳見後面的說明。然後搜尋從第一個起始點進

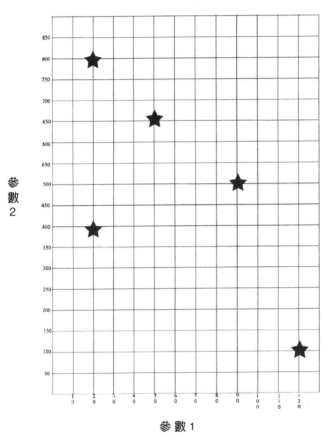

圖 9.3 隨機選擇起點

入變量空間,並在此找尋最佳策略變數。如果以滿足先前一定
數量預定步驟所產生的最低績效爲標準,該搜尋無法產生候選
值,則本區搜尋結束。該值會被儲存爲最佳策略值。接著進入
下一個起始點。如果滿足績效標準的最佳參數候選值被找到,
將會與之前區域產生的最佳值做比較。如果較好,會儲存爲新
的最佳策略值。如果不理想則被拒絕。多點直接搜尋會繼續運

作，直到所有的參數空間周圍的預先訂定的每入口點都被測試。

圖9-4說明了選擇4間隔均勻出發點的最佳化，並在每個最佳化空間象限中心以星號表示。

交易策略評估與最佳化（第二版）

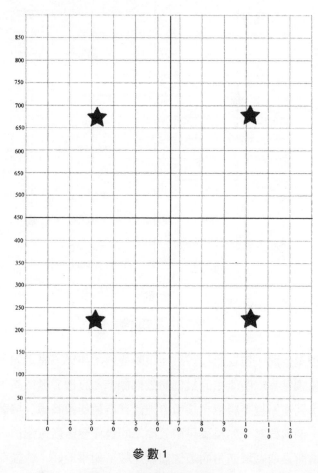

參 數 1

圖 9.4　空間均等起始點

進階搜尋

　　正如前面提到的，關於先進搜尋方法有大量文獻可參考，有許多不同方法，各有其優點和缺點。

　　但是任何策略設計者，要想探索多種交易策略複雜性質並需要使用多個參數的最佳化時，必需要自行想辦法利用這些搜尋方法。沒有他們，研究一籃子市場和潛在多種時間區段之策略處理所需時間成本，將會相當高昂。

　　但是所有先進搜尋方法都得依目標函數移動通過變數空間也是很重要的。使用先進的搜尋方法，從而更依賴目標函數本身的品質。

高溫回火模擬（Simulated Annealing,SA）[2]

　　高溫回火模擬是一種先進的，針對模仿冷卻熔融金屬的搜尋方法，過程中金屬中熱量慢慢地逸失，以結晶成最小內部能量的狀態的形狀。在高溫回火模擬，搜尋過程需要以各種不同角度設定參數集（原子），在晶體的形成過程中參數會逐漸趨向其理想位置和方向。

　　高溫回火模擬（SA）的最佳化方法，首次發表在80年代中期，目前仍保留了某些應用，儘管其作用與接下來介紹的其他高級搜尋方法相較之下已經有些黯然失色。由於它的操作涉及高度技術，以下將只是一個概述。建議策略設計者可以在參考文獻中了解更多細節。[3]

　　而高溫回火模擬的機制程與先前提及之登山型搜尋法，方法上有強烈的相似之處。

以下是高溫回火模擬最佳化之過程。

首先，隨機選擇最佳化空間某處可能的參數設置。並由策略設計者所選定之目標函數確定該參數集是否有效。高溫回火模擬目標是盡量減少能量態或策略成本。這可以被看作僅僅是相反，或消極的目標函數，公式說明如下：

參數集設定的能量態＝－參數集設定的目標函數

一個較大的初始溫度，也會被分配到初始參數設置。這代表的觀念是最佳化空間從高熱狀態下開始。該初始熱條件會激發很多最佳化空間的運動，詳情如下：

隨著高溫回火過程參數在最佳化空間移動，策略所測得之最佳能階會逐一記錄，使搜尋過程總是知道最低能量水平的最佳參數設置與位置—即最高目標函數值—會在這裡被找到。

第二，一個在最佳化空間中鄰近參數設置會再次被隨機選擇。最佳化空間中鄰近參數設置是指什麼意思呢？請記住，每個最佳化下參數可以被認爲是一個層面的最佳化空間，所以鄰近值很簡單是指將參數設定值，以一個小範圍作調整所得到的一個或數個值，即將新的參數設置在最初的最佳化空間附近。而該鄰近值所得之能量狀態—目標函數的相反數—也會被決定作來比較。

第三，如果鄰近值的能量狀態較低，也就是說，如果目標函數值較高，最佳化空間搜尋便移動到這個新的且更好的位置。有一種傾向是，最佳化空間中溫度越高，參數設定跳到更糟糕位置的機會就越大。如果鄰近值的能量狀態因此而更高，即目標函數的值較低或更壞，隨機參數會被選擇，作爲新前進

方向的依據。換句話說，如果找到更好的值，SA會朝該方向移動，如果是個糟糕的點和且使得該空間相對較熱，以機率而言，它可能不會到那裡。

第四，如果目前參數設置的能量變得太高，且移動到超過最佳或出現過的最低能階水平，則可以退回到該位置，並從這裡再開始搜尋。

最後，在SA程序中，最佳化空間的溫度慢慢冷卻，直到接近零。冷卻過程中，重複一次又一次的移動和調整，直到得到一個夠好的參數設定，或直到超過最佳化程序運行時間。

總之，在高溫回火模擬過程的開端，高溫會激發參數在最佳化空間更廣泛的運動，但亦會使得參數卡在局部的最佳化範圍裡。但是在高溫空間中有一種傾向，即使一個最佳化空間區域中沒有更好的鄰近值，不管怎樣，該策略會跳離該區而不會在此停滯。由於SA會記得搜尋過最好的範圍，如果沒有發現更好者，也不會失去最佳值，它可以再次回到這區並做更進一步之探索。

此外，當最佳化空間溫度降低，SA以此要找到較優越的方向變得越來越不可能，表示最佳化空間在此階段已經被廣泛的探索。如果SA在早先階段過程中已落至不太理想的地區，它也將返回的最佳點再重新開始。

隨著最佳化空間溫度下降，SA漸漸地會更透徹的探索所有已找出之最佳與最低能量附近區域的參數值。隨著搜尋繼續下去將增加得到一個完善解決方法的可能性，比起重新找尋另一個可能還很遠的較佳值，實在省事的多。

而SA會一直紀錄最好的參數設置，在充裕的時間下，該策

略將會發現最佳化空間中一些最令人感興趣的區域。SA也有一個內建校正功能用來改正失誤,避免朝著更壞區域前進。最終的結果是,經過高溫回火模擬最佳化程序,所發現的最佳策略點位將越來越有可能接近真正的全域最佳點。

遺傳演算法(Genetic Algorithms)

遺傳最佳化算法(GAs)是一種模擬生物進化過程的高級搜尋方法。它們被廣泛應用,功能健全且快速。GAs最初於70年代初開始發展,但沒有獲得更廣泛的應用,直至90年代早期。[4]

遺傳演算法:

1. 利用對自己有利的機會
2. 得益於兩策略良好組合以發展出新的更好的策略,並納入了各方優點
3. 使用過程中之突變減少陷在局部最佳化的可能性

由於許多交易策略的最佳化空間往往是很複雜的,GAs在如此空間下發展交易策略更要有高效率。

下面是遺傳最佳化演算法的簡化操作概述。目的是提供對其運作和好處的瞭解。不應當成操作指南來建立策略與應用。為此,策略設計者應由文獻中研讀更詳細的方法學。[5]

第一步是隨機選擇一個初始群體或一組不同的候選參數集。每個參數組合代表一個可能的策略執行。每個特定的參數集合被稱為個體(individual);族群(population)是所有候選個體所組成的群體。最初的一批個體分散在整個最佳化的空間。

第二步是從目前的族群複製非專屬數對的參數集到下一個

交易策略評估與最佳化(第二版)

族群中，即下一代。每個參數設置被選擇複製的機會，會跟目標函數衡量的適合度成正比。這種效果是，高度適合的參數族群自然會連續稱霸。反之，低度適合之參數族群落在後方的機會就大幅增加。這個過程稱為選擇（selection）。

　　第三步是隨機選擇參數集數對，然後將其中一個參數集中一部分參數交換到另外一個參數集中。這就是所謂的交叉（crossover）。在這個過程中，一個參數集中的良好值可以和另一個參數集中的良好值結合以創造更美好的參數集。此良好值可以來自兩個不同的參數集。

　　第四步是要再次隨機選擇一個新的參數集群體。在這些參數集中將一些參數將替換新的且不同的值。這就是所謂的突變（mutation），以模擬有機體之遺傳訊息，並非總是忠實地從上一代到下一代精確複製。

　　雖然突變這個詞附有消極的文化內涵，但從長遠來看它可以被證明是非常有益的，如果不是太過分的話。換言之，不是每個突變都是壞的，對於生命體或是遺傳最佳化而言。有時一個突變的結果，對個體或參數集而言，會比起前者更能良好地適應其環境或市場。如果反過來，一個參數集突變後表現不佳，則該結果設定是不是可能被傳遞給下一代。因此，利用突變偶爾動搖最佳化過程以減少對最佳區域的適應，其利仍大於弊。而且，由於最高適性參數集會被一直複製到下一代，最好的解決方案也不太可能因一個突變機會而喪失。

　　GA藉由重複剛剛提到之步驟做連續世代二到四次。在每一世代中會產生新的參數集族群。這一直持續到：

　　1.預定的世代數皆已執行完成

2. 已找到夠好的解決方案

3. 以全體族群適性衡量下已無有效進展

達到收斂（Convergence）後目前族群評估已達到一個程度，新世代已經不再有大幅度進展或改善。因此，該族群包括最佳化空間中主要策略參數集最好的適性值。

遺傳搜尋方法已被證明是一些通用搜尋方法中最有用的。雖然他們不能保證找到最好的解決辦法——即全域最佳化，但他們往往會發現很好的解決方案，而這些通常可能已離最佳解決方法不遠。而且非常值得注意的是，做到這點GA比起簡單搜尋方法所需的評估要少很多。因為GA通常可以只評估總候選族群百分之五到十，就能識別最佳參數集。

如同所有直接搜尋方法，即那些以目標函數判定者，選擇的目標函數是遺傳最佳化演算法不可或缺的組成部分。這是因為個體參數集透過目標函數評斷互相比較，以確定它們相對價值。在沒有利用到評估所有可能候選參數集之下便可完成工作。如果持續使用不恰當的適性功能，最佳化結果可能產生一個糟糕的策略參數集。

粒子群最佳化法（Particle Swarm Optimization, PSO）

如同遺傳最佳化演算法，粒子群最佳化（PSO）的方法是模仿生物有機體。該搜尋方法根據觀察鳥群和魚群行為。如遺傳演算法，PSO是隨機搜尋方法中的一員，即操作時併用各種可能性。

PSO第一次出現在1995年。他們已被證明其運作為一個強大而有效的直接搜尋方法。以下是描述粒子群最佳化法如何運

交易策略評估與最佳化（第二版）

作和其優點的概述。如需其更詳細資訊，建議策略設計者應先研讀PSO之原始資料。[6]

粒子群最佳化過程的第一步是在整個最佳化空間中隨機選擇一組潛在策略參數集。每個參數集也會隨機分配一個正向或負向之速度。這代表了參數集所擁有的速度和朝著什麼方向。在某種意義上，參數集可以視爲一個粒子，飛行通過最佳化空間所有維度。在整個最佳化過程中同樣的粒子或參數集會維持一定，雖然其位置在最佳化空間中不斷變化。

第二，在每次PSO迭代時，每個參數集會依其各自速度更新或調整其位置。這樣可以使粒子——即參數集——在最佳化空間中之每個維度朝著同一方向移動。他們的速度隨時間以一個定值之比例遞減。

第三，每個粒子記住自己過去以來在最佳化空間中的最佳地點。根據目前的位置在最佳化空間，加快其速度是一個小型的機會，調整範圍，在以往的方向及其個人的最佳位置。

第四，當發現一個新的全域最佳點時，這個粒子還會更新其他粒子，也就是說，這個參數集是所有已找過的參數集中最好者。接著每個粒子的速度會以一個隨機衰減量作增加，並朝向這個新的全域最佳點前進。

每個粒子會不斷地重複通過第二到第四階段。由此產生之直接效果是使粒子群會徘徊並徹底探索目前最佳點之周圍地區，同時，它也逐漸將所有已知粒子拉向最佳點。這使得PSO潛在搜尋以此點所形成之最感興趣的最佳化空間領域以找出新的個別最佳點。此過程持續進行，直到收斂爲止。

某些類型的粒子群還具有粒子集合在最佳化空間中互相溝

通的特色，使得他們可以相互交流和影響以朝向該群自身區域之最佳方向。此功能使得PSO更深入探索最佳化空間不同的次區域，即使有些已知的較佳解決方案離他們現正搜尋之區域，相去甚遠。

在任何時候請記住，真實狀況是，最好的解法可能就在尚未被發現的區域附近，但仍有待觀察！ PSO會使粒子群同時進一步探索最佳解決方案附近區域，並朝向未被探索的方向移動，而且可能是遠離已知的最佳解決方案。PSO此行為可以盡量避免把重點過度放在任何一個區域最佳值，而錯失了全域的最大值。

粒子群最佳化已被證明，如同遺傳最佳化演算法在多種情況下非常具競爭力。這兩種先進的搜尋方法善於快速找到足夠的解決方案，而不需探索最佳化空間中的每個候選值。

一些較為複雜交易策略的最佳化空間是如此巨大，以至於最快的超級電腦也無法完全以暴力方法，在可接受且真實的時間限度下探索他們。因此使用某種類型的高級搜尋方式，成為一種實際需要，即使該解決方案結果可能只是短期最佳的，或是不易達到的。

如同遺傳演算法和其他直接搜尋方法，要有效應用粒子群最佳化方法，必須高度仰賴目標函數的品質跟適當性。

搜尋方法的一般性問題

通常直接搜尋方法也會有一些缺點。由於直接搜尋方法不評估所有可能的候選值，因而有可能潛在缺乏某種程度的完整

交易策略評估與最佳化（第二版）

性。這可以藉選擇適當的搜尋方法，並評估品質與特性作恰當應用讓影響縮到最小。雖然登山型搜尋法的完整性遠遠超過了步驟搜尋。然而完整性還是不比暴力網格搜尋法。

第二，也許直接搜尋方法更嚴重的問題是，他們不會總是能找到真實績效高峰期，即為全域極大值。依觀察，直接搜尋方法是一個實踐與理論必要性之間的妥協。但是一個好的直接搜尋方法，將可以找到一個令人滿意的可行解決方案。

什麼是全域極大值？它是整個交易策略最佳化空間中表現最佳的參數集。見圖9.5，矩形內包含全域極大值。

那麼區域極大值便是整個最佳化空間之區域範圍，或子集合中成效最佳的參數集。見圖9.6，矩形內為區域極大值。區域極大值被當作全域極大值有可能有各種原因。在一定程度上，搜尋方法的設計是一個主要考慮因素。

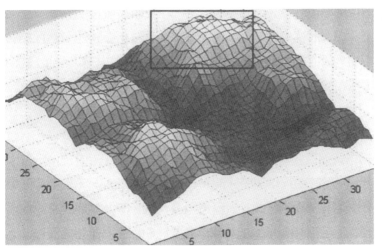

圖 9.5　最佳化空間中的全域極大值

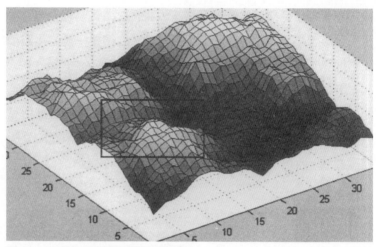

圖 9.6　最佳化空間中的區域極大值

交易策略評估與最佳化（第二版）

　　因此，搜尋方法的實際設計，是一個確定其效率的重要因素，以此才能適切地辨識全域極大值。變數空間的形狀，在此過程中也會有重要影響。

　　例如，許多先進的搜尋方法，在搜尋最佳化空間中一個很尖的或塊狀區域時會遇到問題。尖型最佳化空間是大量的高績效結果構成四周陡峭的山峰和和周圍低地山谷。參見圖9.7矩形內為四個較低績效的高峰。

目標函數

　　只有好的目標函數才能有好的搜尋。事實上，目標函數是策略評價中應用最佳化過程來告訴我們一套參數是好還是壞的方法。目標函數評斷交易策略。這是策略設計者用來看最佳化空間的眼睛。

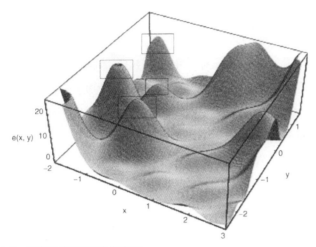

圖 9.7 充滿尖型的最佳化空間

　　當然，策略設計者才是參數集是否被接受或拒絕的最終仲裁者。而對更大的最佳化空間和更先進的搜尋方法，則搜尋功能更具其重要性。任何搜尋方法必須能夠確定是否交易策略良好以接受或用來拒絕模型。例如，該策略可能會認定，一個好的交易策略應定義爲：

　　1. 純利最高

　　2. 每筆交易利潤最高

　　3. 勝率最高的交易，或是最高夏普（Sharp）比率

　　因此，目標函數或評估方法可用以評量與分級交易策略之品質。根據定義，任何搜尋方法都需要一個目標函數或數學方法來評估交易策略運作成果。

　　因於先進搜尋方法之廣泛使用，評鑑型態顯得更具意義。搜尋方法是在尋求最佳參數集過程中以最短時間內不斷地接受或拒絕交易模組。因此，要儘可能使用最好的評估方法。

當然，最好的評估方法是其選擇的交易策略參數集能預期在真實交易中成功者。使用不恰當的評估函數可能會忽視了一個良好模組，甚至更糟，它可能選擇了一個糟糕的策略。記住這句話「留心你所求，因為它可能就在你身邊」，這是一個很好的經驗法則指導策略，以選擇最有效的評估類型。

最後，最好的評估方法將是選擇最可靠和可獲利交易策略的標準。這對策略設計者來說非常重要，用以明確指明哪些交易策略特色被認為是最能預測在真實交易中成功。

讓我們看看這到底如何運作。例如，讓我們假設最高淨利潤是最好的評估方法。（順帶一提，它並不是。）但是如果最高淨利是我們執行最佳化時的目標函數，結果將使策略所選擇的參數能產生最高的利潤。

畢竟，獲利就是交易的全部，不是嗎？那麼，為什麼這是個壞程序呢？因為研究表示，單是使淨利潤最高是不足以成為具整體成效和交易穩健性的交易模型。

例如，若策略之最高純利中有百分之六十是由相當大額但無法複製的交易而來，如在1987年10月股市崩盤之空單交易。或者這種高淨利交易多數分佈在測試期間前半部，且足以掩蓋後半部或近期毀滅性的損失。此外，單單搜尋最大淨利潤完全忽視了風險問題。該最高淨利策略也有可能存在一個非常大的且不能接受的回落。或者，交易樣本可選擇參數可能太少，因而這些參數有統計有效性問題。

淨利潤只不過是一個績效統計。其對於整體意象而言還相去甚遠。要選擇能在實際交易中最有可能產生利潤之交易策略參數是一個更複雜的過程。必須評估額外的績效統計資料來達

交易策略評估與最佳化（第二版）

到此結論與一定程度的信心。以淨利爲唯一評估方法會忽略了許多影響決定的重要特點。

一個健全交易策略的一些主要特點是：

1. 交易相對均勻分佈

2. 交易獲利相對均勻分佈

3. 多單與空單獲利相對平均

4. 最佳化中具一大批連續且可獲利的策略參數

5. 交易績效在廣泛市場中皆可被接受

6. 可接受的風險

7. 相對穩定的勝負次數

8. 大且統計上有效的交易筆數

9. 一個正向的績效軌跡

評估型態設計應以選擇最強大和穩定的交易模式爲基礎。最強大和最穩定的交易策略可能是也可能不是最具獲利能力者。而最穩定的交易策略將是具有前面所列出之特徵。

此外，不健全的評估型態其實會在無意中，促使最佳化過程之過度配適。一個沒有選擇整體穩健模型之評估型態，使得整個測試過程之可信度存疑。強健的交易策略是指該策略最有可能在實際交易中持續產生利潤。相反的，非健全之交易策略很可能在實際交易中造成損失。

多樣性評估法回顧

任何交易策略的績效標準都可以作爲一個評估的方法。任意不同策略組合的績效標準則可作爲一個更複雜的評價方法。

我們會檢討不同類型評估的長處和弱點，不論是普遍或是不常見者。但這決不是意味著將評估衡量標準條列式後照本宣科。

淨利或毛利是交易策略的淨損益。雖然交易員在尋求盡可能更高的利潤，但淨利本身是並不足以作為評估型態。

而淨利不足以作為整體評估衡量標準其中的關鍵原因是：

1. 它可以被一個大贏的獲利或大輸的虧損過度影響

2. 它忽略了交易與報酬的分佈

3. 此未具統計有效性或缺乏交易樣本

4. 它並無考慮風險

淨利是交易成效中一項重要的衡量。對於一個複雜評價法所需之最低標準來說相當有效。

年化報酬率是一種表達淨盈利和虧損替代方法。這是一項有用的策略評估效衡量標準，因為它可以很方便地比較在不同時間段和不同市場之績效意義。若作為唯一的評價型態，它則與淨利標準受到相同批判。它作為最低標準則相當實用。

最大權益回落是用以衡量風險且對於策略績效非常重要之衡量標準。它是交易策略權益曲線從權益高峰減少或下降的最大回落幅度。這是一個防禦性的標準，因為它是尋找最小金額的損失，而不是金額最大獲利。它如同淨利也受到單一性曲解，不過是風險的那一面。

以最大虧損幅度作為唯一評價方法和只使用淨利有同樣的弱點，實際上有可能在標準下無法有正向的策略績效，因此無法成為唯一評價標準。但是做為一個複雜評估法的門檻，最大虧損幅度是有用的。若模型超過一定水平的最大回落則可以斷然拒絕。

權益曲線與完全利潤相關性（Correlation between equity curve and perfect profit, CECPP）是一種評估型態，包含了交易和利潤之分佈。更重要的是，這種獨特度量標準衡量了市場所提供之實際獲利潛力對於交易策略成果報告的績效。

完全利潤（Perfect Profit）是市場潛力理論衡量值。這是指在市場的歷史資料時期裡，以每個相對低點買進，並在相對高點賣出所產生的利潤總額。實際上這顯然不可能，因此名為完全利潤。基於其計算的方式，完全利潤從歷史資料開始測試到結束將不斷上升擴大。

交易策略權益曲線是以剛開始的帳戶餘額和已平倉交易損益加上未平倉交易利潤之總和，對時間為軸所成之曲線。一個強勁而可盈利的交易策略其權益從開始歷史測試到結束會呈現穩步上升曲線。而無法獲利的交易策略，相反地，將會呈現負向持續下降之曲線，在同樣的時間區間中。

權益曲線與完全利潤之間的相關性，是交易策略權益曲線與該策略在市場上交易所得到完全利潤之相關性係數。該CECPP範圍會介於-1和1之間。CECPP值為＋1表示一個好的交易策略。這告訴我們，完全利潤的自然增加，交易策略權益也以此上升並增加。反之，值為-1會建議該交易策略並不適宜。這告訴我們，當完全利潤上升，交易策略權益卻在減少。

該公式計算完全利潤與權益曲線相關係數

相關係數＝總和 [(x(i)-M'x) (y (i)-M'y)] / [(n-1)×SD'x×SD'y]

　　　n＝計算天數

　　　x＝完全利潤

　　　y＝權益曲線

M'x＝完全利潤平均值

M'y＝權益曲線平均值

SD'x＝完全利潤標準偏差

SD'y＝權益曲線標準差

　　相關性越高，也就是越接近＋1，權益曲線與市場完全利潤越一致，則策略交易模組能更有效的捕捉市場機會。為什麼？正如我們所看到的，完全利潤是累積獲利衡量標準，因此在整個交易期間會不斷增長。一個好的交易策略也將顯示出穩步上升權益之曲線，如果市場變得平靜，完全利潤增加速度亦將趨於放緩。一個好的策略也將呈現相似的平緩，或在此期間緩慢增長，而不是有大幅滑落。同樣，當市場波動增加和趨勢恢復，這將會反映在完全利潤之增加。一個好策略在此時期也將相同會有強勁的獲利，這應該會在權益曲線斜率上升所反映。

　　與淨利潤不同的是，CECPP會將策略的交易利潤與完全利潤增加作連結，而且在完全利潤增加變緩時，而不會有很大損失。因此，CECPP是作為唯一評估措施的一個很好候選者。

　　最差保證金利潤回報。[7]（PROM: Pessimistic return on margin）是保證金年化收益率，經某種程度上悲觀地假設調整後，使得交易策略在實際交易比其在歷史模擬贏更少輸更多。

　　PROM將毛利以一個新的數學計算調整為較悲觀之低毛利。第一步是計算交易獲利次數並以其平方根縮減，換句話說就是以標準誤差作調整。然後將此調整過之獲利交易次數乘以平均交易獲利而得到一個新的，調整後的較低毛利。

　　下一步PROM將毛損以一個新的數學計算調整為較悲觀之高毛損。第一步是計算交易虧損利次數並以其平方根增加，換

句話說就是以標準誤差作調整。然後將此調整過之虧損交易次數乘以平均交易虧損，而得到一個新的調整後的較高毛損。

新調整的毛利潤或虧損，之後將以這些調整後的悲觀毛利潤和毛損值計算。這才用於計算年化保證金報酬率。

計算公式為：

PROM ＝{[AW×(＃WT-Sq(＃WT))]-[AL×(＃LT-Sq (＃LT))]} / 保證金

＃WT ＝獲利次數

AW ＝平均獲利

＃LT ＝虧損次數

AL ＝平均虧損

A＃WT＝調整後獲利次數

A＃ LT＝調整數虧損次數

AAGP＝調整後的年化毛利

AAGL＝調整後的年化毛損

A＃WT＝＃WT-Sq（＃WT）

A＃ LT＝＃LT＋Sq（＃LT）

AAGP＝A＃WT×AW

AAGL＝A＃LT×AL

（註：Sq 正平方根函數）

讓我們考慮一個例子。假設：

1. 2.5萬美元的年化毛利

2. 49次獲利

3. 1萬美元的年化毛損

4. 36次虧損

5. 保證金1萬美元

作為一個比較基礎，讓我們首先計算出的保證金年化報酬率的幅度。將會得到百分之一百五十的年化保證金報酬率([$25,000 - $10,000)] / $10,000=1.5×100=150%)。

相反地，讓我們看看該策略的PROM。

調整後的獲利次數＝49-Sq (49)＝42

調整後的虧損次數＝36＋Sq (36)＝42

調整後年化毛利＝ ($25,000/49)×42＝$21,428美元

調整後年化毛損＝ ($10,000/36)×42＝$11,667美元

PROM ＝ ($21,428美元-$11,667美元) / $10,000美元

PROM ＝ 每年98%

這個例子清楚地說明了為什麼這一操作被稱為悲觀。它假定一個交易系統的實際交易獲利次數將永遠不如測試，且該系統在實際交易時會虧損的更頻繁。它反映了這些悲觀假設使用標準誤差之修改。因此，它是一個比較保守的措施。

PROM是一個穩健度量，因為它著重在一些重要的績效統計數據，如毛利潤，平均獲利，總虧損，平均虧損，獲利次數，和虧損次數。請注意，一個PROM因以勝負各自次數平方根調整總利潤和損失所帶來的好處。由於自然數平方根之計算，PROM會使小交易樣本者極為不利。

考慮以下幾點：

平方根Sq(100)＝10

交易策略評估與最佳化（第二版）

平方根Sq (100) / 100＝10%

平方根Sq (25)＝5

平方根Sq (25) / 25＝5/25＝20%

平方根Sq (9)＝3

平方根Sq (9) / 9＝3/9＝33%

請注意越小的數目，其平方根所占之百分比更大。這種在 PROM的效果是，越小且低統計可信的獲利與虧損次數，將會更悲觀地作損益調整。

讓我們回到我們最初的例子，並單單只看獲利與虧損次數。讓我們先看看當勝負次數相對較大時該策略之PROM。

調整後的獲利次數＝144-Sq (144)＝132

調整後的虧損次數＝121＋Sq (121)＝132

調整後年化毛利＝($25,000/144)×132＝$22,916美元

調整後年化毛損＝($10,000/121)×132＝$10,909美元

PROM＝($22,916美元-$10,909美元) / $10,000美元

PROM＝每年120%

這120%的PROM，對於第一個例子98%的PROM的來說相當平均。

現在。讓我們先看看當勝負次數相當小時該策略之PROM

調整後的獲利次數＝16-Sq (16)＝12

調整後的虧損次數＝9＋Sq (9)＝12

調整後年化毛利＝($25,000/16)×12＝$18,750美元

調整後年化毛損＝($10,000/9)×12＝$13,333美元

PROM＝($18,750美元－13,333美元) / $10,000美元

PROM＝每年54%

這每年54%的PROM對於我們第一個例子，每年98%的PROM屬於平均範圍，但是對於我們例子中，每年120%的PROM則是較大的落差。

悲觀保證金報酬率對交易策略績效，是一個很好且穩健的衡量措施。作為年化保證金報酬率，PROM也是一個比較不同交易模型績效很好的方式，並可延伸至不同市場。

而後有兩個更嚴格且成功的PROM衍生物：PROM減去最大獲利和PROM減去最大連續獲利交易。

顧名思義，這些措施比PROM更積極向下調整毛利。

PROM減去最大獲利為從毛利中移除了最大一筆獲利之交易，然後按照相同的公式計算PROM。其最大好處是一個交易策略評價不會受到最大獲利交易所影響。這通常是一個好的做法，尤其是當樣本數量小的時候。

如果沒有任何特別巨大獲利，該計算會與PROM非常接近。然而，如果其中有一個巨額獲利，諸如由一個主要價格衝擊變化所產生的交易，如1987年股市崩盤或第一次波灣戰爭，PROM減去最大獲利提供了一個沒有這種暴利影響的策略衡量。

PROM減去最大連續獲利交易移除了總毛利中最大連續獲利交易的獲利，然後以同樣的計算公式為PROM。它提供了一種績效衡量，在交易策略減去一連串特殊的邊緣化獲利交易後之績效，反過來說，這可能是由於交易條件異常適宜策略所致。

多樣性評估法型態

一般來說，使用不同評價標準的組合，將可得到優於那些只用單一標準所產生之結果。清楚了然的是，穩健性和交易策略成效具有多維層面。最好的單一評價方法或目標函數會是PROM其中之一，且最好是最嚴格者。而藉由使用多重績效指標，能得以評估策略成效與穩健性之多個面向。一個最簡單可以做到的方法是設定績效門檻：績效底限和可容忍最大限度。

這樣，特定的績效門檻，有助於使穩健性易於應用。例如使用PROM所選排序之最佳模型，可設定下列條件：

1. 底限——淨收益超過5,000美元
2. 最大限度——最高虧損限額不超過5,000美元
3. 底限——每年最少10個交易

使用此穩健性衡量標準所排名之最高參數可排除許多潛在問題。如拒絕獲利低於5,000美元，或最高虧損限額，最大回落超過5,000美元等規定最低績效標準之交易模型，以及拒絕交易次數不到10次之模型，以確保每年有足夠的樣本數量。這肯定會確認出一個更強大交易策略等級且將能獲利。

第 十 章

最 佳 化

　　現在交易策略已通過多市場多期測試，我們知道這策略是否值得進一步發展。該策略研發下一階段是最佳化交易策略。最佳化的整體結構過程與上一輪測試有密切相似之處。但是有一點很重要的區別，該交易策略現在正實際運作最佳化過程。

　　新牛津美語辭典為「最佳化」下的定義：作最好或最有效的利用。

　　根據這一定義，那麼，最佳化交易策略便是最有效地利用。最佳化如何做到這一點？最佳化過程利用經驗測試和評估所有可能的策略候選參數。在最佳化過程中，歷史模擬會計算出足夠數量對於策略有最大影響的關鍵參數相異值群。

　　有許多不同，或是有效的術語用來描述最佳化過程：如批次測試、運行測試、變量掃描、評估過程等等。最佳化一詞就意味著為交易策略選擇最強勁的參數集。此

外，最佳化是用於識別和驗證策略參數，以能夠產生實際交易績效高峰值。

請注意，強調的是最高實際交易成效峰值。這似乎是顯而易見的最佳化目標。它是最佳化操作正確的目標和結果。不幸的是，許多實際操作者的最佳化成果並不正確，因此，他們無法實現這一目標。可悲的是，很多交易策略開發軟體用戶仍然在錯覺下操作，誤以為交易策略最佳化顯示之最大利潤交易模型，將能產生實際交易績效高峰值。

在我們開始之前，請考慮以下從新牛津美語辭典中「參數」的數學定義：「一個被特殊情況選中之量值，因而與其相關的其他變量量值可以被表達。」

一個交易策略包括規則、公式、指標等等。許多這些不同的策略組成部分將具有變量或參數。例如，一個三期間移動平均線是一個指標參數的實例。這些規則、公式以及其他組成提供了策略的結構。可以說，這些組成參數是否正確攸關策略生息存亡。

就實際意義上來說，最佳化過程在固定的歷史價格樣本資料中，計算眾多不同情況下交易策略的歷史績效。例如，回想移動平均線交易策略，該策略最佳化過程將計算所有不同組合移動平均線長度歷史績效並檢驗日圓價格歷史資料樣本，範圍從1990年1月1日至2005年12月31日。

每一個歷史模擬結果與其它者會有所不同，因為每個模擬使用不同的模型參數值作最佳化，即受測試。舉例來說，MA策略將審查所有MA1從2到12每次增加1日與MA2從20至40每次增加2日兩者組合的所有可能的結果。這將包括121組個別模

交易策略評估與最佳化（第二版）

擬，以每一個獨特的移動平均線參數對。

然後一個最佳參數設定將以一套評估標準為基礎下，從該批的121個歷史模擬結果中選出。假設目標函數是夏普比率。然後，該移動平均線期間參數對所產生的歷史模擬結果中，夏普比率最高者便是所選擇之最佳參數設定。

如果這個最佳化過程和選擇都有適當注意所有合宜之細節和規則，由此產生的最佳模型將是那些最有潛力提供實際交易利潤者。

最佳化與過度配適

最佳化有很多陷阱。有很多狀況可能會造成錯誤。這些將在本章中詳細探討。如果沒有正確完成步驟，策略設計者會誤信這個策略能以與歷史模擬相同之方式，在實際交易中產生利潤。

這本書中一個重要前提是最佳化為有效，可靠且為交易策略研發過程中重要的組成部分。而當最佳化沒有被正確完成下則無效，問題不是最佳化本身，而是一些先前敘述過的癥結。

另一個這本書的主要前提是，非正確最佳化視為過度配適（overfitting）。這在第13章將詳細探討：過度配適多面性。本書所介紹之原則與程序其目的是指導策略設計者使用和應用正確的最佳化方法。部分教則是要指出最佳化的缺陷，以便瞭解它們並作避免。

正確的研究和策略發展過程將可得到對交易策略最大理解和最高利潤。最佳化是易於理解的。但是，在沒有充分理解正

確方法和原則下則很難正確執行。交易策略中不同的參數可能導致迥然不同的利潤和風險。理想情況下，一個表現非常強勁穩定的交易策略會是一大批使用不同參數設定，而結果差異卻不顯著者。但現實中，許多可最佳化的交易策略，當使用顯著不同的參數設定時往往會導致截然不同的交易成果。通常就是獲利與虧損的差異。這就是爲什麼正確的最佳化非常重要。它可以仲裁交易的成功和失敗。

如果最佳化得當，它會得到一個強大可靠的交易模型，並以其歷史模擬一定比例產生實際交易利潤。但是如果做了錯誤最佳化，將很有可能淪爲過度配適，而有得到優異交易策略的錯覺。如果這種最佳化錯誤沒有被發現或者被忽略，其結果將是一個在歷史模擬中顯示很好效果的交易策略，但在實際交易中的績效則非常糟糕。

最佳化中最好取向的作用如何會出錯而淪爲通常被稱作過度配適之問題？錯誤通常是因爲很少考慮，或未堅持使用正確的統計準則和程序。

爲了深入了解這一點，讓我們看看一個時間序列統計模型所提供的例子。在實際操作者中眾所周知的是，只要有足夠變量和正確的公式，就可以繪出符合任意數量資料點的曲線。

然而，僅僅因爲一個以模型建置軟體緊密配合時間序列所會出之精美配適曲線，是不能保證該曲線將能得到未來最好的預測值。單就配合曲線本身並不意味著良好的預測能力。相反地，時間序列模型應最適於大量且有代表性的資料樣本，並擁有足夠自由度與強勁參數，且以正確的統計程序研發，才能得到最好的未來預測模型。

交易策略評估與最佳化（第二版）

正如與時間序列模型，以具有代表性的歷史價格樣本所公式化的交易策略，配合一套有效的交易統計樣本，並顯示出其穩健性，且在推進分析中績效優異者，最有可能在實際交易中得到與歷史模擬成比例之獲利。

一個簡單的最佳化

在詳細探討最佳化程序之結構設計與執行之前，先看看一個簡單的最佳化範例會有所幫助。讓我們回顧兩個移動平均線交叉系統（MA2）。這一個簡單的最佳化過程會為我們提供一個很好的例子。這種最佳化計算為期11年的日圓歷史資料，從1995年1月1日到2005年12月31日。

回想一下，當兩個移動均線交叉時，MA2產生交易信號。最佳化的兩個候選值是各移動平均線之期數或長度。由於兩個移動平均線是為了測量兩個不同趨勢之比率，故兩者長度應相對不同。持續以此為前提下，該變量將進行最佳化，或說是掃描，使用以下範圍：

MA1從1到10每次進1，或：

1 2 3 4 5 6 7 8 9 10

MA2從15到60每次進5，或：

15 20 25 30 35 40 45 50 55 60

這些掃描範圍將檢查第一移動平均線的短值並把重點放在較快之趨勢，與第二移動平均線之長值並注意速度較慢的趨勢。現在，最佳化過程實際上會如何運作？

電腦將以第二移動平均線首值作開始，依序列掃過第一移動平均線每一個可能值，並計算MA2對日圓為期11年以每個特定參數對所得到之歷史模擬交易績效。這個過程也被稱為參數對評估。

例如，前10個試驗將使用下面移動平均線組合：

MA1： 1　2　3　4　5　6　7　8　9　10
MA2：15　15　15　15　15　15　15　15　15　15

當MA1所有候選值完成對MA2第一候選值進行評估後，這一過程將以MA2第二候選值作重複。換言之，短期均線值從1到10將會對長期移動平均線第二個候選值（20）作測試。例如：

MA1： 1　2　3　4　5　6　7　8　9　10
MA2：20　20　20　20　20　20　20　20　20　20

這個過程會被一直重複，直到所有這些移動平均線參數候選值的可能組合都完成了評價。在這個特殊的最佳化中，共有100種（10個MA1×10個MA2）參數組合。該批次100個不同歷史模擬成效結果隨後進行排序和排名，最佳參數設定會根據目標函數挑選並在本步驟中選出。

這是對簡單雙參數交易策略的一個典型，簡單且強力的最佳化。當然，最佳化過程可以更加複雜，因為：

1. 擁有許多可最佳化參數之複雜交易策略

2. 先進的搜索方法

3. 一套複雜的目標函數

交易策略評估與最佳化（第二版）

無論最佳化過程的任何這三個組成部分如何複雜，它仍然遵循相同的程序。即評估足夠數量的參數集並選擇可信賴之參數設定以滿足目標函數。

　　現在我們已對最佳化過程有基本的概念思想，我們將詳細探討更多不同層面，以便充分理解所有影響。

最佳化架構

　　建立最佳化框架非常簡單（見圖10.1）。但需要做得完整透徹，並注重細節。建立最佳化的框架必須決定四個關鍵點：

　　1. 用於最佳化之策略參數必須被選擇，掃描範圍亦必須確定

　　2. 必須選擇適當的資料樣本

　　3. 用以確定最佳交易策略參數的目標函數或函數必須被選定

　　4. 最佳化過程的評估準則必須確定

　　前兩項關鍵將因交易策略不同而異，以進行最佳化。最後兩項關鍵決定則更為結構化且很可能會非常相似，如果對每個最佳化都具備足夠判斷能力。

參數

　　交易策略之規則和公式數量多寡可以有很大的範圍，只要能夠有助於參數最佳化。當然最好儘量能有最少的最佳化參數，但仍必要能提供靈活性。而需要最佳化之參數越多，就越有可能造成過度配適或錯誤最佳化的結果。

　　因此，最好是盡一切努力，在一開始就確定主要策略參數並納入最佳化框架。當然，關鍵參數是指那些對績效具有最重

交易策略評估與最佳化（第二版）

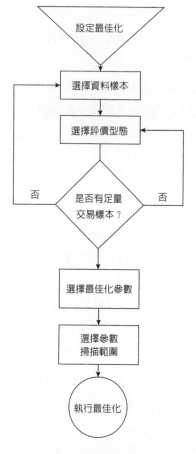

圖10.1　最佳化架構

大影響者。如果一個參數對績效影響不大，則沒有理由將其列入最佳化。相反地，應以一個固定值或常數值作爲這些不太重要的參數。

如果事先並不知道模型參數的相對重要性，則須增加一個經驗步驟，必須先執行此步驟，以確定它們的影響力。最簡單

的方法是對每個策略變量掃描有關的參數範圍，一次一個，保持其他策略變量在一個已知的合理值。如果這樣的掃描顯示明顯的績效變化，則參數是重要的。相反的，如果這樣的掃描顯示績效只有很少或根本沒有變化，則該參數被視為不太重要。當然，這樣的測試也提出了更重要的問題，即該變量是否需要存在所有策略中？最好總是能盡量簡化交易策略，只有保留那些能夠產生高峰值成果的必須參數，規則和公式。因此，如果消除周邊規則和參數並不顯著影響成果，則減少策略，僅僅保有必要部分。

讓我們回頭看看我們的MA2範例，並應用於此。回想一下，這是這一策略目標是當較短的趨勢（如MA1），越過中期趨勢（如MA2）進入市場。從我們對移動平均線的直觀理解和經驗知識，我們知道，較短趨勢和中期趨勢之期間長度將因不同市場或時期而有所不同。因此，非常清楚可知，這兩個參數應包括於最佳化框架。

我們還注意到，MA2使用收盤價計算移動平均。還有其他一些參照價格如中位數，最高價，最低價，或開盤價可用作此一指標。因此，為了確定並選擇何種參照價格會大幅影響成果，我們對策略MA2以合理參數MA1(5) 和MA2(20) 測試所有參照價格。我們發現使用這些不同參照價格所得成果並沒有明顯差別，所以我們可以排除參照價格影響，而不需列入最佳化框架。

掃描範圍

有兩個主要原則會影響納入最佳化框架的參數範圍。以下是其理論與實務。首先，讓我們考慮理論考量。參數範圍應該

是直觀，合理且適當的指標，規則或公式。換句話說，掃描範圍為1至1000天的短期均線與短期概念有所矛盾（通常被認為是3至10天。）畢竟，500天短期平均跨越1000天較長期的平均能有多少邏輯上之合理性？此外，上界限的範圍大幅超越適用於移動平均線之典型值範圍亦同（例如，3天至200天）。因此，更合適（且合理）的參數範圍將是2至14天之短期均線。

接下來，讓我們看看實際情形。掃描範圍所決定的計算時間必須進行評估和加權。顯然，為數較少之歷史模擬計算其所需時間要比大批資料來得少。即使是現今電腦，這仍是一個非常現實的考量。

交易策略評估與最佳化（第二版）

該考量在當運作多變量，掃描較大的歷史樣本與許多市場時變得尤為重要。要掃描移動平均線範圍2至14天每次進2時，只需要7次測試（[(14－2) / 2]＋1）。無論單機如何緩慢運作模擬這仍是微不足道的時間。相反，掃描移動平均線範圍從1到200每次進1，則需要200次測試。這需要超過28倍的計算時間。同樣，這可能不是關鍵成本的全部，但如果參數很少或不會影響成果，或是如果該參數值範圍已經在直觀的正常範圍以外，則這些計算便是毫無意義的。

回想一下，最佳化期間執行歷史模擬數量等於最佳化框架中以每個參數範圍所產生的候選值數量。因此，要掃描雙參數策略，各有10個候選值將需要計算100次歷史模擬（10×10）。相反的，掃描五參數策略，各有10個候選值將需要計算10萬次歷史模擬（10×10×10×10×10）。隨著開發過程的進展，評估附加策略，各種期間區間以及市場需求，對於電腦會有更大的需求。

此外，掃描範圍中參數進位大小所產生之影響，更甚於電腦時間要求。掃描一個太密集的變量（即進位太小）不僅僅會消耗不必要的處理器時間。它可能在無意之中導致過度配適。

例如，掃描短期均線從1到14天，每次進1是有效的。但是掃描長期移動平均線20天至200天，以每次進1，往往會增加過度配適的可能性。

要硬性規定或是快速決定一個合適的進位大小相當困難。但是，最好是盡量使每個參數所進行掃描數量互成比例。

為了更好地理解這個比例的概念，再來看看MA2，請注意當基數越大，其百分之5的數值差異平移也越大。以百分之5進位一次，長度20會得到21為下一個候選值。但是還要注意，當以長度100增加百分之5時，105是下一個候選值。這是一個很好的經驗法則，盡量使最佳化框架中參數變化值保持大致相同的比例。

一種做法是看參數範圍初始值彼此間之比例。因此，舉例來說，如果第一個參數範圍是5到20日每次進1，而第二個參數範圍始於20（即5×4），然後在其範圍內皆保持這一比例直到80結束（20×4）其進位應為4（1×4）。

另一條有益經驗法則的是保持候選值數量在兩個數量相等的範圍裡。想想看，我們選擇掃描MA1從2至10天，每次進1，這就產生了9個候選值。我們也選擇掃描MA2從參數14到30日。為了保持相對等量的候選值，我們可以藉由選擇一個進位大小以實現這一目標。由於四捨五入我們可以看到，進位為2也將產生9個候選值。

它並不總是一件容易的事，但重要的是無論從理論或實踐

觀點，都要試圖到達適當數量候選值在不同的參數掃描範圍之間成相對比例。也很重要且需謹記的是，過分精細掃描參數範圍可以是導致過度配適，和所有隨之而來的危險蒙蔽，和此相關嚴重錯誤的一個重要原因。

歷史樣本

本節一開始要指出的要點是歷史樣本規模是其中一個主要關鍵，也許是交易策略最佳化中最需了解的要素。

長期以來一直在統計人員和交易策略開發者中有一個信念，越是歷史價格資料越多越好。我從來沒有完全同意此想法，我的理由在第11章相關數據理論那段。事實上，推進分析告訴我們的是，評估樣本或最佳化視窗之大小以及樣本外分析或推進分析視窗之大小，單純只是交易策略中的兩個變量。這是更詳細地在第11章：推進分析探討。

有兩個主要的原則是確定選擇適當的資料數據樣本：一個夠大的樣本才足以產生一個有效的交易統計樣本大小，以及足夠廣泛的數據視窗用於包括各種範圍的市場行情，一個樣本其中應至少包括4種主要市場類型為理想。

也有兩個因素會互相影響。在該歷史樣本規模中必須能產生據統計顯著性的交易樣本。傳統上，至少應要有30次交易。事實上，這還是很小，實際中有越多交易更好。大量的交易樣本是對過度配適最好的防禦。

另外，理想的樣本也應包括夠多的多單與空單交易。實際運作受制於有限的歷史數據，這可能很難在所有情況下實現，尤其是對緩慢且長期的交易策略。但是這是一個很好的經驗法

則，請始終牢記。對於交易樣本大小數量越多越安全。

被使用在計算交易策略以及其規則之資料點，被稱為資料點消耗從而限制了它的自由度。因此，數據樣本規模必須大到足以容納這些限制並保留足夠的自由度。在實際中若使用了適量的歷史樣本，這便不成問題。

但是看看下面的例子。考慮一個使用兩條移動均線之交易模型對200天資料樣本作最佳化。最長的移動平均線的範圍是50天。這將使用50個資料點，從而消耗50個自由度。這種長度的移動平均線也縮減了資料樣本的大小。因為模擬交易不能在移動平均線被計算出來前開始。這實際上減少了歷史樣本百分之二十五。這太多了。因此，這個測試必須要被拒絕或修改。它可以透過擴大歷史樣本規模或減少最長移動平均線測試長度而做修改。

讓我們從交易樣本大小是否充足的觀點來看看這個例子。由200天的歷史樣本數據建立一個至少30次交易的交易樣本，我們的策略大約每6天將需要進行一次交易。這是一個比較快的交易策略。由我們使用之MA2掃描範圍，其中許多交易組合對很可能難以產生出這個數量之交易。一樣，有兩個相同的備選方案：可以增加歷史樣本的大小或透過減少移動平均線長度策略，得到更頻繁的交易以進行評估。

第二項原則被證實是可遇不可求。歷史樣本應盡可能代表一個整體性的市場。它應包含許多類型的趨勢，模式，與可能的情況。

它還應至少包含4種市場類型：

1. 牛市

2. 熊市

3. 盤整

4. 循環

它還應包含一個波動水平範圍，特別是高點和低點。

以下是兩個遵循守則。對策略交易風格而言，盡可能包括多樣化的價格數據歷史樣本。這是依照使用最大和最普遍樣本之規則。如果實際狀況中無法達成，則盡可能多包括類似目前市場行情的資料。這則是遵照最大相關可能數據資料規則。

然而無論該歷史樣本大小，或不論該範圍內有什麼類型的市場，對於策略設計者而言瞭解其架構組成是相當必要的。而策略設計者對於了解交易績效及其背後歷史樣本兩者之間的關係亦為至關重要。

讓我們考慮兩個抽象的例子。在我們第一個例子中，交易策略在歷史模擬中產生了特殊報酬。經數據審查，發現該歷史樣本對策略而言是絕對最好，且沒有任何困難的時期。換句話說，理想條件下策略績效優異。即如果該策略基於健全原則且正確實行，則獲利可預期。但是我們並不知道它在困難的市場條件下運行狀況如何。

第二個例子是，交易策略在歷史模擬產生了最低底限的報酬。但是經審查的數據，它指出，歷史樣本廣泛分佈了很多非常困難的市場條件。換言之，交易策略經歷困難的情況下，仍然產生了利潤，雖然它可能只在最低限度。想像一下該策略在理想條件中可能的效果？

哪種策略能讓你想用於實際交易呢？

交易策略評估與最佳化（第二版）

目標函數

該挑選目標函數，評估型態或測試標準的準則已經在第九章：搜尋與評估中詳細介紹。在這個階段最佳化框架設計必須選擇目標函數或函數。唯一的目的是以目標函數從最佳化過程中選擇最穩健的策略參數。當然最穩健的策略參數，並不總是最具獲利能力者。然而根據定義，最穩健的策略參數是那些最有可能可靠地在實際交易中，產生持續利潤的參數。

實際上策略設計者會選擇一組目標函數，並以其運用在各種策略與最佳化過程。畢竟，一旦策略設計者決定了選擇一個強健參數設定的適當方法，這便不可能常常作改變。這當然可能因知識，經驗和專業演進而不同。但也不太可能在每次一個新策略進行評估時都發生巨大變化。

目標函數的細節可能會因策略不同而有些許的差異。它甚至可能因策略交易風格或速度不同而以不同的目標函數作為評估。但是對於大多數情況下，保持一組健全目標函數會比經常變動來得好。

最佳化評估

策略設計者由完全最佳化評估結果所得之資訊有兩個應用方法。第一次是用以評估和判斷交易策略的品質，以及審查整批歷史模擬結果資訊所得之參數集。要在沒有完整評估所有可能參數集所產生之績效情形下，判定所選擇之最佳參數設定品質與健全度是否良好，是難以達到的目標。

第二個應用是對第一個最佳化評價作更複雜的延伸與應用。換言之，一個最佳參數設定穩健評價會實際運用在推進分

析。此資訊也可應用於做出是否需定期參數重新最佳化之決定，這便是對那些已通過推進分析評價，並已應用於實際交易的交易策略之部分應用。

多重市場與多重期間最佳化

現在我們知道我們需要做的是建構個別最佳化。讓我們延伸設計一個多市場，多週期的最佳化（見圖10.2）。此相似的多市場，多期測試設計結構已在前面章節作描述。在這一輪測試的目的，是得到由最佳策略參數集產生之更精確的利潤和風險評價。

模型最佳化會在對多元化一籃子市場完成後取得交易模型的多功能性和穩健性衡量。一個模型可以在更多市場交易則更為有用。同樣，若該策略可以在更多樣化的市場交易，則為更穩健的策略。此外，這種基礎更為廣泛的評估提供了額外的統計有效性測量。事實上，若一個交易模型只在一個市場上有所表現，除非它是特別因此而設計，否則可能無法通過考驗。

策略最佳化也會在選擇出的不同時期中測試。這是為了得出在市場趨勢，波動性和流動性變化時市場行為之評價。一個只在短期歷史樣本期間表現良好，但在許多其他期間卻成效不彰的策略可能需要進一步研究。是否在該期間價格行為不利而使策略表現不佳？這是可以理解的弱點。然而如果價格波動是合理的，卻只是稍有不同，則該策略可能存在問題。例如，它可能是過度配適，或是基本原則可能不健全。以對比角度來看，當價格行為十分有利時該成效又是如何？當然在這些理想條件

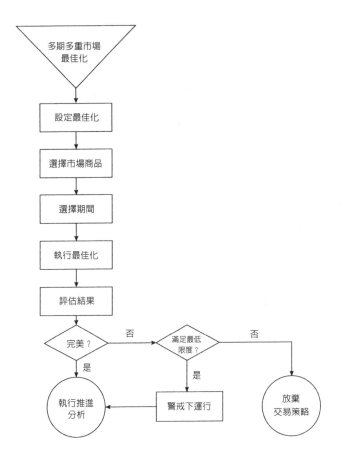

圖10-2　**多重市場，多重期間最佳化**

下將有好的績效預期。如果沒有，那便是一個嚴重問題。

　　什麼樣的最佳化過程會造成如此呢？以美國長期債券為例，它看起來如下：

最佳化美國公債

掃描移動平均　　　　從1天至31天，每次進2天

掃描停損　　　　　從1點至6點，每次進1點

這個最佳化參數集總數是96

而最佳化程序中使用的歷史樣本如下：

1997年1月1日至1998年12月31日

1999年1月1日至2000年12月31日

2001年1月1日至2002年12月31日

2003年1月1日至2004年12月31日

2005年1月1日至2006年12月31日

掃描5個為期二年歷史樣本所需總數為：480

應用此相同96個候選值及五個歷史樣本時期對其餘一籃子裡9個商品市場作最佳化：咖啡，棉花，原油，黃金，豬肚，大豆，標準普爾500指數，糖和瑞士法郎。

掃描10個市場，5週期最佳化所需總數：4,800次

在此處理完成後，我們將有一個完整的多市場，多週期最佳化評價。讓我們看看能找到什麼。

最佳化之評估

評價這個整體最佳化過程開始於對每個市場與時期最佳化個體之評估。報告最後以整體所有過程分析做總結。誠如我們在第8章所看到，第一層級的穩健性會在多市場多時期的測試中顯現出來。而在本章之後的多市場最佳化中，我們可以看到第二階段的穩健性。我們最終將看到最後也是最重要的階段──

由多市場推進分析所揭露之穩健性，將於第十一章詳述。

要確定交易策略本身的穩健性和品質，就必須進行評估最佳化過程的穩健性和品質。對於穩健交易策略來說一個非常重要的點是，該穩健性是由一個穩定健全之最佳化過程所評斷。由於它會很快被當成該過程中較後面之部分，所以真實穩健性和交易策略性質就只能在全面策略發展過程脈絡中被發現。

交易策略的整體穩健性和最佳化報告，會以具統計有效性之評價與其種類所建立。

讓我們看看這些穩健性層面之細節。

穩健的交易策略

回想在第八章：初步測試時之穩健定義，「能夠承受或克服不利情況。」這是一個適用於交易策略的定義。它意旨穩健的交易策略將能夠抵禦或克服不利的市場行情。更進一步，我們定義承受的意義為「不是失去了大量資金」，而克服意味著「有利潤」，不利的市場行情則是非常不連貫且沒有趨勢，狹幅震盪或是盤整的行情。

一個強而穩健的交易策略第一個部分是，該策略在必然的不利市場行情下所具之耐用性和生存能力。而這種耐用性的延伸是指比起其他穩健策略而言，可以在實際交易中有較長的保存期。

但是穩健交易策略存在一個不甚明顯的第二個成分。而且，與其說它是穩健性的一個成分，不如說是穩健性在邏輯上的必然結果。該推論是，一個穩健的交易策略是指該策略在實

際交易中所獲得之利潤大致上與歷史模擬資料中所得之獲利成粗略之比例。相反地，非穩健交易策略，很可能在實際交易中成效不彰。

可以確認的是，最穩健的交易策略對以下狀況執行交易時都能有所獲利且維持相對一致行為的策略：

1. 對於盡可能廣泛的參數集
2. 對於所有主要市場種類
3. 對於多數不同的歷史時期
4. 對於許多不同的市場類型

讓我們增加一些層面以說明穩健的交易策略。為了進一步突顯效果，儘管有點戲劇化，讓我們與其極端相反的狀況作對比，即使該風險顯得有些荒謬。現在考慮截然相反的反健全或非健全交易策略，其盈利績效表示如下：

1. 單一參數設定
2. 只適用於牛市
3. 單一歷史時期
4. 單一市場

以此看來是否更為清楚？只有執行完整開發週期才能充分揭露所有訊息以進行完善評量，才能說是穩健的交易策略。

健全的最佳化

一個最佳化的過程將產生一組歷史模擬及各自參數集和各自的統計績效。這就是所謂的最佳化報表。最佳化報表之統計分析將提供交易策略整體穩健性的重要資訊。

最佳化報表中有三個主要構成或評量用以定義穩健性：

1. 在全體最佳化空間中可獲利參數集其統計上具影響之比例

2. 整體最佳化空間中績效之分佈

3. 最佳化空間中可獲利參數集之型態

第一項健全成果衡量用以確定是否有一定的最佳化報表是否具某種程度之統計學意義。換句話說，即最佳化報表中是否有足夠的可獲利參數以支持其所得出之結論，而非僅僅是運氣下之產物？

第二部分的穩健性是整體最佳化空間中績效之分佈。本質上對不同參數集而言，其績效分布更均勻且變化較小則被認為是更穩健的交易策略。

第三項關鍵的最佳化報表穩健性評量在於最佳化的型態與輪廓。一般情況下，最佳化報表中數據若相當平滑且更為有連續性，就越有可能是穩健的交易策略。相反地，若最佳化報表中數據有所特異點或不連續，則該策略是穩健交易策略的可能性就越小。

統計上具意義的最佳化數據

我們可以應用統計意義概念評價最佳化報表。統計意義僅只在評估該過程之結果是否是由隨機機會所產生。我們可以利用這個概念得到一些指引和並將此概念作不同的方式應用，以得出一些對最佳化集有益的結論。

一般來說，最佳化報表中歷史模擬產生利潤的參數集數量越多，而這些結果是具統計顯著性並非單靠運氣產生的機會也

越大，因此必然地會得到更穩健交易策略與該選擇的參數集。

　　例如，如果最佳化報表中只有百分之五的參數集為可獲利，這種最佳化的最佳參數集和整個最佳化報表都呈現統計懷疑性；這提供了該最佳化應被否決的一個有力論據。這很可能不是一個穩健交易策略，至少對該市場進行最佳化之歷史時期來說不是。相反的，若在最佳化集中可獲利之參數集佔有較大的比重，則該策略更有可能是健全的交易策略。一個健全的策略，應有許多可獲利之參數集。

　　一個績效良好之參數集—但為特異點—即附近參數集績效不佳，是不可能成為能產生實際利潤的穩健策略。這種策略更可能是一個統計異常點，儘管成果相當吸引人。一般準則下，一個可獲利參數集其周圍參數應有類似之結果，則更可能為健全者。類似情況下，最佳化空間所有參數集成果應該以相似的方式作判斷。

　　大數法則告訴我們，如果有足夠猴子以夠長的時間在足量的鍵盤上敲打，但最終還是能寫出一本書！同樣的，如果以大量參數集評估交易策略，所出現少數盈利結果可能只是出於運氣。

　　正如隨機機會可以產生一些可獲利參數集，同樣也以產生更多具邊際成效之參數集。我們可以利用這個微妙點取得優勢。我們不僅希望看到一個最佳化報表中有很大一部分參數集皆可獲利，我們也希望看到一個參數集的平均利潤是遠遠大於整體平均值。

　　當然，這是一個很難量化的方法。多數深具經驗的策略開發者往往會有一種直覺，對於一個特定市場之交易會有多少的

報酬率，該判斷可以當作本評價的指南。也有一種是比較更標準的狀況，例如比較無風險投資報酬，如國庫券。最後重要的是策略設計者，可能會找到一種方法來得到一個評價隨機市場下策略績效之客觀衡量。

因此，最佳化報表，只有少數不錯參數集的最佳化報表很可能是運氣下之產物，而非具統計學意義。考慮表10.1顯示最佳化報表結果，只有不到百分之五參數集獲利。

表10.1　一個失敗的最佳化報表

	數量	百分比	平均
測試總數	1000	100.0 %	$2,458美元
獲利次數	37	3.7 %	$7,598美元
虧損次數	963	96.3 %	（$2,457美元）

如上所述，一個健全的交易策略其最佳化報表，將有一個相當大比例的可獲利參數集。在這個例子中，只有百分之3.7的參數集盈利。這是令人懷疑的，應予以否絕。作為一般準則，至少應有百分之二十參數集具有顯著利潤。

表10.2是一個最低限度的最佳化報表。當然，若高度獲利參數集佔了更大的比重，則更可能為健全的交易策略。檢視表10.3是一個非常健全的最佳化報表。最佳化報表穩健性衡量之關鍵是，獲利次數越多越好。此外，每組參數集的平均獲利也是越大越好。但是光憑這一點是不夠的。這些可獲利參數集的形態與分佈也很重要。

表10.2　最低限度最佳化報表

	數量	百分比	平均
測試總數	1000	100.0 %	$5,447美元
獲利次數	224	22.4 %	$9,767美元
虧損次數	776	77.6 %	($1,983美元)

表10.3　一個健全最佳化報表

	數量	百分比	平均
測試總數	1000	100.0 %	$9,671美元
獲利次數	671	67.1 %	$12,671美元
虧損次數	329	32.9 %	($1,324美元)

最佳化數據分佈

　　一旦最佳化報表已通過了影響性測試，下一個有益的步驟是審視全體參數集之分佈。為了快速而簡單實現該目標，我們計算所有參數集績效之平均（平均值）、最大值、最小值和標準差。從這些數字，我們可以推論密集度，或說是獲利績效稠密度。越健全之交易策略將有個很大的平均利潤與最小的變異性。變異由最大值最小值的差異與標準差所評定。

　　越健全的交易策略其最佳化報表應有：

1. 高額平均利潤

2. 小幅度的最大值最小值差異

3. 小標準差

交易策略評估與最佳化（第二版）

額外有價值之最佳化集觀點可由最佳化空間中模擬交易數量、平均、總和及淨損益標準差得到。

該資訊提供了最佳化報表穩健性評估如下：

1. 最佳策略參數集成效相對接近平均績效，最好是在一個標準差內

2. 一個總平均獲利之模擬

3. 模擬平均減去一個標準差仍為獲利

4. 模擬平均減去三個標準差仍為獲利

當然，這最後一項資格是十分艱鉅的考驗。要符合這個條件，必須有百分之九十五的參數集皆為可獲利。因此，如果策略沒有通過此障礙，則絕不是需警戒之理由。不過如果是符合了則意味著極度的穩健性。如同先前，我們可以檢查額外的計算值。如所有可獲利模擬交易之數量，平均，總和以及標準差。

由該資訊我們得出一個穩健性評價，或是說，可由以下條件決定最佳化報表：

1. 最佳策略參數集相對接近所有可獲利模擬平均者，最好在一個標準差內。

2. 模擬中獲利比例如果不是主要大多數，也必須是有顯著性的。

3. 所有獲利模擬之總獲利比例除以所有模擬的總獲利，必須是具有顯著性的正值。

4. 較小獲利模擬標準差顯示其一致性與較低波動性。

這些相對簡單的計算方法，提供了對最佳化報表穩健快速且可靠的真知灼見。

最佳化數據形態

　　最佳化報表數據形態聽起來像是一個深奧抽象的概念。不論是否如此，這仍是一個穩健交易策略之重要層面。事實上我們由資料分析所收集到之資訊確實會比較容易理解。

　　穩健最佳化報表具有相對平滑的空間，而且越平滑越好。最佳參數集周圍仍有許多可獲利點，並再次強調是越多越好。當然，對於只有兩個參數之最佳化空間這很容易想像。但是當在處理三個或更多參數之最佳化空間時，這便成為了一個非常困難而幾近不可能的任務。但是其原則是相同的。

　　最佳化有可能產生有兩種極端類型的報表。第一種是正向極端，有著非常平穩和變化緩慢的空間。這種類型的空間如圖10.3。第二種負向極端是指一個充滿著高大狹窄的利潤高峰，而四周都是表現不佳或無法獲利之低谷。這種類型的空間如圖10.4。

　　讓我們更詳細看看兩個不同交易策略的最佳化空間。以下是這兩個策略以最佳化報表中淨利潤，由Excel建立的簡單數據曲面圖。

　　讓我們先考慮正向平滑參數配置報表案例。這裡我們看到最佳參數集（圖表上TPS1）位於一個由許多其他可獲利參數集所圍繞而成的大片山丘之頂。此為良好案例，因為這樣的策略將證明是非常健全的。為什麼呢？有兩個原因：因為當參數集距離更遙遠，其績效才開始逐漸下降，而最佳參數集周圍是一大團的其他可獲利參數集。任何這些參數集皆能獲利。在本交易策略案例中，有著令人安心且伴隨著財富的可獲利參數集。

交易策略評估與最佳化（第二版）

總獲利

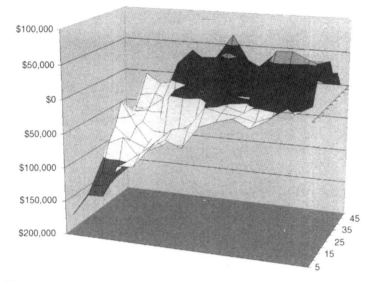

圖10.3 相對平滑最佳化空間的曲面圖

這種策略之穩健性源自於其相對不靈敏的參數變化。

　　一個健全的單變量最佳化將在一個折線圖上產生獲利高峰，而其兩側邊皆逐漸下降。一個健全的雙變量最佳化將產生一個，位於平滑且逐漸下降山丘頂端的最佳參數集。而健全的三變量最佳化將產生一個球體正中心的最佳參數集，隨著遠離中心點其績效亦逐漸下降。當然這種幾何象徵比喻在高維參數空間會持續下去。只是會更難討論和想像。

　　現在讓我們考慮負面個案，有著很突出參數集之報表（見圖10-4）。這裡我們看到這個非健全交易策略的最佳參數集（圖10-4上TPS2），落於一個高大，陡峭山峰的尖端，而周圍參數集的績效會快速下降。

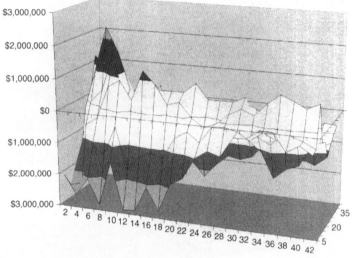

圖10.4 尖型最佳化空間的曲面圖

　　這是一個粗劣交易策略的最佳化報表。該最佳化報表看起來像一群高聳陡峭的山峰，而其間佈滿了低地山谷。為什麼這樣不好呢？這是因為這種策略缺乏穩定性。為什麼？有兩個原因：不論對於鄰近或是較遠的參數集，其績效下降過快且不穩定跳躍，且最佳參數集圍繞著一小群無法獲利的參數集。

　　任何一點策略參數的小變動，都可能使一個大幅獲利變成相同幅度的巨大虧損。與我們健全案例不同的是，該策略並不是受到相似且可獲利之鄰近點所包圍。這就是一個不穩定策略空間的特質。

　　本案例中所選擇的最佳化報表尖端圖例有點極端。但是的確存在這種情況。而選擇一個非健全的尖端獲利參數集而非健全者導致了一種最常見的過度配適。重要的是，策略設計者必

須認知到績效高峰值通常是一個異常的統計結果，而不是一個可行的交易策略。因此多作一點討論和說明是適當的。

考慮一個簡單的單一參數交易策略最佳化報表，舉例如表10.4。

表10.4 單一參數策略最佳化報表

MA1	盈虧
1	−$14,000
2	−$16,000
3	−$12,000
4	−$8,000
5	−$500
6	$12,500
7	$3,000
8	−$13,000
9	−$8,000
10	$4,000
11	$6,000
12	$6,500
13	$7,000
14	$5,000
15	$4,500

本例之最佳參數是6天移動平均線，產生了12,500元的利潤。單獨來看這並不算太差。但若與周圍參數比較後來看，則欠缺吸引力。看看該參數兩側，5日和7日之移動平均線──其成效直線下降分別為虧損500美元與小幅獲利3,000美元。除去了這兩個參數後，其績效退化的更為惡劣，虧損8,000美元和13,000美元。這顯然是一個孤立的績效高峰，並不可靠。

然而還有另外一個較低的績效高峰，13天移動平均線，它會產生利潤7,000美元。這大大低於原先最高的12,500美元。然而如果我們將周邊參數結果一同納入考慮，突然間看起來便更具吸引力。高峰點前後兩個參數所產生之利潤分別爲6,500美元及5,000美元。而在往前兩個與往後兩個的參數所得利潤分別爲6,000元和4,500元。對於此較低的績效參數峰點則具有相對可比較之獲利。因此這第二高峰比起第一個獲利尖端績效峰點具有更健全之績效。

如果我們的目標函數僅是淨利潤，得到之利潤高峰之6天期參數會比13天期之參數有更高的優先選擇權。我們可以更進一步檢視本例子，觀察到一些對於更複雜目標函數之影響。

讓我們看看有哪些參數會被挑選出來？如果我們以最高獲利前後共連續三個參數所得之平均績效作爲目標函數，並連同鄰近值一起選出最佳參數。

第一個6天期之最佳參數有12,500美元的利潤，而其鄰近的兩個參數損益結果爲-500美元和3,000美元。這三個參數共同產生的平均利潤爲5,000美元，計算如下。

（$12,500美元－$500美元＋$3,000美元）/ 3＝$5,000美元

第二個13天期之最佳參數有7,000元的利潤而其鄰近的兩個參數損益結果爲6,500美元與5,000美元。這三個參數共同產生的平均利潤爲6,167美元，隨後會計算。

第二個高峰7,000美元其鄰近獲利爲6,500美元及5,000美元。平均後，它們產生一個新的候選值6,167美元，計算如下：

（$7,000美元＋$6,500美元＋$5,000美元）/ 3＝$6,167美元

當從這個角度來看，該參數便較為優越：要選擇獲利尖端，或是具強力鄰近值之參數呢？

策略如何反應最佳化？

現在我們知道如何透過最佳化報表結果，評價我們的交易策略穩健性。事實上，我們現在必須評估是否交易策略對最佳化過程有正面反應。總會有一個很低的機率讓在第一次選擇最佳參數集時，便選到了對交易策略最佳的策略參數。這對於一個10種市場商品，5段歷史時期的最佳化過程來說，是極不可能的情況。

一個交易策略被認為是受益於最佳化的情況是，如果我們一籃子中的多數商品，其大部分歷史樣本其整體交易績效獲得顯著的改善。協同作用往往存在於交易策略的多個參數之間。這是最佳化主要目的其中之一，即充分揭露這些協同作用的程度。由於這些原因，多市場，多週期最佳化應被預期能產生接近高峰之績效。

可以預期的是整體交易成效如風險調整報酬率將會在最佳化過程中提高。而其改善必須夠多才具有統計意義。例如，如果我們一籃子市場商品的多期測試其平均的年報酬率為百分之五，改善成為百分之七並沒有太大意義，也不具吸引力。若是改善使報酬率達到百分之十五，相較之下則更為有效且更具吸引力。

策略是否應更進一步研發？

　　如果交易策略的平均報酬在最佳化之後，呈現負值或很平
庸，以此點可以得出之結論是該交易策略並無價值。不建議作
進一步的測試。請捨棄該策略或返回到設計階段。還有一個必
須考慮的可能性，該結果乃出於不恰當的最佳化框架。如果經
審查後證明有這種可能性，則須重新設計最佳化框架並重複操
作多期，多市場最佳化。

　　然而如果交易策略經風險調整後的平均績效，對於整個籃
子的市場商品及多數歷史樣本，是呈現獲利且風險可以接受之
情況，這種交易策略應採取的下一個和最後一輪的測試。交易
系統現在必須付諸最後的決定性測試：推進分析。

交易策略評估與最佳化（第二版）

第十一章

推進分析

當一個交易策略被證明已由最佳化獲得改進，下一步便要通過該策略發展過程最後且決定性之階段：推進分析。推進分析專為判斷交易系統績效，以執行後最佳化或樣本外交易為基礎。

在未用於執行最佳化之資料上取得之交易策略績效，比起只於樣本內模擬產生之績效更加值得信賴。

如果一個交易策略在推進分析表現優異，亦即顯示該策略本身為健全強勁且有能力產生實際交易利潤。此外，推進分析是最貼近將最佳化後之交易策略用於真實狀況的模擬方式。推進分析提供了四個關鍵問題的解答，從而能在策略開始時能持續獲得足夠情報和信心：

1. 交易策略是否健全？實際交易會不會賺錢？

2. 交易策略在實際交易中將產生多少報酬率？

3. 典型的市場行為變化，如趨勢、波動性和流動性改變將如何影響交易績效？

4.該使用什麼樣的最佳參數才能在實際交易中產生最低風險的最大利潤？

當然這相當明顯，推進分析回答了最重要的第一個問題：策略最佳化後是否能夠存活？這是一個真實穩健的交易策略或是曲線配適的錯覺？真實狀況下會不會賺錢？

在策略設計者獲得了第一個問題的肯定回答後，隨後兩個問題所提供的資訊看起來可能比較像額外的紅利。同樣重要的是，確認當前實際交易最佳參數集，幾乎可以看起來像是一個事後的想法！由推進分析提供的報酬率和風險資料均優於那些由典型最佳化所提供的。最後，由於週期性的推進分析提供了當市場產生變化交易策略執行時更為有用的資訊，比起典型最佳化更加有所助益。而且該操作更容易且更快捷。

交易策略是否健全？

根據定義，一個健全的交易策略是一個在持續變化市場條件下，仍能與歷史模擬一致而可產生真實交易利潤的策略。

推進測試主要目標是確定最佳化交易模型績效是否為健全結果和可重複過程，亦或是虛幻的過度配適。換言之，推進分析主要目的是確認交易策略的表現是否為真。我們將更詳細地在下一節研究過度配適問題。

基於健全過程得到的交易策略績效將會是一種隱含的預測能力——在真實狀況下獲利之能力——也就是在樣本外市場之行為能力。推進分析也是用來辨認最佳策略參數集，是否能在實際交易中有獲利表現之最有效的方法。

一個無法在推進分析中成立的交易策略，也就有可能是一個無法在實際交易中獲得利潤之交易策略。

健全性與推進效率

　　另一種推進分析評判交易策略穩健性的方式，是透過獨特的統計計算方法得到一個推進效率（Walk-Forward Efficiency, WFE）。推進效率是一個獨特的實際最佳化過程品質衡量法。有證據顯示即使是一個健全的策略也有可能因為不適當的最佳化過程而造成過度配適。這可能出於許多原因，將在第13章中詳細討論。

　　推進分析是判斷最佳化過程是否具統計可靠性的唯一評量方法。這項評估將比較最佳化後的利潤與樣本內最佳化利潤之年化報酬率。本章後面「可期望的報酬率？」一節中會介紹推進效率如何計算。

　　如果一個交易策略的推進效率很低，則可能有過度配適問題；換句話說，即樣本外交易之報酬率被判定為低於樣本內交易報酬率。如果一個交易策略達到的推進效率只有百分之二十五，這其中便可能有問題。交易策略若不是不夠健全者就可能是有過度配適。

　　一個正確合適和穩健的交易策略的樣本外績效，應該至少能達到接近於樣本內績效的程度。如果一個健全策略產生了低推進效率，其錯誤可能出在最佳化框架和必然的過度配適。但是經過審查和進一步試驗後，如果推進效率沒有上升，則表示交易策略並不佳。

研究顯示，強勁的交易策略其推進效率需大於百分之五十或六十，而在非常健全有效策略的案例中甚至更高。事實上，沒有任何理由指出交易策略，在如同實際交易的樣本外交易中其績效不能超越樣本內績效。如果最佳化後市場趨勢和行情提供了比最佳化過程更大的潛在利潤，一個健全的交易策略就有可能超越樣本內績效。

過度配適修正

過度配適的正式定義，分析和預防方法在第13章會詳細討論：過度配適多面性。在這裡的重點是要指出過度配適是策略發展過程中的一個錯誤。過度配適有多方面的原因。過度配適有害的原因是，過度配適策略之交易績效是虛構的。這不是可用來交易的策略，至少不要因此造成交易資金大量虧損。

相較於曲線配適的肇因與預防相當不明顯且難以觀察，交易策略過度配適的徵兆卻是顯而易見的。過度配適交易策略在模擬期間會產生十分可觀的績效，但常常卻在實際交易中出現毀滅性績效。

研究顯示過度配適有兩個顯著的真相。一個過度配適交易策略在實際交易中有極高的虧損可能性。即使是粗劣交易策略也會在某些歷史模擬產生引人注目的績效。但是在過度配適策略的案例中，其績效更像是一種運氣和濫用研發過程所得到的結果。但是可能更令人擔憂的是，必須瞭解到一個好的交易策略如果未經適當的研發且因此過度配適，也可能在實際交易中造成虧損。

推進分析其中一個最大的優勢是，要達到濫用程度非常之困難，因此對於一個使用推進分析的策略設計者而言——以其雪亮的眼睛——要造成一個策略過度配適是非常困難的（即使不是不可能）。

我一直認為推進分析可以作為一個白癡也會的交易策略最佳化方法。豐富的經驗也無法證明這不成立。

為什麼推進分析是一個健全的測試方法呢？這是因為它在傳統最佳化過程中增加了一個非常重要的步驟。它評估不屬於最佳化過程中價格數據的交易策略績效。換句話說，推進分析是專門對樣本外價格執行交易策略之績效評估——即對那些未在最佳化過程中出現過之資料。

經驗顯示非健全策略不會在推進分析中有良好表現。換言之，即是一個粗劣策略將無法通過推進分析。一個良好的策略也有很有可能因某種程度上的過度配適而無法通過推進分析。研究也顯示一個非健全或過度配適策略，也有可能在一兩個少數推進模擬中獲利。但是該模型在大量的推進模擬中，便無法賺到錢，因此並無法完成整個推進分析。因此，為了達到最大的統計有效性與信心，必須對交易策略執行大量的推進模擬。正如統計法則所說，更多的數據才能有更大的信心。一個有著大量獲利推進模擬且有顯著整體利潤的交易策略，不大可能只是運氣或意外的產物。

更可靠的風險與報酬計算

第二個推進分析主要優勢是可更準確和可靠衡量交易策略

的利潤和風險。推進分析結果是一個交易績效統計報表，其資訊與典型最佳化績效摘要大致相同。但是不同的是，這一個相當大的差異，推進分析統計報表由是最佳化後的交易所產生。而樣本績效唯一的角色，是在推進分析中提供一個樣本內跟樣本外績效的比較基礎，以得到推進效率的統計。所以推進效率是一個精確比較推進模擬交易獲利與最佳化交易獲利兩者報酬率的評量標準。

如果我們發現樣本內外的表現都非常一致，那就更好了。這告訴我們，我們有一個非常健全交易策略。然而如果這兩者間明顯不同，藉著推進分析的樣本外風險報酬分析，該統計資料可以讓我們對實際交易績效有更多的瞭解。因此，由推進分析策略設計者可以有一個更準確，更可靠的風險度量以獲得更大的信心，並投入交易帳戶與平衡投資組合。策略設計者也能符合期望且更可靠真實的衡量交易獲利。

本節總結是所有推進分析提供的典型統計績效衡量，比起樣本內所產生之相同統計數據更加準確與可靠。

市場變化衝擊

推進分析的第三個好處是它提供了趨勢，波動性和流動性變化時，交易績效的影響分析。研究顯示，自然發生的快速趨勢變化，波動性和流動性的大幅改變等，往往都會對交易績效有很大的負面影響。當然，一個良好健全模型將更有能力固守資本和並在這些改變化下獲利。

在推進分析執行完整個延伸時期之前，它是對每個一小段

交易策略評估與最佳化（第二版）

時間分析與觀察交易績效。研究此時間段落交易績效資源可以提供大量市場變化對交易表現影響的有用資訊。一個按時間週期基礎的績效研究可以輕易區別並顯示不尋常或單一事件對策略之正面或負面影響，如1987年股市崩盤或波斯灣戰爭。它也可很容易提供當市場產生典型變化衝擊時，如從低波動到高波動，或是從牛市到熊市。

當然，有些資訊是由最佳化得到。但是事實上推進分析對每個樣本與推進模擬視窗所計算出的完整績效摘要，提供了更豐富的附加資訊與獨特的分析。

適用於交易的最佳參數集

任何最佳化過程其中的主要結果是交易策略用於實際交易之最佳參數集，無論是標準或是更健全的推進分析。

推進分析作一個更加統計健全的程序，其產生的參數集應更為可靠且能在實際交易產生利潤。但是，非常值得注意的是，推進分析提供作實際交易的參數集更有可能只適合目前的市場行情。而且更重要的是，其參數都會有一個到期日。

為什麼呢？最適參數集和其保存期都是推進分析的一個獨特產物。正如本章後面會解釋的，最佳化視窗和推進模擬視窗大小，均成為決定交易策略參數或部分的關鍵結構。

換言之，推進分析提供的部分資料是，在最佳化過程中得到最佳實際交易成效的歷史價格最佳期間。推進分析在參數績效的惡化前也將提供這個參數集最佳使用期限，以產生與實際交易一致的獲利。

策略設計者通常會憑著先入為主的概念，來決定適當的最佳化視窗長度。這種推理往往只是循著「價格數據越多，其結果更可靠」或「我們現在正處於牛市，所以讓我們回顧到它開始時」。當然兩種方法都自有其好處和風險。但是推進分析以交易策略績效實證分析為基礎，為我們提供對於目標市場的視窗長度資訊。

也有一些典型方法來決定參數集使用期。有一種典型是選擇任意時間，如每年，策略設計者都將對交易策略進行再最佳化的，以得到一個新的參數集。或者是策略設計者等待實際交易績效惡化到某種無法接受的程度時，再一次說明這兩種方法都有其風險和好處。

但是採用推進分析的策略設計者並沒有這樣的困境或需要訴諸隨意推論。推進分析以推進模擬式窗大小形式提供了參數的使用期。同樣，該資訊是透過經驗得出的分析，而不是臆測或奇想。

我們需要探討關鍵資料理論，以更充分地理解推進分析的原理。

關鍵資料理論

關鍵資料理論平衡了兩個交易系統發展過程中，主要卻經常相反的必要條件：峰點績效和統計嚴謹。

峰點績效

峰點績效是以最小風險獲得之最大交易利潤。該狀況會在

交易策略與參數集正好完全適合目前市場行情時達到。例如，讓我們假設目前市場行為是一個強勁的牛市並擁有良好波動和充足清晰的價格振幅。如果交易策略的參數是最適合這些條件且能充分利用此行情，難道以此最低風險產生最大獲利不會符合邏輯嗎？為了更進一步闡明此結論，考慮其參數是最適合無市場趨勢且波動性低的策略在這種情況下會表現如何？該策略將很有可能會遇到挫折。

　　這在交易策略發展中是不言自明之道理，交易策略本來就會試算哪些行情對其有利而哪些行情對其不利。

　　從這一點不難得到結論，如果我們的交易策略能非常適合目前市場行情，則能獲得最佳之效果。只要符合交易策略發展需求，我們就用足夠價格數據產生強勁的結果。

　　因此問題來了，什麼是足夠的數據？

統計嚴謹

　　我們已經討論並強調，在整本書中各個交易策略發展階段都非常需要統計嚴謹性。同樣推進分析與其使用的相關資料亦必須堅持高標準的統計嚴謹性。

　　推進分析如同一個標準最佳化，必須擁有足夠廣泛並涵蓋全面市場類型的資料數據，以產生足量交易並保有充分自由度。當然推進分析是應用在延伸歷史範圍。只是以不同方式完成。

　　回想一下關鍵資料理論其中一個主要先決條件是，它僅使用最類似目前市場行情的價格數據。當然，由於市場的性質，一組條件可能只能持續很短的時間，在這種情況或多或少無關緊要。另外，一組市場行情也可能持續很多年，在這種情況下

相關數據就必須也夠大，以提供統計嚴謹性。然而現實是，最相關的數據很典型的通常不會是無關緊要的小，也不會大到足以滿足最高要求的統計人員。通常會介於兩者之間。

因此回顧先前要點，關鍵數據應盡可能大並須符合於以下限制：

1. 統計需求
2. 目前市場行情
3. 交易策略性質

非常重要需注意的是，推進分析的統計嚴謹性不會像典型最佳化一樣嚴重受到最佳化視窗期間大小所影響。這是因為推進分析是連接所有推進模擬視窗所得之結果，再從整體推進分析期間長度得到其統計嚴謹性，而不是從其最佳化視窗大小。

一種推進分析應盡可能拉長，一般至少10年至20年，只要有可能。該期間長度之推進分析可以產生10到20，或更多的推進模擬。合併這些所有推進模擬績效後往往就足以產生統計嚴謹性。因此，一個長期推進分析能夠使用在較短期之樣本視窗來同時達到使用最關鍵數據之最佳交易績效和統計嚴謹性。為了更好地理解為什麼推進分析最佳化視窗可以得到如此微妙平衡，我們需要對市場行情可能變化的許多層面有更好的概念。

市場變化

當然如果市場不隨著時間改變行為，關鍵資料與統計嚴謹性之間的平衡動作永遠不會出現。但是策略設計者可以當這種狀況發生時趁機做出最佳改善。有人認為市場從來沒有真正改

交易策略評估與最佳化（第二版）

變過，而調整交易策略以符合目前市場行情是最大的謬論。也有人認為市場偶爾會變化，或許是最深層的震盪從而抹殺所有基於先前資料變化所產生的交易策略。

然而有人說市場是由無限種不同變化組成的混合體，在此混合體中，市場基本性質從來沒有真正改變過。也有人建議了一種更為極端的觀點，即並不存在「一個市場」，而是「一個永無止境的相異微市場（minimarkets）繼承」，從一個到下一個兩者間並無關係。

本書序言中一方面進行了對當代市場交織演變的一些討論，而另一方則是對通信和電腦技術。隨著技術發展和市場參與者增加，得到的結果是一個越來越有效率的市場。回想一下這是本書基本原則之一，市場會自然不斷地發展和適應情況變化。換言之，一個市場天生基本特徵是市場一直在改變。此不斷地變化具有連續性。然而讓我們以實際角度深入闡述市場行情變化，即週期性地針對市場變化調整一些交易策略，以獲得更大利益。

傳奇金融家和市場作手 J. P 摩根（Morgan）曾經被一個交易新手問到，「J. P.，今天市場行情會如何？」摩根狡猾準確地回答說，「會波動」。

我們不妨回顧一下市場轉變和波動的各種方式。

市場行情多樣性

在許多市場有反覆性季節趨勢，特別是農產品市場，因為在不同季節天氣狀況會對其產生強大衝擊。所有市場都會有牛

市和熊市週期，因為他們都受到供應或需求上升或下降輪流交替影響。金融市場則是受經濟景氣循環影響。所有市場都會因潛在穩定經濟局勢或是多空兩股勢力相去不遠，而面臨的低波動性或無趨勢時期。而永遠也會有高波動性和價格飆升的時期，就是典型的牛市。當然也會經歷自由落體和毀滅性價格下跌所造成的危機和災難。

接下來是走有強烈趨勢的市場，可能是任何一個方向，如貨幣市場。這種強趨勢市場中的小幅價格來回波動不會影響長期波動趨勢。另一方面，有些是市場具高度均數復歸（mean reverting），如標準普爾和那斯達克期貨。這些市場提供了價格波動優勢，但它們也有強勁趨勢時期。

然而，也有支持市場是包含許多微市場繼承此觀點之論調。這只是一個觀察者角度的問題。極短線交易者可能會視5天上升作為一個牛市。長線交易者則可能會認為這只是一個長期持續熊市中的小幅修正反彈。

不斷變化的波動大大增加了標準上升，下跌，橫向和盤整這些市場時期的複雜性。近期研究強烈建議將強勢循環組成變更為波動性。一直有一派學術思想聲稱市場是由許多複雜相互作用的循環所驅動。隨著市場達到較高的價格水平，波動性也增加。當牛市或熊市接近尾聲，往往會不時被高度市場波動行為打斷。牛市或熊市趨勢並不會總是以同樣方式結束。

有時候，一個牛市趨勢可能會因一天的關鍵反轉，便快速結束而陷入熊市趨勢。當然，逆轉有時是真正熊市的開端。其他時候牛市或熊市如果又特別延伸，則有可能會以長期橫向低波動的盤堅盤作為結束。

交易策略評估與最佳化（第二版）

因爲對市場缺乏興趣，波動性可能因此急遽縮減而趨勢揮發消失。國庫券（T-bills）在1979年經過了經典爆大量的1,000點超高波動反彈之後，市場在一個狹窄波動區中盤堅數個月，波動性非常之低。流動性的上升與縮減亦會對市場結構產生巨大影響。低流動市場交易特色是小範圍和大量跳躍價格行爲。相反地，高流動性市場的特色是較少跳空且價格波動較平滑。

本次討論明確指出市場轉變或反轉的許多可能。我們也知道策略如何受益於使用關鍵資料與當前行爲價格之最佳化。但是要付出什麼代價？推進模擬測試中一個強大的功能就是，對一個交易策略辨認最完善最佳化與交易視窗期間之能力。因此，它是一個能同時保持統計穩健性且適應目前狀況，以達到最大交易績效的完美方法。

推進模擬

那麼，什麼是推進測試？這是一個兩步驟程序。第一步是傳統最佳化。一個交易策略由最佳化對樣本數據探索其參數空間並由目標函數決定其最佳參數集。

而第二個步驟便是推進模擬的區別，是其優異強處之來源。這一步是將最佳績效參數集對執行最佳化時樣本以外，附加且相鄰接的數據進行評價。換句話說，最佳模型進行了模擬的實際交易。這第二個步驟是辨認參數集後最佳化績效的衡量。

簡略來說推進模擬是一個兩步驟過程。該交易策略對歷史樣本先最佳化。然後對一個沒看過的歷史樣本作交易。這個過程也稱爲樣本外測試或雙盲測試（double-blind）。推進測試是

唯一提供後最佳化交易績效衡量的方法。這亦是用來評價交易策略穩健性最好的方法。

推進模擬扮演之角色

如果策略設計者已經求助於自動進行推進分析工具，這便是下一個步驟的建議。個別推進模擬只是在完整推進分析中主要成分的一個例子。但是如果沒有自動推進分析，那麼強烈建議要對推進模擬做驗證和確認。

事實上，我認爲是策略設計者在沒有作至少是如此層級之測試下便使用交易策略，將處非常不利之地。當然，只有少數的個別推進模擬，無法提供如包含大量個別推進模擬樣本完整推進分析之豐富資訊和信心程度。但一定比使用完全未經證實的最佳化交易來得好。

因此即便是粗略或是一般性目的的推進模擬也是很值得進行的良好程序。樣本內外視窗期間長度取決於資料能否取得與策略速度和風格。假設我們正在評估一個長期交易系統，我們擁有15年來的歷史資料數據。

讓我們設定一個範例。該策略將對10年歷史價格最佳化和推進模擬則爲5年。因此，該策略是最佳化的時間是從1990年1月1日至1999年12月31日。然後再用最佳參數集進行後五年的樣本外數據測試，即從2000年1月1日至2004年12月31日。如果有更多的數據，推進模擬也可以繼續向鄰近的資料推進，或是對最佳化之前樣本內資料亦可。

因此本案例中，最佳參數集也可對後退五年從1985年1月1

日至1989年12月31日作推進模擬。鑑於擁有20年的資料，亦建議對資料中期也完成測試。

用一套以10年為最佳化基礎的參數執行為期5年的樣本外測試，是一個相當嚴峻的考驗，因為典型的有效期限問題。然而在缺乏一個完整推進分析下，我們仍建議如此運作。而且還建議，如果一輪的測試要繼續追蹤，可以至少做10個不同的多元化市場，以對一個已經不甚適當的測試增加更多統計有效性。

在這裡有三個主要結論：

1. 如果策略設計者發現他的策略在推進模擬中虧損佔多數，他便知道交易策略不可行。

2. 如果該策略在大部分測試中呈現一些中等程度或有限的利潤，這可能是粗劣或過度配適交易策略的表徵。

3. 如果執行樣本外測試與最佳化樣本測試的獲利多數都維持在一定比例——要將樣本內外行情的差異納入考量，這很可能是一個相當穩健的交易策略。

設定推進模擬

正如我們所看到的，一個推進模擬兩步驟過程。第一步是最佳化。第二個步驟是以所選參數對樣本外資料作績效評估。

一個推進模擬需要以下組件：

1. 掃描變數範圍進行最佳化

2. 一個目標或搜索函數

3. 最佳化視窗期間大小

4. 推進模擬或樣本外交易視窗期間大小

最佳化視窗長度的取決於：

1. 資料可用性

2. 交易策略風格

3. 交易策略節奏

4. 關鍵資料數據

5. 交易策略的參數使用期限

　　一般來說，使用較短的最佳化和推進模擬視窗，對快節奏的交易策略來說較為有利。從一到兩年視窗期間開始。相反的，較慢的策略則需要較長的視窗期間。從三至六年視窗期間開始。當然這些值會因為各方面因素而有所變動。

　　推進模擬視窗大小通常是最佳化視窗大小之函數。通常情況下，推進視窗期間應該最佳化視窗百分之二十五到三十五區間。這些視窗的大小最好以經驗決定。這將會在推進分析一節中更充分地說明。但是至於為何如此，則是一個更複雜的故事了，其關係著非常複雜的市場動態。該問題對本書而言太過複雜且艱深。

　　從市場週期開始，經過碎形與複雜度理論分析結束後，到現在的奇特吸引子。該市場動態科學研究的層級，深度與品質是歷史以來最高水平。而數十億美元的利潤不斷地被科學定量方法所提取，此一趨勢將把該研發程序提升到更高水準。

　　回到我們的話題，如果市場行情變化跟最佳化視窗評估中的沒有不同，交易策略便絕不會需要重新最佳化。但在實際操作中，以兩年來的歷史價格適當地最佳化策略，將應該可使策略保持實際交易可用性三至六個月。一個以五年歷史價格為基礎的模型上，應可持續使用於實際交易一至二年。

推進模擬測試範本

為了說明這一點，考慮下面的例子，一個名為RSI_CT之交易策略完成了對標準普爾500指數期貨48個月價格數據最佳化視窗的雙參數掃描。

歷史價格： 標準普爾500指數期貨
最佳化視窗大小： 48個月
歷史時期： 2000年1月1日至2003年12月31日
買進參數： 掃描0到300，每20進位
賣出參數： 掃描0到300，每20進位

第一步的推進模擬測試執行一個標準最佳化，對模型中兩個關鍵變量掃描，標的為標準普爾500期貨，其價格數據從2000年1月1日至2003年12月31日，參數空間中包括256個候選值。在本標準最佳化結論中，目標函數將會確定最佳參數集。

推進模擬的第二步將決定，第一部所選之參數集在後最佳化中之績效。在這一步，新的歷史資料段，被稱為交易視窗或推進模擬視窗，會分別進行測試。換句話說就是參數會以此新的樣本外歷史數據作績效評估。該推進模擬結果如下所示：

歷史價格： 標準普爾500指數期貨
歷史測試時期： 2000年1月1日至2003年12月31日
交易視窗： 6個月
交易視窗測試時期： 2003年1月1日至2003年6月30日
最佳化盈虧： $47,390美元

年化最佳化盈虧：	$11,847美元
交易盈虧：	$20,265美元
年化交易盈虧：	$40,530美元
推進效率：	341%

為了說明其意義，一個以48個月歷史期間最佳化所得到的參數集，隨後被用於交易或推進模擬，期間為緊接著最佳化視窗的後6個月。最佳參數集在最佳化測試的48個月期間，獲利為$47,390美元，年化獲利為$11,847美元。而最佳參數集在後最佳化測試的6個月期間，獲利為$20,265美元，年化獲利為$40,530美元。

這令人印象深刻。然而，一個成功或盈利──或虧損──的推進仍然可能是運氣下的產物。為了更有效地消除這種偶然可能性的結果，必須盡可能進行更多額外的推進模擬。

更全面的多重推進模擬評估稱為推進分析。即推進分析是一連串個別的推進模擬測試。此外，推進分析提供更多結果的統計分析，這使我們能由整體交易策略穩健性，以及許多其它有用的資訊中得到一個結論。此外，推進分析的統計可靠性亦隨著其包含的個別推進模擬數量增加而上升。

推進分析

推進分析是一個對全面且具代表性的歷史價格，執行連續的個別推進模擬所成之集合（見圖11.1）。通常情況下，樣本期間越長就有越多推進模擬，也因此推進分析有更大的統計可靠

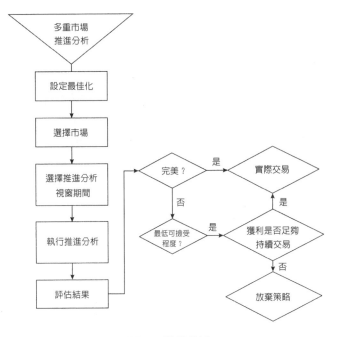

多重市場
推進分析

設定最佳化

選擇市場

選擇推進分析
視窗期間

執行推進分析

評估結果

完美？ —是→ 實際交易

否

最低可接受
程度？ —是→ 獲利是否足夠
持續交易 —是↑

否

放棄策略

圖11-1 推進分析

性。它是所有測試中最全面的形式，因此可以判斷交易策略是否能受採用。這也是用來評估交易策略穩健性最可靠和最容易的方法。此外，推進分析也是最接近或模擬最佳化交易策略應用於實際交易的方式。

一個完整的推進分析，換個說法就是將推進模擬，或滾動最佳化和交易視窗，通過整個歷史樣本。每一步的視窗大小決定期間間隔，隨後最佳化視窗以此間隔向前移動或推進，並通過整個歷史樣本。推進分析是以一連串個別推進模擬所構成，如同每天在樣本外之歷史資料上作交易。之後將所有樣本內最佳化與樣本外推進模擬測試之績效作統計便得到結果。當然，

完整的推進分析會先記錄所有報表，然後才對這些資訊執行統計分析。

推進分析其中一個最有價值且引人注目，與其他評估方法不同的能力是，使用最佳化後績效為基礎對交易策略個別與整體性之評估。若沒有推進分析之奧援，策略設計者只剩下最佳化和其分析，或許還有幾個個別推進模擬。該策略設計者是可以用很多統計方法推導出關於交易策略穩健性和其真實狀況潛力，進而從中得到一些令人滿意的結論。當該評估太簡單時帶有一些運氣成份。而當評估相當困難時也是如此。

相反的是若擁有推進分析資源，策略設計者可以以很小的代價或錯誤風險，就能得到一個對於交易策略穩健性的可靠意見。一個在推進分析中表現極度良好的交易策略，提供了對於實際交易獲利非常可靠的預期。

推進分析目的

推進分析主要目的是盡可能證明交易策略，及其最佳化過程的有效性和穩健性。它以一個足夠大的資料價格樣本，與大量推進模擬擴展了推進測試的優點，因而得到高度的統計嚴謹性。包含大量推進模擬的推進分析，將大大減少該績效是隨機機運結果的可能性。推進分析第二個目的是得到一個更準確的交易策略利潤和風險報表。比起無法提供可信任度的樣本內交易分析交易，策略樣本外績效統計分析確實提供了較高的信心程度。

一個最佳化後和最佳化績效的比較也為我們提供了更切實可靠的未來利潤預期。開始交易策略的時機到了。由從推進分

析及推進效率統計得知，交易策略之推進模擬進度約當於最佳化的百分之七十五。以最近期資料最佳化所產生之利潤爲每年20,000美元。而推進效率百分之七十五表示，模型利潤範圍約略會落在每年$20,000美元的百分之七十五，或每年15,000美元。這是一項評估策略實際交易績效的有益措施。

推進分析也提供了一個對最大權益回落更準確的了解。使用最佳化中得到最大權益回落，作爲實際交易權益回落預期，會有準確性的極限。這源自於最佳化過程的缺點。大多數呈現大幅回落的模型在最佳化過程中都會被拒絕。相反地，在推進模擬中所得到的回落資訊會更接近實際交易中的情況。此外，推進分析將提供每個樣本及推進模擬視窗的最大權益回落。這些可以用作評估並計算平均值，最小值，最大值和標準差以提供對權益回落更深入的看法，而非單看一個樣本內最佳化數據。

推進分析測試的第三個目的是驗證最佳化過程本身之有效性。而不健全的策略根本無法通過推進分析。這相當明確且具決定性。但是，不那麼廣爲人知或理解的是，一個健全策略亦會因過度配適而導致推進模擬績效不佳。同樣的事情可能會導致標準最佳化過度配適而產生不可靠的結果，若用來執行推進分析，則得到的績效水平將低於眞正穩健交易策略預期。若考慮因素如自由度太低，或是不正確的最佳化和測試視窗大小，亦或是掃描範圍的進位增量太大或太細，最佳化的參數太多等等，都可能混淆健全推進模擬績效的搜索。

如果策略設計者有合理理由相信該交易策略是眞實健全者，但在經推進分析後其推進效率很低，則可能是再評估問題。推進分析框架應重新審查是否有錯誤。如果有檢測到，那麼應當

糾正錯誤和並執行新的推進分析。如果此新分析產生之結果更為符合市場預期，則策略設計者原來的意見可得到確認。但是如果所有修正都已完成後其執行結果水平仍然低於預期，策略設計者必須考慮交易策略是否有錯誤的可能性，並開始轉移到新的想法。

以推進分析是一個嚴格的模擬方式，以此作最佳化之交易策略往往能使用於實際交易。對最佳化軟體使用者來說，一個很重要的問題是交易系統應該常常進行再最佳化。推進分析的第四個目的就是回答這個問題。推進分析會以非常豐富的經驗回答這個問題，當然，是以最好的方式。

使用推進分析開發的交易策略應會在實際交易時，反映最佳化和推進模擬視窗的結果。如果推進模擬視窗期間為3個月，則模型必須每3個月重新進行再最佳化過程，不同視窗期間則以此類推。

該實際操作之一個重要部分是，此定期再最佳化是否如期且照紀律執行，無論策略設計者認為是否需要。源自於推進分析應用程序的定期再最佳化應用在實際交易中稱為先發權（pre-emptive）。推進分析對於何時重新最佳化這一真正棘手的問題有高度優勢。它透過持續的再最佳化排程系統化更新交易策略參數集，而該程序也已經用經驗證明是有效的。

最後，推進分析報告中獨特的時間區段觀點，提供了市場行情變化對交易策略績效衝擊更有益的影響和更深入的了解。

交易策略很典型的會在市場行情或**趨勢**改變時有很糟的回落。推進分析之滾動視窗提供了一個獨特的視角，顯示策略在歷史上遇到市場行情改變時到底發生了什麼事。優秀的交易策

略，更能夠在市場行情條件變化時避免發生災難性的損失。但是這種變化的影響卻會在標準最佳化中所蒙蔽。但它們都會被推進分析與內建於適應行情變化的定期再最佳化所揭露。

一個推進分析範例

　　讓我們看一下推進分析的範例，其中包含30個各別推進模擬測試的RSI_CT交易策略。該分析將報告RSI_CT在30個連續不同時期之歷史價格期最佳化績效。該最佳化之報酬，風險和穩健性會以目標函數進行評價，並對每一個測試選出最佳參數設定。

　　在RSI_CT推進分析中也將計算30個最佳化後的個別推進模擬，或推進模擬績效。換句話說，這個推進分析將執行30個樣本外測試，其中包括最佳化後的交易績效衡量計算。當然它也將提供這個最佳化後的交易績效衡量。

　　讓我們對此做個總結：這RSI_CT的推進分析將提供有關30個不同最佳化的績效，30個個別推進模擬或樣本外測試，以上所有的統計分析，以及樣本內外績效統計比較。此外，該特定推進分析涵蓋了廣泛的歷史樣本，其中包括不同趨勢和波動性條件等範圍。這將同時提供統計數據可靠性和RSI_CT承受市場各種行情變化能力的實際分析。

　　這確是推進分析一個強大的力量，一個在相當不同且足夠的歷史樣本上成功的多重推進測試集合，是一個面對許多不同類型市場條件的交易策略穩健性示範。

　　RSI_CT[1] 推進分析規格如下：

歷史價格：　　　　　　　標準普爾500指數期貨

歷史測試時期：	1990年1月1日至2005年12月31日
評價視窗期間：	36個月
測試視窗期間：	6個月
進位視窗大小：	6個月
RSI周期：	掃描2到50，每2進位
OB_層級：	掃描0到80，每20進位
OS_層級：	掃描0到80，每20進位
目標函數：	最差保證金利潤回報（PROM）

在推進分析過程如下：標準普爾500指數期貨對價格數據第一個視窗期間作最佳化，從1990年1月1日至1992年12月31日為第一期。完成使用兩個選定變量的最佳化。RSI_CT使用該參數集擁有最好的PROM記錄。然後該參數集會向推進模擬視窗推進，即從1993年1月1日到1993年6月30日。這些結果會記錄在案，然後再進行下一個最佳化視窗。

推進分析持續以這種方式逐一執行最佳化和推進模擬，直到通過所有指定的歷史數據。推進報告以推進模擬為基礎詳細列出推進分析結果。

表11.1列出了這些結果。列舉在淨損益欄中的數字顯示，各個為期6個月的推進模擬或後最佳化交易期間的獲利。而在推進效率一欄中之數字，則是推進模擬與最佳化兩者淨損益之比例。在推進分析總結報告中提出了對所有推進模擬視窗之績效統計。該RSI_CT績效報告是對13年樣本外交易的結果（見表11.2）。

表11-1 推進分析細節

推進分析
推進分析報告
標準普爾
自01-01-1990 到12-31-2007
系統:RSI_CT

起始日期	結束日期	淨損益	最大回落	年化報酬對風險比率	勝率	推進效率
1/1/1993	6/30/1993	$3,763	-$6,013	125.2%	0.0%	36.2%
7/1/1993	12/30/1993	-$4,088	-$6,100	-134.0%	0.0%	-68.0%
1/1/1994	6/30/1994	-$6,962	-$8,725	-159.6%	0.0%	-85.0%
7/1/1994	12/30/1994	$1,688	-$7,563	44.6%	0.0%	30.8%
1/1/1995	6/30/1995	-$6,575	-$9,875	-133.2%	63.6%	-131.7%
7/1/1995	12/30/1995	-$16,438	-$16,638	-197.6%	0.0%	-409.7%
1/1/1996	6/30/1996	-$14,563	-$18,500	-157.4%	0.0%	-275.8%
7/1/1996	12/30/1996	$10,425	-$14,588	142.9%	0.0%	132.2%
1/1/1997	6/30/1997	$22,400	-$21,850	205.0%	0.0%	336.4%
7/1/1997	12/30/1997	$18,988	-$28,900	131.4%	0.0%	147.0%
1/1/1998	6/30/1998	$46,825	-$17,000	550.9%	0.0%	249.8%
7/1/1998	12/30/1998	-$27,150	-$59,950	-90.6%	0.0%	-156.4%
1/1/1999	6/30/1999	$78,450	-$17,000	922.9%	0.0%	501.7%
7/1/1999	12/30/1999	$3,775	-$34,175	22.1%	0.0%	22.1%
1/1/2000	6/30/2000	$81,000	-$46,675	347.1%	53.8%	320.8%
7/1/2000	12/30/2000	$35,850	-$25,800	277.9%	58.1%	109.0%
1/1/2001	6/30/2001	-$33,825	-$55,500	-121.9%	44.8%	-74.7%
7/1/2001	12/30/2001	$5,375	-$56,625	19.0%	41.7%	16.4%

（續下頁）

交易策略評估與最佳化（第二版）

推進分析
推進分析報告
標準普爾
自01-01-1990 到12-31-2007
系統:RSI_CT

1/1/2002	6/30/2002	$25,850	-$19,600	263.8%	58.3%	86.6%

起始日期	結束日期	淨損益	最大回落	年化報酬對風險比率	勝率	推進效率
7/1/2002	12/30/2002	$14,425	-$27,825	103.7%	51.7%	49.2%
1/1/2003	6/30/2003	$23,775	-$40,050	118.7%	0.0%	50.8%
7/1/2003	12/30/2003	-$34,200	-$52,925	-129.2%	0.0%	-70.0%
1/1/2004	6/30/2004	-$36,475	-$43,125	-169.2%	0.0%	-87.8%
7/1/2004	12/30/2004	$6,750	-$15,250	88.5%	0.0%	18.8%
1/1/2005	6/30/2005	-$20,125	-$37,650	-106.9%	0.0%	-100.1%
7/1/2005	12/30/2005	$3,250	-$20,900	31.1%	53.3%	16.2%
1/1/2006	6/30/2006	$475	-$19,750	4.8%	66.7%	2.9%
7/1/2006	12/30/2006	-$5,875	-$26,900	-43.7%	66.7%	-32.9%
1/1/2007	6/30/2007	-$10,400	-$24,350	-85.4%	0.0%	-47.9%
7/1/2007	12/30/2007	$1,725	-$4,200	82.1%	0.0%	9.0%
總和		$168,113				
最大		$81,000	-$59,950	922.9%	66.7%	501.7%
最小		-$26,475	-$4,200	-197.6%	0.0%	-409.7%
平均		$5,604	-$26,133	65.1%	18.6%	19.9%
標準差		$28,347	$16,258	238.4%	27.2%	177.6%

表11.2　推進分析成效摘要

摘要報告期間

RSI_CT_WF_sp SP-9967.TXT 1/1/1990到12/31/2007 系統:RSU_CT()

成效摘要：所有交易

總淨利	$154,350.00	未平倉損益	($19,625.00)
總獲利	$756,050.00	總虧損	($601,700.00)
總交易次數	218	勝率	51.38%
獲利次數	112	虧損次數	106
單筆最大獲利	$90,150.00	單筆最大虧損	($57,875.00)
每筆平均獲利	$6,750.45	每筆平均虧損	($5,676.42)
均勝均虧金額比	1.19	每筆平均損益	$708.03
最大連續獲利次數	8	最大連續虧損次數	8
獲利交易平均K棒	15	虧損交易平均K棒	18
最大權益回落	($112,875.00)	最大持有部位	1
獲利因子	1.26	年化報酬率	8.05%
帳戶所需資金	$112,875.00		

成效摘要：多方交易

總淨利	$143,850.00	未平倉損益	$0.00
總獲利	$386,175.00	總虧損	($242,325.00)
總交易次數	109	勝率	51.38%
獲利次數	56	虧損次數	53
單筆最大獲利	$90,150.00	單筆最大虧損	($15,825.00)
每筆平均獲利	$6,895.98	每筆平均虧損	($4,572.17)
均勝均虧金額比	1.51	每筆平均損益	$1,319.72
最大連續獲利次數	8	最大連續虧損次數	5
獲利交易平均K棒	22	虧損交易平均K棒	7
最大權益回落	($95,200.00)	最大持有部位	1
獲利因子	1.59	年化報酬率	8.89%
帳戶所需資金	$95,200.00		

（續下頁）

表11.2 推進分析成效摘要

摘要報告期間

RSI_CT_WF_sp SP-9967.TXT 1/1/1990到12/31/2007 系統:RSU_CT()

成效摘要：空方交易

總淨利	$10,500.00	未平倉損益	($19,625.00)
總獲利	$369,875.00	總虧損	($359,375.00)
總交易次數	109	勝率	51.38%
獲利次數 56	虧損次數	53	
單筆最大獲利	$35,850.00	單筆最大虧損	($57,875.00)
每筆平均獲利	$6,604.91	每筆平均虧損	($6,780.66)
均勝均虧金額比	0.97	每筆平均損益	$96.33
最大連續獲利次數	8	最大連續虧損次數	8
獲利交易平均K棒	8	虧損交易平均K棒	29
最大權益回落	($84,200.00)	最大持有部位	1
獲利因子	1.03	年化報酬率	0.73%
		帳戶所需資金	

策略是否健全？

這個RSI_CT推進分析測試結果將提供穩健性評價，從而得到實際交易預期。從表11.1中，我們看到的第一列，由第一個最佳化視窗所得到之最佳參數集（1990年1月1日到1992年12月31日）產生了推進模擬損益為$3,763美元。此為最佳參數集對緊接著36個月最佳視窗的前6個月做的最佳化後交易產生之結果（1993年1月1日至1993年6月30日）。再次提醒，這是一個不錯的結果。然而這只不過是單一個推進模擬，有可能只是偶然。

表11.1中其餘每行都是額外29個推進模擬的相同資訊。我們可以看到，所有30個中有19個樣本外測試其推進模擬績效是獲利者。而從表11.2我們可以看到所有30個推進模擬淨利潤總

交易策略評估與最佳化（第二版）

和是$154,350美元。此交易策略獲利為最佳化後測試視窗之百分之63，這是一個令人信服的結果。

然而我們可以從推進分析得到之最重要結論是該交易策略可行。這是什麼意思呢？這意味著，這個交易策略在其從未見過之價格歷史上仍然能獲利。這也意味著，交易策略超過30個6個月連續期間都獲利而未有所波動和趨勢改變。該模型可被認為是穩健者。這種交易策略也已準備好用於實際交易。

可期望的報酬率？

推進效率是一種使我們能夠比較推進模擬，或後最佳化，對於樣本內或最佳化績效之方法。回想一下，推進效率是年化推進模擬損益與年化最佳化損益之比例。

整個推進分析的平均推進效率計算方法如下。30個為期36個月最佳化期間期年化損益是$8,278美元（$745,040美元 / 90年＝$8,278美元）。亦即RSI_CT在最佳化過程中產生了年化獲利為$8,278美元。

36個月推進模擬期間期年化獲利為$11,208美元（$168,113美元 / 15年＝$11,208美元）。RSI_Ct在推進模擬或樣本外交易中獲利等於樣本內交易獲利之百分之135（$11,208美元 / $8,278美元＝135%）。

推進效率可以用來提供一些實際交易盈利率估計。換句話說就是獲利推斷，如果RSI_CT在最佳化過程中產生每年10,000美元的利潤，可以預期實際交易之年獲利約會在$13,500美元上下（10,000×1.35＝13,500）。

風險為何？

　　最佳化過程中平均最高權益回落在是$26,133美元，最大值是$59,950美元和最小值是$4,200美元。一般原則而言，當實際交易時交易策略產生之最大權益回落大幅超過最佳化中之權益回落，當然基準點都相同，則可能顯示出麻煩跡象。因此，推進模擬中最大權益回落是一項很重要的風險衡量，必須予以密切關注。

推進分析與投資組合

　　我們已經清楚地看到如何為一個市場商品設定推進分析。我們也應該讚賞從這個對於交易策略，最後且十分艱鉅評估的方法所累積而來的獨特優勢。而最後，對於我們交易策略最普遍的結論是，我們必須對每一個將交易的市場商品執行推進分析。所有推進分析評價之程序，必須逐條應用在每個推進分析之上。

　　如此執行有兩種功能。首先是確定交易策略是否可以成功地應用在我們一籃子裡全部的市場商品投資組合。當然，如果策略不是在每一個市場商品上都獲利也不足為奇，不過如果是，那就更好了。

　　這把我們帶向第二個一籃子推進分析的功能。如果我們一籃子市場商品推進模擬分析結果有很多判斷為穩健，即對於許多市場商品而言策略是成功的，那麼我們可以判斷交易策略更為穩健。

推進分析若清楚指出策略在整籃市場商品都清楚可獲利，則該策略便是一個非常有效和穩健的交易策略。我們的交易策略不僅通過最嚴格最苛刻的評價過程，該策略亦完成多元化市場商品範圍之考驗。

　　現在，該策略可以用於交易並對其深具信心，但我們必須睜大雙眼持續觀察。

第十二章

績效評估

在交易策略的發展過程中，交易策略應具有：

1. 被建立並按照規範運作

2. 可依理論預期持續執行

3. 具足夠穩健度以通過多重市場與多期測試

4. 受益於最佳化並得以改善

5. 在一籃子多元化市場中能成功地執行推進分析

6. 具足夠穩健性並準備實際交易

現在以投資角度審查其內部結構，用以評估這個穩健且有希望的交易模型。

交易策略等同投資

鑑於一個自動化交易策略開發與設計過程之艱苦，以及進行測試，評估所需投資的時間資源，也許是太方便了，因此很容易忘記它仍然必須與眾多其他潛在投資

商品作完整的比較。一旦交易策略開發已經到達此階段，即使比較結果不佳也很可能難以放棄。本章目的是提供一個交易策略對其他競爭者投資工具的評價說明。

風險維度

期貨買賣的風險，自然因為其高槓桿，而處於風險頻譜的高頻末端，即使控制得很好也幾乎可能是無限大。期貨部位持有人有可能在其存款資金之外，出現帳戶赤字並必須對此負責。例如隔夜風險可能是具毀滅性的。回想一下標準普爾500指數期貨於1987年10月19日大幅開低20點。一開始在這不尋常的一天，持有隔夜單的多頭部位，每口契約立即會虧損$10,000美元。而回顧過去，在19和20世紀，此種統計離群值並不常見。但是，這些黑天鵝的事件有時也會發生，期貨交易者必須充分考慮此風險。

即使市場商品有每日漲跌幅限制，還不會完全消除隔夜風險。當市場漲跌幅限制遇到糟糕的負面消息則可能鎖住跌停一整天。在這種情況下可能會嚴重影響其財務，更遑論心理。這也是必須納入之風險因素。

因此在期貨交易策略發展過程中必須評估與其有相關之更大的風險。報酬必須根據充分考量這些因為外部潛在毀滅性之更高階風險。風險必須被明確定義，徹底理解且在可接受範圍。必須應用嚴格的資金管理原則以防禦災難性的損失。就此而言，對於任何類型的期貨，交易員需要格外小心。

交易策略評估與最佳化（第二版）

將策略做選擇性比較

一個交易模型最終的競爭對手是幾乎無風險而低收益的投資，例如國庫券，定存單，貨幣市場帳戶和儲蓄帳戶。

舉例來說，投資國庫券一萬美元可能會產生一個百分之三收益率，且無資本損失風險。投資美國政府債券長期以來一直被認為是無風險投資。因此這沒有高報酬率，這是一個無風險報酬。相較之下，以$10,000美元進行期貨買賣其風險可能是損失所有投資資本亦或更多。因此，必須有更大的回報以彌補此一較高的風險。

期貨交易策略報酬如此之低或許有些怪怪的。但是檢視大量商品交易顧問之績效後會發現，有些報酬甚至沒有這麼好。

一個交易策略也必須比較其他投資工具如股票、債券、房地產和藝術品。在這些領域成功的投資需要不同的專業知識。而一個交易策略其執行績效則必須與這些標的作競爭。它的績效也必須和專業商品交易顧問及沖基金經理相比。此外，交易策略必須和市場上買到的交易策略作比較。

維修和運作的費用，如電腦，價格資料數據，軟體，員工和時間，所有執行交易策略所需都必須被看作是商業成本。如果一個交易策略的操作和維護相當昂貴，那麼它的收益必須足以克服這些額外費用。

總之，交易模型的利潤和風險對於其他形式的投資競爭必須是最好的，或在某些方面至少有足夠的吸引力，才能證明有其存在的必要。

最大權益回落及交易風險

　　所有商業行為都有必要成本。而交易獲利之成本由兩件事決定：風險和利潤。一個最重要的交易策略風險衡量是其最大權益回落。最大權益回落（最大回落，Maximum drawdown，MDD）是以美元作計算之權益最大跌幅，即從創新高之後到權益低點的減少金額。

　　另外兩個識別交易策略風險的主要形式，是每筆交易風險和隔夜風險。每筆交易的風險僅僅是每單筆交易資本所承受之風險金額。因此，它在交易策略設計中應更正確被完成。隔夜風險或市場風險，意指未平倉部位因隔夜所暴露之風險。誠如第6章：歷史模擬所論述，隔夜風險是某些無法預知的昨收與今日開盤變化議題。有時，這可能非常巨大。但這種形式的風險在策略設計階段就可以做好處理。

　　為什麼最大權益回落是最重要的風險衡量？這是因為它是交易策略最大的風險量度。而其幅度與持續期間，使得最大權益回落有讓交易帳戶資本歸零的潛在可能性。如果不能透過正確的交易資本管理來妥善處理，則可能造成策略無法繼續交易之風險。也就是說最大權益回落，代表著災難性風險會使得交易帳戶保證金不足。

　　最大權益回落，或者把它乘上倍數，是被廣泛應用的主要交易策略最大潛在風險衡量之一。該估算背後運作之假設是，如果交易策略在歷史模擬中經歷了這種程度的權益回落，即使是在推進分析中，類似的權益回落也很可能會在實際交易狀況中遇見。

我們看到在後面的章節會看到，如何使用最大權益回落來計算所需交易帳戶資本。如果最大權益回落夠準確，帳戶就能被控制在合適的資本。如果實際最大權益回落太大，結果會使得交易資本執行績效不佳。相反地，如果最大回落被證明是太小了，則交易資本可能會暴露在過度風險下。而如果最大回落很小，但在實際狀況中被認為可能會連續發生，則交易資本可能因此有災難性損失的危險。

我們如何能夠衡量最高權益回落規模太小或者太大？這答案相當複雜，且有些超出了本書的範圍。但是可以看到在這方面有兩個要點。首先是要更明確且更容易尋找。最大權益回落的大小通常和兩件事有關。若所有起始條件相同，典型情況是最大權益回落之擴大和縮減會和波動的放大與縮小成比例。

如果一個歷史模擬過程中波動很低則可能導致其產生之最大回落量測過小。如果實際交易波動上升，尤其是如果遠遠超出其歷史模擬波動，交易策略在實際狀況下就可能會產生較大的回落。如果該交易帳戶是以此這個過小的最大權益回落作資本配置，則會暴露在過度風險下。

相反的，如果一個歷史模擬過程中波動性較高，則最大回落的量測結果可能會過大。如果實際交易中波動降低，則交易策略在實際狀況下就可能會產生較小的權益回落。如果該交易帳戶以此過大的最大權益回落作資本配置，則會因為槓桿效率不夠而導致報酬率不佳。

當然資本過剩和績效不彰，比起資本不足或是重大的災難性風險是一個較好的情況。但最好這兩種狀況都能避免。第二個最大權益回落無法準確測量的原因更為複雜。在高等數學及

統計中已發現標準統計方法應用於財務時間序列的弱點。第一個弱點是由於一個更現實的本質，第二個則更晦澀難解。

有一個較新的統計領域稱為穩健統計。這個領域是特別使用在那些因為使用某些樣本大小問題或其他原因所造成缺乏穩健性之統計度量。所有交易策略歷史模擬所產生的統計數據都屬於這一類。這些統計數字理所當然比起由大型樣本所得到的穩健統計結果來的模糊。模糊意味著他們將有更大的標準偏差，而且可能會比預期中來得更大。

此外，這意義十分重大卻更晦澀難解的原因，由碎形幾何學的創始者伯努瓦‧曼德勃羅（Benoit Mandelbrot），給予我及其他許多人一個滿意的論證，金融時間序列並不具常態分佈。相反地，它們符合碎形分佈。

為了能最充分得到利用，必需使用一些非常複雜的數學。然而在缺乏這種數學情況下，我們可以得到一個結論和一些實用的工具，就是還沒有其他可靠資訊可告訴我們，我們在金融時間序列上作的統計資料計算會有某種或其他程度上的錯誤。這比起在健全統計中所發現的穩健性缺乏統計，可能是一個程度更加嚴重的誤差。對於有意願深入探討此一非常困難領域的研究者可以查閱曼德勃羅的著作。[1]

但由所有這些不同因素推知，我們由目前統計方法得出的最精確的最大權益回落度，仍存在著某種程度上的不精確，這是一個非常合理的假設。

最大權益回落的脈絡

由於從風險觀點中最大權益回落在評估交易模型扮演了如

此明確的角色，因此有一些其他因素亦值得考慮。

　　當然最大權益回落，是權益的最大回落幅度。然而也存在著許多其他種類的權益回落，觀察這些權益回落與最大權益回落的關係會相當有所助益。如了解平均和最小回落都很有幫助。一個更健全模型應該具備有更嚴格的回落群集。

　　舉例來說，如果最大權益回落異常的大，比起平均權益回落有三倍之多，也並不會導致放棄這一策略。但重要的是要有為什麼會出現這種情況的想法。一般來說，重要的是要了解發生權益最大回落時的市場行情狀況。

　　有時最大權益回落是因價格衝擊而造成的結果。價格衝擊（Price Shock）是指一個的非常大的價格變動。根據定義，價格的衝擊是很少發生的統計異常值或異常現象。1987年股市大崩盤正是如此的價格衝擊。而價格衝擊往往由重大的商業，經濟或政治事件所引起，如爆發戰爭，一家大公司意外破產，一個主要石油產地受到毀滅性的恐怖攻擊，或重大的政治領袖遭暗殺。一個價格衝擊可能意外導致你的權益大增，如果你的部位是在同一個方向的話，若不是，則可能是相當大的虧損。價格衝擊之特性就是完全在意料之外，通常都無法預測。一個交易策略必須以設計或風險管理適應它們，換言之，要預期非預期之事件。

　　在其他時候，最大權益回落是市場行情長時間與交易策略反向的結果。通常最大權益回落會發生在盤整，或是長時間震盪極不穩定的市場。兩個條件都對許多交易策略不利。因此，如果交易模型的最大權益回落，發生在這樣一個市場條件不利的時期是正常現象，因為這是預期內之事。

但麻煩的是要區別最大權益回落，是否是在合理的狀況下發生，而不是在有利的市場行情下產生，例如在應有最大權益獲利之時。大多數的交易策略在強勁和持續趨勢或是高波動性，強力明確的價格波動時期都能有成功的表現。因此這一期間的最大權益回落便肯定是值得關注的問題。如果不能有令人滿意的解釋，可能就是該放棄或重新設計交易策略的強力理由。

最大權益回落和交易員

一個交易員會期望權益最大回落就是他必須承受的最大權益減損。而最大權益回落通常會長時間持續。因此，在實際交易遇到最大權益回落通常對交易員來說，是壓力沉重的經驗。如此一來，當消耗交易資本的同時，也是對交易員紀律的最大考驗。

大多數交易員心理性格都會抗拒長時間的虧損，即使全部的損失不是特別大。交易是為了賺錢。但是對於許多交易員來說交易要一直贏。雖然這不是一個優質交易員應有的心態，這些都太矯枉過正了。當然連續虧損會對交易員自我意識與信心會造成相當大的打擊。即便自我是熬過去了，其潛在的信心損耗對成功交易而言卻存在著危險。

回落是交易不可避免的一部分。因此，交易者最好盡一切可能為此無法避免之事做準備。其中一種最有效的形式就是發展一個對回落全面性了解的知識，特別是對最大權益回落。而最好的心理性準備方法，是以一切可能的方式量化權益回落。同樣重要的是，交易員也要在財務上預先準備交易可能之虧損與交易資本之損耗，以應付這些事件所可能產生之結果。如果

交易員沒有心理和經濟上之準備承受這兩種典型和最大的權益回落，則可能很困難。

最大權益揚升和交易員

最大權益揚升也應以與最高權益回落同樣的方式作評估。最大權益揚升（Maximum run-up, MRU）是由權益低點到連續獲利創權益高點這之間權益上升幅度最大者。這比起最大權益回落是相當令人喜悅的另一面。

最大權益揚升期間即指對於交易策略之最佳交易行情。換句話說，該類型市場行情對交易策略來說是最佳狀況，此行情會持續推升獲利並使權益上升幅度達到最大。

如前所述，良好交易系統通常很擅長強勁趨勢，高波動性，價格波動清晰的時期。如果策略的最大權益揚升發生在如此市場行情下便符合理論預期。然而，如果最大權益揚升發生在顯著不同的行情下，這應該注意並要求作出解釋。

最大權益揚升可以和權益揚昇平均作比較，當作穩健性和一致性評估之方法。但是這和最大權益回落不盡相同。最好的交易策略會有一個穩步上升的權益曲線，因此最大權益揚升可以且應該很持續期很長。

然而，徹底的了解和認識最大權益揚升和平均權益揚升，有心理層面之助益。如前所述，交易者必須對長時間權益回落可能造成的財務和情緒破壞，有經濟上和心理面之準備。而權益大幅上揚，顯然是一個非常正面的事件，也是所有交易員所要求之結果。

不過，這也可能導致具潛在的破壞性的興奮感，和一種虛

假的安全感與信心，因而可能違背交易紀律。重要的是，交易者要知道暴利和良好交易的區別。而對權益上升徹底瞭解是釐清這兩者的最好辦法。

交易資本和風險

　　資本不足是交易失敗最常見的原因之一。根據定義，交易帳戶資本不足是指沒有足夠資金儲備以抵禦最糟糕的交易風險。這雖非一定但通常會導致災難性的交易虧損並無法持續交易。

　　必需資本（Required capital, RC）是為使策略成功且長期運作所需的資金總額。先前所建立的最大權益回落就是一個交易帳戶必須能夠吸收的最大風險。該必需資本議題將詳細解釋。

　　在開始之前，應該注意的是，計算對於一個或一套交易策略，亦或是一個市場投資組合的交易必需資本金額採用之方法，是攸關實際交易績效相當大的考量。正因為這是如此重要的議題，該計算之執行方式已有許多層面之發展。其範圍從本節所述相對簡單但良好的方法，一直延伸到採用高階數學非常複雜精密的計算。儘管如此，所有這些方法的共同要件就是衡量交易或投資組合的風險。

　　回想一下先前對於最大權益回落既有的各種非準確衡量論點。風險就是交易中一個主要成本。以此可得到一個明顯且不可避免的結論，當能更準確更有效地衡量風險，就能更準確資本化交易帳戶得到更高的收益率。

　　深入探討這些複雜數學程序已經超出了本書的範圍。然而尋求最大報酬的策略設計者應當對這些更複雜的風險測量方法作更深入的探討。

讓我們繼續回到必需資金的公式計算。它必須符合兩個主要期貨交易成本：保證金和風險。

要建立期貨部位，交易者必須存入足夠的資金，以滿足初始保證金。更正式名稱是保證金比例，或履約保證金，是由交易所訂定而由清算公司所執行。保證金會以市場波動為基礎不時調整。必需資本最開始所要求就是要建立部位時，所需滿足的初始保證金。

而必需資本第二部分是要有足夠資本，以承受最高的交易風險。最大權益回落便是我們最大交易風險的衡量。為了要成功交易，交易帳戶必須能夠承受最大權益回落，或有可能更大，而仍然能持續交易。

因此，交易賬戶將至少需要初始保證金加上最大權益回落美元金額。假設一個初始保證金$10,000美元，最大權益回落$15,000美元。

必需資本＝保證金＋市場風險
必需資本＝$ 10,000 ＋$ 15,000
必需資本＝$ 25,000

此$25,000美元最低資本可承受$15,000美元回落，而至少仍然有交易相同部位口數的能力。但這最關鍵一筆交易就必須得獲利。如果是一筆虧損交易，則該帳戶便不再有足夠資金和初始保證金，因而無法再交易。審慎的交易員會希望預先為最糟狀況做最好的打算。最壞狀況可能是遇到的權益回落還大於發生在歷史模擬或已經發生在實際交易中之最大權益回落。因此審慎的交易員會投入充分的交易資金，以承受最大權益回落，

以維持足夠的資金繼續交易並避免一些保證金之問題。

考慮一個不同的必需資本計算方式，我們改變原先使用之$15,000美元最大權益回落，而採用未來有可能更大的權益回落$30,000美元。

最大回落×2＝$ 15,000×2
必需資本＝$10,000＋$30,000
必需資本＝$40,000

該$40,000美元必需資本可以承受$15,000美元權益回落，並仍有$25,000美元能持續操作多筆交易，而不需要期待這最後的關鍵交易一定獲利。

一些交易員會進一步擴展這個邏輯對可能的任何錯誤更趨保守以和保護自己，進而使用三倍目前最大的權益回落。根據此概念提法，其必需資本將是：

最大回落×3＝$ 15,000×3
必需資本＝$10,000＋$45,000
必需資本＝$55,000

而此$55,000美元必需資本可以承受$15,000美元權益回落，並仍有$40,000美元能持續操作多筆交易，也一樣不需期待最後的關鍵交易必須獲利。在某種程度上以最大權益回落放大倍數謹慎計算必需資本出於兩個原因：一是個人喜好及其風險承受能力，另一方面則是對原始精確測量的信心程度。資金不足已被發現到是交易失敗主要原因之一。因此強烈建議謹慎面對可能的錯誤且不要過度自信，並使用保守方法來計算必需資本。

風險調整報酬

　　如果沒有考慮到成本便無法正確估算利潤。交易利潤中最主要的成本是其風險。因此，最好的交易績效衡量方法便是風險調整報酬率（risk-adjusted rate of return, RAR）。使用年化風險調整報酬率則可進一步作標準化。

　　風險調整報酬率不僅是最有意義的交易績效衡量，其年化形式因而可以對不同市場及時間區段所產生之報酬率直接作出實際上之比較。

　　風險調整報酬率其中一個有趣的優點是它會因兩種原因上升。如果利潤增加但風險相同的，則風險調整報酬率會上升。但若利潤保持不變而風險降低，風險調整報酬率也會上升。

　　由於風險具重複性，獲利能力必須根據其成本角度評價。考慮下面的例子。一個年化獲利$10,000美元之交易策略聽起來不錯。但如果假設它所需承擔最大權益回落之風險是$200,000美元，則可得到風險調整報酬率為百分之五之利潤，對每年投資額和承受之虧損風險來說。這聽起來便不那麼好了。

　　另外，考慮一個年化利潤$5,000美元之交易策略。剛開始看似乎只有之前策略獲利之一半而不那麼具吸引力。但是當知道該策略所承受之風險為$2,500美元後，就變得令人注目了。該風險調整報酬率達到百分之兩百。

　　當然，這些例子比較極端，但這樣做是為了凸顯此一重點。最大風險通常是所有交易策略的最大成本。而這些風險調整後報酬是交易策略唯一有意義的報酬衡量。

　　這裡列舉的例子表示利潤必須被判斷為投資的報酬。在上

一節中所提到必需資本計算公式中可看出最大交易風險是交易成本的一個重要組成部分。讓我們以此公式考慮交易策略年化風險調整報酬一個更現實的例子。

年化利潤＝$25,000美元
保證金＝$10,000美元
風險＝最大權益回落 × 2
風險＝$20,000美元 × 2
年化風險調整報酬率＝年化利潤 ／（保證金＋風險）
年化風險調整報酬率＝$25,000／$50,000
年化風險調整報酬率＝50%

報酬對風險比率（Reward to Risk Ratio, RRR）

鑑於風險在報酬評價中之重要性，報酬對風險比率是一個提供簡單報酬風險比較的統計數據。其最基本形式是：

報酬對風險比率 ＝ 淨利潤／最大權益回落

年化後便是更基礎版的風險調整報酬率。例如，考慮將$25,000美元年化獲利除以最大權益回落$5,000美元可得：

年化報酬對風險比率＝年化利潤 ／最大權益回落
年化報酬對風險比率＝$25,000／$5,000
年化報酬對風險比率＝5

報酬對風險比率越大越好。較大的報酬對風險比率意味著

每單位交易美元之報酬相對於風險來得大。一般來說，報酬對風險比率應大於等於3，當然必須注意的是該數字的有效性與其構成要素之準確性成正比。

模型效率

這是一個交易策略利潤評估非常獨特而健全的方式。在本書第一版中所介紹的完全利潤（Perfect Profit, PP）概念。一直令我感到十分訝異的是，此概念在交易員間，竟然沒有被廣泛使用。

當交易策略獲利是以完全利潤作評價函數，則可估計該策略將市場良機轉為獲利之效率。

市場顯然在不同時間提供或多或少的潛在利潤。當市場呈現高波動性之強勁趨勢，則完全利潤型態之獲利潛力將會非常高。相反，當市場沒有趨勢且已波動性低，則獲利潛力將大大降低。市場所提供的潛在利潤衡量是一個不甚廣泛可瞭解的觀念。但是這並不難理解。

完全利潤是所有在最低點買進並在最高點賣出的可實現潛在利潤總和。更確切地說，它是所有價格波動的高低點間絕對價格差所累積之總和。完全利潤顯然是無法實現的理想操作方法。但是以下的一些樣本顯示了完全利潤值在一個市場某段時間中存在的巨大潛力（見表12.1）。[2]

完全利潤即使是無法實現的完美象牙塔，但提供了一個很好的策略成效評量。模型效率是交易策略將市場中完全利潤轉換或「轉化」為可實現獲利之效率。

表12.1 五種市場商品五年來五個時間週期之完全利潤

市場	5分鐘	30分鐘	日線	週線	月線	市場總和
			時間週期			
輕原油	$5,718,190	$2,385,750	$887,440	$434,310	$187,850	$9,613,540
歐洲美元	$417,100	$180,363	$56,888	$34,738	$20,250	$709,338
日圓	$3,465,650	$1,691,375	$601,000	$287,188	$114,175	$6,159,388
黃豆	$2,810,825	$1,386,925	$783,450	$325,825	$166,888	$5,473,913
標準普爾國指數X期貨	$18,498,100	$7,842,925	$2,368,000	$988,175	$432,400	$30,129,600
時間週期總和	$30,909,865	$13,487,338	$4,696,778	$2,070,235	$921,563	$30,129,600

只要有完全利潤則可直接計算模型效率。

模型效率 = 淨利潤／完全利潤

例如，假設進行交易之歷史時期中之淨利潤為$25,000美元而完全利潤為$300,000美元。利用模型效率公式可得，

模型效率＝（$25,000 / $300,000）× 100
模型效率＝ 8.33%

模型效率8.33%實際上相當好。交易策略模型效率在百分之五以上便被認為非常好。而模型效率精確之處是其為成效之完美衡量。這是交易策略從一個市場在某特定時間或範圍內，所能獲取多少利潤最直接的計算方式。

如同年化風險調整報酬，模型效率也是一個能很容易直接並有意義比較市場商品間成效的統計數字。完全利潤與模型效率還提供了一個當市場變化時的良好成效評量。當市場開始波動時完全利潤上升。而當市場在小區間活動並停滯時完全利潤便會下降。

當交易策略成效單被以每年盈利變化解讀，有時很難解釋其意義。而如果交易策略模型效率年復一年仍維持相對穩定，則顯示這是一個良好健全的模型。跟策略會持續以大致相同之比例提取完全利潤，即便行情膠著或積弱不振。

一致性

交易策略績效一致性是健全交易模型最根本特徵之一。雖

然這聽起來相當複雜，其實不然。其原理是非常簡單：交易模型在每個統計評量中表現越一致，交易策略可能更健全。

以相反的狀況來考慮也許比較容易理解一致性的重要。一個沒有績效一致性特點之交易策略其交易勝場與敗場會過度集中，因而導致其盈虧績效變異性過大。如果將一個在某市場中績效極度不一致的策略套用在以年計算多市場商品行情中，其非一致性之意象會變得更清楚。最低限度是越不具一致性的交易策略就越不可能會健全，因而交易策略會更令人存疑。

因此，最強健且足具信任之模型，其特色是以下條件均勻分佈：

交易策略評估與最佳化（第二版）

1. 獲利和虧損

2. 勝場次與敗場次

3. 多單與空單交易

4. 連續勝場次與連續敗場次

不過由於交易策略績效與市場之性質，一般來說一致性難以完全實現。也許，最簡單判斷一致性的方法是，是否有任何事件缺乏集中性。

一個理想的交易一致性，是在各種統計類別中皆具最小之變異性。為評價此點，最好能計算這些類別的每個平均值，標準偏差，最大值和最小值。最大與最小值間跨度與標準差越小，則其變異性越低，因此交易策略績效也越一致。

另一種快速評估一致性的方法是移除每個類別的最大值，然後重新計算期平均值。如果調整後平均值相對較小，比未經調整平均值少約1至2個標準差，則這意味著最大值之影響過重。第三個評估一致性的辦法是，檢視整個歷史時期這些策略

績效評量之分佈情形。而最強大和且具吸引力的交易策略底線，是該策略在整個歷史樣本應有一個相對均勻分佈的：

1. 獲利和虧損
2. 勝場次與敗場次
3. 連續勝場次與連續敗場次
4. 多單與空單交易

當然，所有這些統計數據會受不同市場趨勢和情況所影響。因此，若市場行情改變使得某些時期數據較爲集中是可被接受的。

獲利及虧損典型

如先前所見，交易績效一致性中最重要且最具意義的衡量之一是均勻度，或說是整個歷史樣本的盈虧分佈。盈虧分佈比獲利是更重要的考量。一個良好的分佈是健全和一致性模型的最好證明。而分佈欠佳之模型則會衍生有效性問題。同樣的，盈虧分佈之背景行情或趨勢亦具其重要性。

讓我們來看看四種不同盈虧分佈的範例。

假設一個交易模型在2001年至2005年爲期五年的推進模擬中獲利$50,000美元，最大權益回落$10,000美元。該獲利與風險看起來極佳。

四種不同的盈虧分佈案例會說明這些型態的意義。假設第一種狀況的盈虧分佈如表12.2。

先看看每個年度的盈虧分佈，我們必須暫停一下。爲什麼呢？最大獲利是落在最早那年。而最大虧損則是在最近一年。

表12.2　案例 1： 令人存疑的績效分佈

年度	獲利	回落
2001	$50,000	$5,000
2002	$30,000	$6,000
2003	$10,000	$7,000
2004	($15,000)	$9,000
2005	($25,000)	$10,000
總和	$50,000	

交易策略評估與最佳化（第二版）

此外，從最遠到最近之年所呈現年度獲利很清楚是一個往下的趨勢。這是一個不好的跡象。另一個更糟糕的警訊是從最遠到最近之年得最大權益回落是一個明顯的上升趨勢。還有就是盈虧分佈的變異相當大。

該交易策略於2001年表現非常好。因而該年所賺取的利潤大到足以掩飾2004年和2005年的不良績效。該模型在2001年獲得了長足的成功，但此榮景在2002年和2003年持續下降。並在2004年和2005年遇到艱難時期。這是可能是因為策略缺陷所造成。也可能只是因為最後兩年行情對模型極為不利。由此看來，市場變化的方式已不符合該模型。但是，真正的問題是，「2006年的情況會如何發展？」這當然只能以臆測的方式回答，2006年如果不是類似2001年，就是2005年的狀況。

考慮第二個案例，其分佈列於表12.3。

即使是最草率的檢查也應當斷然拒絕此交易模型。該策略之$50,000美元淨利完全是從2002年$110,000美元之獲利而來，而且是唯一獲利的一年。而其他每年都有一個非常一致的損失，$15,000美元。顯然，2002年的大幅獲利掩蓋了所有其他年份的不良績效。這個模型的有效性非常值得商榷。當然，這需

表12.3　案例2：失敗的績效分佈

年度	獲利	回落
2001	($15,000)	$5,000
2002	$110,000	$10,000
2003	($15,000)	$7,000
2004	($15,000)	$6,000
2005	($15,000)	$4,000
總和	$50,000	

要重新評估，且其不應以現有型態作交易。交易策略應該被拒絕。或至少應該審慎檢視。

表12-4是第三種情況的分佈。由整體5萬美元獲利與1萬美元的權益回落來看，其獲利與權益回落分佈相當均勻，因而強化了對該模型之信心。除了均勻分佈，策略成效也顯示出利潤逐年上升。而早先到近期的權益回落也呈現良好的下降趨勢。其獲利與回落之變異性也相當小，唯一的例外是在2001年。此外，此模型最嚴重的權益回落是發生在最久遠那年。總結以上得到的是一個非常滿意且可以接受的模型，由測試後期的成功可推知。

最後一種情況考慮表12-5的分佈。

表12.4　案例3：優異的績效分佈

年度	獲利	回落
2001	$8,000	$10,000
2002	$7,000	$3,000
2003	$10,000	$4,000
2004	$11,000	$5,000
2005	$14,000	$4,000
總和	$50,000	

表12.5　案例 4：加速型績效分佈

年度	獲利	回落
2001	($25,000)	$10,000
2002	($15,000)	$9,000
2003	$10,000	$7,000
2004	$30,000	$6,000
2005	$50,000	$5,000
總和	$50,000	

　　這種情況是第一個案例是相反狀況。同樣具有盈虧分佈不均的問題。但它有兩個非常理想的特色。該模型從2001年至2005年之獲利有一個正向往上的斜率。而其從2001年起回落持續下降也是個很好的現象。此外，該模型在2005年展現的正面績效是所有類別中最佳者。

　　而必須回答問題是：爲什麼？如果該模型可用於交易，則對於此種年度盈虧分佈應該有個健全的解釋。交易策略是否能夠在更趨有利的行情下運作？例如，對於這種績效一個合理的解釋是，在2001年和2002年時市場行情沒有明顯趨勢且波動較小，而從在2003年開始到2005年便出現強勁趨勢而其波動率亦隨之上升。獲利，損失和回落的評價直接了當的說就是分佈越平均越好，最大權益回落在越久以前越好。

　　策略獲利不應該過度集中在一個或兩個時期。如果獲利有一個方向或趨勢，則應該是往上。反之，如果有權益回落有趨勢或軌跡，則應該是一直降低。必須注意的是，是否獲利與風險有著明確的趨勢。正如市場趨勢變化，交易模型獲利和風險也有著趨勢。

第十三章
過度配適多面性

　　多年來已有許多不同論點探討交易策略評估和最佳化過程中出現的問題。這些議題包括過度最佳化、過度配適、曲線擬合、數據探勘。這些辭彙也通常用在貶低和輕視層面。還有一些人會因其無知而嘲諷輕蔑所有最佳化，就如同曲線擬合，意味著那些對策略最佳化的行為根本就是一種幻想或妄想。

　　但是，因為不正確的策略最佳化使得實際交易無法獲利，就要將最佳化概念視同垃圾完全丟棄，這真是一個無知蹩腳的邏輯。這種邏輯如同某人只看過金髮女性，就過度推論並認定所有女性都是金髮。當然，那些認定最佳化無效者就是，從未看過如何正確最佳化交易策略的人，這並不是巧合。而可能會犯的錯誤都一直在這四個議題中打轉。過度最佳化和過度配適意義相同。此種等價關係會在稍後對「過度配適」精確定義中將清楚得知。

　　而曲線擬合與數據探勘往往會被視作相同，這也是可以理解的。不過，這是兩個不同的程序，事實上兩者間並無太大關

係。此外很重要一點，這些論述所指出的問題是不當研究程序和濫用歷史資料的眞正後果。接下來會爲此說明。

但是這並非只是單純語義問題。這令人困惑的術語掩蓋了關於最佳化過程中可能會出現的不同類別問題，使得一切更加混亂。首先，這些不同的辭彙將會被賦予適當的定義和界定。然後會敘述在交易策略研發過程中有可能發生的一些其他問題。隨後也將提出避免這些其他類型問題的方法。最後過度配適的症狀，原因和解決方案會被一併提出。

這一章所提出的議題和先前章節中提出的論點會多所重疊，特別是第十到第十三章。然而有許多新出現的論點，或是從一個不同角度重新審視先前的論點，因此這些所有重要議題可以在同一章中更易於學習。

交易策略評估與最佳化（第二版）

什麼是過度配適？

一個「適合（fit）」的正式定義將有助於正確瞭解過度配適之直觀意義。必須先定義並瞭解適合，然後才能理解」過度配適」一詞。

新牛津美語辭典中對「適合」（fit）一詞的定義是：爲滿足特定作用作出適當的調整。

在交易策略研發和最佳化脈絡中，以歷史資料找出適合交易策略的參數，使其合宜或能夠產生實際交易獲利。

再看看新牛津美語辭典對「over」的定義：過度到一個不需要的程度。結合這兩者得到「過度配適」的定義是：適合到一個不想要或過度的程度。

因此一個交易策略過度配適，是指過度適合或適合到一個不需要的程度。要得到以下推論並不用費太大功夫，交易策略過度適合到一個不必要的程度，將導致策略產生不恰當或不合宜的實際交易獲利。

過度配適的理解關鍵是要注意如果配合在恰當程度完成，則是一個可以被正確執行的過程。而需要在適當程度正確完成的步驟，都很有可能會做得過度或到一個不適當的程度。隨著仔細審查過度配適之肇因，這個定義的實用性會變得越來越清楚。統計方法中之過度配適，是將樣本資料以太多參數模型化以配合一個統計模型。這聽起來應該非常類似交易策略的研發。

當最佳化過程中某些方面做得太過度，則過度配適就會發生。最佳化過程中有一個粒度（granularity）。因此過度配適發生有程度之不同。輕度過度配適之交易策略掃描仍可產生實際交易獲利。但是一個重度過度配適之交易策略則不可能如此。過度配適也有各種程度。

因而過度配適便是未正確執行最佳化。更具體地說，交易策略過度配適或是過度最佳化便是將由歷史價格樣本得到良好交易成效判斷出來的參數，套用在樣本外歷史價格中，但所得到之交易績效卻不佳。不論是對模型未見過的樣本外數據，或是實際狀況數據，其結果將是相同的。

過度配適的整體起因可以很簡單描述。若沒有依照正規的研發程序和作最佳化就會發生。而這些不同可能的原因和其各自的解決方案將在接下來部分進行討論。過度配適也很容易會因其影響而被檢測到。一個過度配適如同其他類型的交易策略研發錯誤，將會使得其推進模擬或實際交易之成效與最佳化時

不同。一個過度配適或有缺陷的交易策略，通常使得實際交易產生虧損。

過度配適策略和研發過程有缺陷的策略，有一個非常大的區別是，一個過度配適策略實際上可能是一個健全的策略，而是因為過度配適才使實際績效不佳。一個更直觀的解釋方式則是：要讓交易策略參數對一個市場和一段時間適合或最佳化，就得正確識別這些在歷史模擬中產生獲利績效之參數，選出最有可能在實際交易或推進模擬獲利者。

一個恰當合適或正確的交易策略在最佳化本質上，其實際交易運作會和最佳化或配合過程相同。

特別強調一點，過度配適會在最佳化適當和不適當間精細界限跨越時發生。該界線很容易被遺漏，這就是為什麼必須嚴格遵循正確的測試和最佳化程序。

最後，過度配適一詞是指未正確的執行最佳化，這導致辨識出之參數無法產生實際交易利潤。相反的，最佳化一詞是指正確地執行最佳化所得到之參數最能夠產生實際交易利潤。在我們更詳細探討過度配適之前，首先要探討其他可能導致策略研發失敗的主要原因。

後見之明的濫用

事實上，濫用後見之明是一個策略失敗最常見的原因。這種錯誤多肇因於研發程序不當，而較少是因統計方面之問題。這也是一個不甚很好理解的領域。當然缺乏瞭解便會更佳導致濫用。

交易策略評估與最佳化（第二版）

新牛津美語辭典定義「後見之明」爲：在一個情況或事件發生或發展後才有所瞭解。這使我想起一句古老的格言：「二十二十的回顧（hindsight is 20-20）。」（譯註：「20-20」是完美視力的標準，即事後諸葛。）

當然，有一些開發交易策略之人，會將這個問題視爲反效果，甚至望之卻步的程度。但很顯然的，若交易策略設計疏忽而使用了不當使用後見之明，最先被愚弄的就是交易策略設計者。

考慮以下簡化的例子，說明如何因使用後見之明而導致粗劣的策略。回顧五年的歷史價格，策略設計者認爲市場正處於長期牛市。因此他在設計策略時更傾向於買進而不願意採取空頭部位。策略設計者以此偏多之交易策略對多頭市場之歷史價格作最佳化——猜猜看會如何？——該結果異常卓越。除此之外，最佳化設定還顯示了相當強勁之統計穩健性。

而策略設計者在沒有進一步測試的情況下就開始實際交易策略。而牛市即將結束，市場轉趨空頭且持續狹幅震盪陷入盤整期。你猜這個基於多頭市場所研發，而且只有在牛市行情中測試過之策略績效會如何？若其權益下跌遠遠超過研發階段中所得到之最大權益回落，一點也不會讓人訝異。當然，在這個例子中，後見之明誤用了不足的歷史樣本且未充分測試，因而導致失敗。其所有結果都是可以預測的，但欺騙策略設計者的是他自己的劣質測試程序。

考慮另一個簡單但稍受後見之明影響之範例說明。研發一個較著重長期趨勢的策略，其執行成效在具有多種持續趨勢之歷史樣本中較好。但策略設計者注意到有一個異常交易損失特

別大。因此策略設計者認為將風險停損設在$3,000美元，可能是一個好主意。金額不能太低，以免發生太多交易鋸齒，亦不能太大而有損整體交易狀況。當策略套用風險停損後，你知道發生什麼事嗎？利潤上升了百分之五十。該策略設計者相當興奮，但沒有注意到，這是因為該風險停損消除了一個非常大的損失。

該策略設計者並沒有作更深入的研究，便開始實際交易策略。不幸的是，市場概念並不同。市場趨勢漸失且行情變化很不穩定，起伏很大但沒有趨勢。猜猜會發生什麼事？這一策略因震盪波動的行情引發了一連串的巨大損失，因而導致最大權益回落再次被超過。同樣的，這後見之明說穿了就是希望消除這種單一的巨大損失，而致使策略設計者增加一個交易規則以消除這種損失。一如往常，該粗劣程序和未充分的測試，使得策略設計者的交易賬戶被徹底毀滅。

考慮第三個濫用後見之明的例子。策略設計者研發了交易股票指數期貨的短期策略。其績效目前為止仍在最低可接受範圍。然而策略設計者回顧過去執行策略的績效，他注意到少數幾個狀況下美國債券價格只要往某個方向移動，標準普爾會就開始有一些大幅波動。因而該策略設計者為策略增加了一個新規則：當標準普爾策略的訊號和美國債券呈現同方向，則放大交易口數為三倍。他對歷史樣本測試後發現這個新規則，使得獲利增加了一倍以上，且風險仍保持在相同水平。策略設計者很興奮地將此策略用於實際交易舞台。

發生什麼事呢？該策略設計者很不滿的發現，該「連動性」即標準普爾策略與美國債券的關係已經變為「無關聯」。此不適

當過度槓桿的新規則，進而導致災難性的實際交易損失。

當然，以上所述都是些比較簡單的例子。但是這說明一點，這是否意味著策略設計者不能用自己的觀點審查模擬績效呢？絕對不是。一個對歷史資料交易策略績效的檢視，是洞察力的重要來源，並提供了一個潛在的改進機會。

而在更廣泛層面，過去市場行情認知和策略績效因何會被濫用？第一種濫用後見之明的發生原因就是當策略有所改變時卻未作徹底的測試。最簡單避免陷入形式的錯誤的方法是對修改後之策略做全面測試，包含完整時期與所有市場商品。如果此改進僅僅在少數特定市場和歷史時期中獲得較高績效，這便不是真正的改進。相反的，如果這種變化使得整個歷史時期和市場商品範圍皆獲得重大改進，則此修改才是真正的改善。

第二種濫用後見之明的原因是自使用粗劣的歸納推理。這更為詭秘，因此更難發現。一般來說，最簡單理解這個領域問題的方法，是觀察因少數案例所作之錯誤歸納和觀察，對基本原則造成之影響。這些原因所導致之錯誤影響可以在上述三個例子中看到。

最好的交易策略是指那些根據合理，最普遍的市場行為原則而設計之策略。正如在所有科學的形式，交易策略設計者必須一直防範偽劣及過度概括歸納之推理。策略設計者達到此目的最好方法之一是設法將他歸納的結論用經驗證明其有效性。

後見之明的良藥為何？該對策可以很簡單說明：不要讓它蔓延到你的設計過程。如果在更詳細審查交易績效後得到一個新的規則，請在假設其修改是有效前先確認已做過完整測試，然後再用於實際交易。

過度配適預測模型案例

考慮一個由統計者建立的股票市場預測模型案例。其中最常見和最有效的方法是用線性回歸分析建立模型。在這種方法中，統計者調整回歸線以符合股價資料。這一步完成後，再以計算出來的回歸線預測接下來有可能的落點。這種模型是一個直線投影。雖然這種預測在交易觀點上可能不是很精確或有用。這是以標準統計方法所得之良好預測模型。

經過進一步評價該模型的預測，統計者認為其準確性可能可以有所改善。統計學家經過觀察注意到，股票市場偶有大幅反彈與回檔。再以其他更先進的統計模型化方法作進一步研究，統計者便能夠找到符合這些數據的曲線，因而可以更貼近反彈與回檔走勢。經過特別審查後得到這個模型比起第一個版本更佳適合股票市場價格資料。

來自另一派學術思想所述，如果是有益的，則多多益善，因此統計者決定應用一個方程式將所有價格數據中的每個峰谷納入曲線。這通常稱為高階方程式，因為它需要使用大量變數。經審查後統計學者認為，這個最新版本的預測模型比起前兩個模型，現在更適合歷史價格數據且更為貼近。看到這情形，這統計學者便挑選了20,000平方英尺的超級豪宅，並挑選他即將購入的賓利汽車顏色，以乘坐它往返豪宅和他所擁有的世界知名交易公司。

然而一旦這個草率統計學者開始以此預測模型作交易，他的豪宅與名車夢想將付之一炬。這些預測在真實狀況和測試期間有一個很大的落差。結果當然是一連串災難性的交易損失。

交易策略評估與最佳化（第二版）

而且令他更驚訝的是，此模型還不如他的第一個簡單而且統計健全的模型精確。

出了什麼問題？很簡單，大幅使用統計模型化技術以建立健全預測模型，變成了過度配適。怎麼會？因為統計學者在建立其預測模型時摒棄了健全的統計理論，而受到一個虛幻的優美數學曲線所誘惑，而該曲線特別適合過去的數據。這項統計模型化作業變成一個過度配適字面上定義的典型案例。統計學者持續增加變量後，他的模型越來越貼近配合過去的數據－但在統計學上卻不健全－卻沒有盡力驗證其可靠性。

該預測模型僅被認為是貼近配合其過去的價格數據。因此可推知統計者消耗太多的自由度，且增加太多限制。其結果是典型的過度配適模型。更糟糕的是統計學者並沒有將此預測模型對樣本外數據進行推進測試或分析，以確定其穩定性和預測能力，就使用該模型作實際交易。

第一個預測模型較為粗略，但在統計上合理配適價格數據。而第一種模型之預測具有較寬的信賴區間，已被證明無法用於交易。但該模型確實具備統計有效性。只要策略開發時對歷史樣本所使用之變數數量適當。此版本預測模型也應以樣本外或推進模擬資料做分析驗證。最後一個預測模型對於價格數據具有更緊密且具吸引力配適。然而，這種模型並不具統計有效性。其研發過程消耗太多自由度且使用太多變數。也許最嚴重時，該預測模型甚至通過任何推進模擬分析。該預測模型已被證明完全不精確，並可預見其失敗。

過去有太多注意力都被放在如何優雅地將模型配適歷史價格數據。這源於錯誤地相信預測模型對歷史資料緊密的配適，

才能合理或有效的衡量預測模型。正確的統計模型化程序中預測模型建立必須始終以得到健全預測爲目的，正如適當最佳化程序，必須以預期產生實際交易獲利爲目標來建立交易模型。

　　只要是任何瞭解數據配適方程式的人都知道，只要擁有足夠的變量，曲線可以完美地配適任何時間序列。這完全配適之曲線會有任何預測價值嗎？大概不會——因爲限制過多，資料太少，而且該拙劣模型沒有經過足夠的測試。

　　但這並不是說一個配適基礎資料的模型必然是一個壞模型。相對而言。配適的貼近程度和預測準確性歸結有兩個重要因素：模組化過程精密度與資料非隨機運動程度。

交易策略評估與最佳化（第二版）

　　一個預測模型可以有效預測可預測的價格數據行爲，當然只限於非隨機者。一個模型運作能力要在價格非隨機變動時，能展現恰當的適應性。當模型過度適應隨機價格變動部份便導致其不恰當或過度配適。隨機與非隨機價格行爲的比例對市場的可預測性，形成了天然的界限。模型的預測極限也受複雜模型化過程中固有限制之影響。

　　近年來，複雜統計模型化程序經歷了一段復興。因此有越來越多複雜且強勁的模型化程序可用。而財務時間序列隨機運動程度的議題，也成爲一個更加激烈的爭論點。這在一定程度上，導致了這些更複雜模型化程序和新的高度先進數學方法之出現。但有趣的是，直到最近在學術界才普遍相信金融市場運作大多是隨機的，因此不可預測。主要是由於這些新的模型化和數學方法，學術界才瞭解在交易和投資界領域長期存在的看法，事實上非隨機市場行爲只佔某些部份。在交易領域中日益增加的研究者，肯定會以非隨機的態度看待之。

過度配適交易模型案例

　　同樣類型程序錯誤造成的過度配適統計模型，也有同樣的交易策略過度配適結果。如果有足夠的變量並掃描足夠的參數範圍，許多不健全的交易策略，便會在最佳化過程中顯示出獲利。當然，現在對此已非常純熟，因為這僅僅在最佳化過程中，看起來可獲利之交易策略，不能保證它在眞實狀況會有交易利潤。

　　考慮一個類似的例子，策略設計者最佳化一個單變量移動平均線交易系統。移動平均線掃描參數範圍從3到15天，進位1，價格資料爲期兩年。由最佳化結果，交易員認爲有一組參數可使該模型兩年內獲利$10,000美元，最大權益回落$5,000美元。隨後執行了爲期6個月之推進測試。並在這一時期獲利$2,000美元。這些效果都很好。該模型參數在推進交易的獲利節奏，大致相當於其在最佳化過程中之年化獲利$5,000元。到目前爲止，一切都很好。

　　但是現在交易員由於操之過急而不知不覺忘了謹愼行事，便增加了第二條移動平均線，作爲較長趨勢之衡量，其掃描範圍從10至100天，每次進位2天。而第一條移動平均線掃描範圍擴大到從1到31天，每次進位1，現在策略設計者確定新參數集在爲期兩年的樣本內，獲利已上升至$25,000美元，而權益回落仍然只有$5,000美元。交易者由於這種急劇增加的績效，變得更加瘋狂。因爲過於興奮，他跳過了此最佳化的樣本外測試。

　　交易員推論既然增加第二個變量能增強績效超過1.5倍，他便再增加了兩個模型變量。他現在以第二次試驗中相同方法掃

描移動平均線。第一個新變量是買進波動帶，掃描範圍從0至百分之5，每次增加百分之0.25，而第二個新變量是賣出波動帶，掃描範圍相同。最後最佳化在這兩年間所得到之獲利，飆升至$65,000美元，而權益回落只有$7,500美元。

因為這個結論交易者以渾然忘我。他無法等到週一開始賺錢（幸運的話，那天可能剛好還是星期六）。沮喪之餘他只好先執行樣本外測試。沒想到這卻造福了他的交易帳戶，因為交易系統在為期6個月的樣本歷史外測試中大幅虧損$15,000美元。

但最後一項測試的最佳化成效超過第一次600%。倒底出了什麼問題？獲利預測也面臨同樣的窘境。交易者並沒有遵從正確研究程序，因而消耗過多自由度，過度地掃描參數及過度參數化，使用過小的數據樣本，且忽略了推進模擬測試。幸運的是因為某種原因（即市場休市的週末！），讓他執行了推進測試，進而發現真相。還好這幸運地發生在系統實際交易前，讓交易者免於蒙受巨額損失而大幅打擊其自信心。

如同在第十章及第十一章明確地提出論點，充分按照標準研究原則建立並以推進分析評估與最佳化之交易策略，才是能在實際交易中展現類似研發過程中合理獲利預期之交易策略。如果交易策略開發者能充分地嚴格並堅守遵循這些原則，便能說是盡其所能了。剩下的就只能交給市場了。

過度配適交易模型徵兆

要描述過度配適交易模型的實際交易徵兆非常簡單：就是毀滅性的實際交易虧損。健全的交易策略明顯會有虧損；但也

會有足以度過這些損失的獲利。這些嚴重過度配適或研發不當的交易策略徵兆是典型從一開始實際交易就會出現的跡象。這樣的策略不會有任何預測準確性，並會產生一連串實際交易損失。其實際交易績效會和其研發錯誤過程中所得之結果完全不同，且往往相反。

如果過度配適程度並非極度嚴重，實際交易績效可能會與測試報告有不同程度的落差。雖然不一定會發生毀滅性的損失，但肯定會低於研發結果之績效。舉例來說，測試報告中連續虧損平均可能會是連續三次，金額為$4,000美元。連續獲利平均可能是連續兩次，金額在$6,500美元。而在真實狀況中，連續虧損平均可能會證實是連續四次共$7,000美元，而連續獲利平均只有連續兩次總共$4,000美元。更簡單的說，如果樣本內年化風險調整報酬率為百分之三十，在樣本外可能只有百分之十五。這顯然不會導致一場災難。但是它可能警告程序不良的訊號。當然這也可能是因為市場機會減少所導致。

一個嚴重過度配適交易策略也可能因偶然機會而有兩三次獲利，隨後便落入永無休止的虧損。這樣的轉折可能使交易員感到相當困惑。隨機型獲利會蒙騙交易者，使他以為這也許只是策略上的一點失誤。當然可能真的是如此。但是，永遠要有最壞的打算。正如在第11章中推進效率一節所討論，過度配適還有一個詭譎的徵兆不容易被發現。正如前面所提到，過度配適有程度上的差異。它可以從輕微和不具影響性到非常嚴重和具毀滅性的。

輕微過度配適案例的影響可以準確地比喻為，一個敏捷的跑者因身上負擔過重而拖緩了速度；相反地，嚴重的過度配適

第十三章 過度配適多面性

案例，相當於一輛高速賽車全力加速要通過終點線時，賽車手卻不知道車後輪軸已被惡意插入堅硬的結構體，因此當變速箱進入高速檔後，車子依然停留在原地。

最明顯之處是真實交易之績效，會顯著低於在樣本中之績效。當然，真實情況下一個健全的交易策略績效，實際上可能會因為市場條件惡化或市場機會減少，而無法達到樣本績效。

因此，如果沒有發失災難性的事實，這種在真實情況與樣本內績效之差異可能很難被發現。最有效的檢測方法是比較交易模型在實際交易真實狀況下績效之推進模擬效率。假設所有初始狀況都相同，真實狀況的交易效率，應該是相對接近策略推進分析中建立之推進模擬效率。

如果實際推進效率在一段合理期間內完全不同，卻不是起因於市場行情之差異，那麼很可能是一種過度配適的徵兆。這種情形通常是可以被修正。如果該策略通過推進分析，便可能是完全健全的模型。而若實際交易績效無法達到預期，則可能是由於某種程度上之過度最佳化。應該檢查研發過程是否有錯誤，若有，則應予以修正並以此為新基礎重新評估策略。

過度配適起因

過度配適是評價和最佳化過程中違反部分或全部規則的直接後果。這些違規行為一般分為五類：

1. 自由度不足
2. 不適當的資料與交易樣本
3. 錯誤的最佳化方法

4. 少量交易樣本中之大幅獲利

5. 缺乏推進分析

自由度

這是一個統計分析的基本規則，當樣本資料有太多限制或自由度太低，將導致不可靠的結果。換句話說，如果交易策略的計算公式消耗樣本數據的比例太高，結果將使最佳化缺乏足夠的統計有效性，從而變得不可靠。自由度和樣本大小兩者密不可分。自由度不足仍是過度配適的主要原因。

在很大程度上，自由度僅僅是一種用來確定價格資料在扣掉所有用作計算交易規則、指標等等部分後，是否能有足夠的剩餘數據能產生有效交易樣本之方法。

測量自由度

衡量自由度相當簡單。首先可以將樣本中每個數據點視作一個自由度。如果樣本大小為一千個數據點，則一開始的自由度就是一千，即所有數據都未受約束。因此，一個自由度被認為是受每個交易規則或計算指標，所需的每個數據點所消耗或使用。

為了說明這一點，須考慮兩個例子。同時使用相同的數據樣本，這是一個包含4種數據點，為期二年的歷史價格，即開盤價，最高價，最低價，和收盤價，一共2080個資料點。第一例交易策略中，使用最高價之十日平均，最低價之五十日平均。第一條平均線使用11個自由度：10個最高價加上其計算規則。第二條平均線使用了51個自由度：50個最低價外加上計算規

則。總共使用了62個自由度使用。轉換成百分比，即將所使用之自由度除以全部可用自由度。結果是百分之三。這完全可以被接受。

第二個例子是交易策略中使用50日收盤平均與150日收盤平均。第一條平均線使用51個自由度：50個收盤價加上其計算。第二條平均線使用了101個自由度：100個額外的收盤價外加上其計算。總共使用了152個自由度使用。轉換為百分比，我們得到百分之七點三。雖然這些例子仍是在可接受範圍，可以很容易地看到當增加更多指標和規則，或是減少樣本數量都很容易導致信心程度下降。這將在下一節有明確的例子。

自由度、樣本大小和啟動消耗

現在考慮下面兩個使用相同系統的例子，但其數據樣本大小不同。交易系統採10日及50日收盤價移動平均線及5個交易規則。則一共使用了57個自由度，其計算如下。長期移動平均使用51個自由度：50個收盤價與其計算規則。而短期移動平均只使用了1個自由度，因為它只一個計算規則，而使用的數據則與長期平均相同。加上其他五個交易規則，每個都使用1個自由度。如此可得到該交易模型共需使用57個自由度。

而自由度是否充足則須交由其套用之數據樣本大小判斷。第一個數據樣本是100天內的四種價格，總共400個數據點。該交易系統中指標和規則一共使用57度的自由。這佔總數的百分之14.3，剩餘百分之85.7。一般來說，剩餘自由度少於百分之九十之會被認定為太低。因此該測試必須被否絕，或是需進行修改，以獲得更多自由度。

考慮第二組一千天的數據樣本，包含開盤價、最高價、最低價和收盤價。扣除交易策略公式的57個自由度。仍有百分之98.6的自由度。這很好。隨著啟動資料之增加，交易模型便可以對目標樣本從開始到結束得到適當的交易測試。

此外，還有一種啟動成本或消耗會直接影響樣本大小，獨立於自由度之外。回到策略的例子可以看出，交易在樣本50天後才能開始。為什麼呢？由於交易訊號須等到有足夠數據點計算出有效移動平均線後才會產生。而移動平均線需要50個收盤價會使交易策略模擬過程實際上無法使用前50個開盤價，最高價，最低價。因此事實上要產生有效交易模擬必須消耗200個自由度。

若此消耗成本應用於第一個例子中之過小樣本，便會消耗現有400個數據點的50%。因此本例中之啟動消耗便成為了自由度無法承受的負擔。這個啟動消耗在最佳化過程中還有另一個同樣詭祕的影響。如果沒有足夠數據，其最佳化結果會出現短期參數對長期參數偏頗之訊息。

這對大型數據樣本，自由度消耗小的策略，節奏快速的交易等衝擊較小。這是因為結合因素最佳化設定中之參數集才能產生公正地交易樣本。然而當數據樣本小，交易速度慢，算式所消耗之自由度變化很大且相當沉重，使得掃描範圍冗長。便會有很明顯之影響。

為什麼呢？舉兩個例子就能清楚瞭解。一個3日與8日均線系統在300個數據點中消耗13個自由度，而啟動消耗僅8個數據點。但是，一個25日與100日移動平均線策略，消耗102個自由度並對數據樣本造成大量負擔，因為在300個數據點中消耗了

100天的數據樣本。 而3×8均線系統其交易也比25×100系統更加積極，從而能得到一個決定性差異之交易樣本大小。

　　啓動消耗造成一個推進分析問題，必須藉由妥善推進分析軟體設計解決。在計算所有規則，指標，並扣除啓動消耗後必須至少保有90%之自由度，以確保統計有效性。

　　自由度會因下列因素負擔加重：

1. 數據樣本太小
2. 啓動消耗過多
3. 太多計算規則
4. 參數太多
5. 參數太長

　　大多數交易研發應用程序不計算自由度。由於他們能夠且會影響歷史模擬，最佳化，推進分析過程的有效性和品質，策略設計者必須進行一些粗略的計算，以確保最大程度的統計有效性。幸運的是，在策略評估過程中的一般常識加上完善技術，可以很容易地糾正這些錯誤：

1. 使用足夠大的測試樣本
2. 允許啓動消耗
3. 不要過度參數化策略
4. 要確保參數掃描範圍恰當適合策略及樣本
5. 測試時盡可能保有至少有百分之九十之自由度

交易樣本大小

　　歷史樣本大小的重要性已經在本書先前章節討論。但重要的是要充分瞭解，歷史樣本的規模大小是決定交易統計樣本的

重大因素。很明顯的，只有一筆交易之樣本肯定是不具代表性的。相反，樣本中若有一千筆交易則相當顯著。但大多數交易策略產生之交易樣本都在這兩個極端之間。一般來說，應該不難聽到交易樣本越多越好之言論。

但多少才足夠呢？30到50筆交易是一個適當的最低限度。由於受到交易策略或是有限的可用數據所限制，策略設計者可能偶爾會被迫使作出交易樣本小於30之判斷。如果是這樣的情況下，策略設計者需要在所有其他有關統計有效性類別之處更為謹慎。

一些太小交易樣本之影響可以從三個例子中使用廣義標準誤差公式所觀察到。我們可以得出一個總歸概念是交易樣本縮減將擴大樣本母體的標準誤差。

三種不同的樣本量的標準誤差範例，樣本大小分別為10，100和1000，列於表13.1，13.2和13.3。

標準誤差%= 1/（樣本大小平方根）

從上述三個例子，可以很容易地看到標準誤差下降與母體樣本規模成反比。不同策略交易步調落差變化很大。例如，長期交

表13.1 標準誤差

樣本大小：10筆交易	
標準誤差	＝1/10的平方根
標準誤差	＝1/3.162
標準誤差％	＝31.6％

表13.2 標準誤差

樣本大小：100筆交易	
標準誤差	＝1/100的平方根
標準誤差	＝1/10
標準誤差％	＝10.0％

表13.3 標準誤差

樣本大小：1000筆交易	
標準誤差	＝1/1000的平方根
標準誤差	＝1/31.62
標準誤差％	＝3％

易策略可能每年交易4次，因此便需要12年的歷史資料以產生50筆交易。此外，這種策略很可能會使用消耗很多自由度的指標，且需要較大的啟動消耗。相反的，每週交易兩次的短期系統，只需要一年半的數據就能產生50筆交易。而其消耗之自由度通常要少得多，啟動消耗的負擔也較輕。

最佳化錯誤 I—— 過度參數化

本議題已佈及本書各處。這種情形很容易描述，卻並不總是那麼容易補救。這些錯誤是最先，也許是最具破壞性的類型。過度參數化是在交易策略中使用太多最佳化變量。它直接涉及到本章開始所討論之過度配適。使用過多參數的交易策略可能會導致與過度配適完全相同結果，即使用了太多變數會使得統計預測模型過度配適。

當然其解決方案是只最佳化那些必要之參數。而這更不用說的是當交易策略中最佳化參數越多，就需要更大的歷史樣本和交易樣本。有了策略發展過程中所需之技術和經驗，選擇適當最佳化參數集便變得越來越容易。

最佳化錯誤 II—— 過度掃描範圍

第二種不適當的最佳化應用，是過度配適的另一個重大肇因：過度掃描範圍（overscanning）。過度掃描發生在掃描參數時使用之進位太小，或是掃描之範圍過大。參數間的變化即是代表著相對百分比之變化。這為什麼很重要呢？考慮下面的例子。

在第一個例子中，考慮掃描跟隨短期價格趨勢的短期均線

交易策略評估與最佳化（第二版）

參數。該參數將掃描從2到10天，每次進位1，在這種情況下，參數值3和4以其最低額的1個單位間隔開來。但是化作百分比後看起來就有點不同。4日移動平均線比起3日移動平均線，多使用百分之33的數據。然而這種對於小範圍移動平均線的最佳化仍能有所改善，而如此進位大小則會造成些許傷害。

但第二條移動平均線目的是要跟隨長期趨勢改變。這種趨勢可能將介於30至100天間。但是對於這樣的期間長度，每1進位被視爲太小。爲什麼呢？因爲對於90日與91日移動平均線其百分比差異僅僅只有百分之1.1，相較之下短期均線進位1卻造成了百分之33的差異。實際經驗也告訴我們90日和91日移動平均線所得到的結果資訊差別亦不會很大。

因此可推論對於短期均線每次進位1很好。但以每次進位1掃描30到100天則被認爲太細。這就是說，除了浪費的時間，還會造成什麼傷害？回想一下，一個重要的穩健交易策略與其最佳化的衡量是可獲利參數在所有最佳化模擬中所佔的百分比。而較高的模擬平均和較低之變異性也是穩健性的評量。

如同前面例子中討論的，執行最佳化掃描若區分太細，會讓最佳化結果變成大量且基本上是無關的歷史模擬堆疊。而會導致人爲性獲利模擬數量增加的效果，因而提高整體模擬平均且降低了標準差。換句話說，這看起來將會更具可靠性統計，但因爲不當程序而不會眞正更強大。使用過於精細最佳化掃描而得到的非正確表現最佳化集會受到扭曲，而使得獲利模擬比例變高而非眞正有效統計，或與事實有所出入。

這個雙變量最佳化空間，將包括639個測試。如果至少有40%或256個模擬產生顯著性獲利，則此最佳化集將被認爲是健

全者。從此不難看出過度掃描範圍，會對評量結果造成不當的偏差。

　　重新審視交易系統背後的理論，很明顯，90日到95日平均所代表之比率，較符合較短移動平均中參數改變之比例。因此最佳化30至100日平均線時每次進位5會更為合適。這樣該雙變量最佳化空間便將包括135個測試。如果此最佳化空間要具健全性，則必須有54個顯著獲利模擬。但是，這兩者間最大的不同是，此最佳化集總數會包含更重要且更為實際的不同模擬。而其對穩健性的結論，便可比第一種過度掃描的情況更加有所信心。

對比效應症狀（The Big Fish in a Small Pond Syndrome）

　　這種現象嚴格來說不屬於過度配適領域，雖然沒有比如此更恰當的歸類；但也不屬於嚴格的粗劣研究程序領域。此外，它實際上只是一個較長期交易策略的問題，即交易不夠頻繁。這個問題也可以透過訴諸其他一些考量作解決，如確保足夠樣本，及避免交易策略獲利過度集中。同時也必須認知到，即使在有效的交易策略中該症狀亦會出現。這種狀況是交易策略雖然看起來表現強勁，但其交易樣本太小－如同我們所說的小池塘隱喻，且其鉅額獲利僅在一兩筆持久或大勝之中－即大魚。這也產生了相對較長的歷史跨度。這說明為什麼該症狀總出現在長期和緩慢的策略中。

　　除非該策略與類似的參數集，對一籃子主要多元化市場商品能通過一個全面的推進分析，否則應該會因過度配適或統計不健全而被否決。而高度穩健性也是最佳化集極為重要的特

徵，即便只有些許不尋常情況也需注意。請記住這種症狀可能出現在任何具有高度選擇性，即非頻繁交易之交易策略。

推進分析測試

現在，過度配適，濫用後見之明，以及各種過度配適統計原因皆已詳述，現在可以指出最簡單，從而可避免使用一個過度配適或不健全的交易策略進行交易的檢測方法，就是對其廣泛進行推進分析。案例已在第11章中詳細介紹。這樣說會使複雜的風險問題解決方法聽起來過於簡化。但這並不是過度簡單化。這是我們廣泛研究並使用這種技術研發健全且可實際獲利交易策略，才能得到的結果陳述。

本書中所有研究和分析方法都很可靠。然而，從經驗可知即使用最健全的方法研究和分析，統計誤差和過度配適仍可能滲入策略和其評估過程中。因此，如本書之前所述，推進分析是一種策略評估萬無一失的驗證方法，但其使用仍必須配合一切必要警告。也就是說「推進分析」仍是交易策略最重要和最後的評價階段。

不管交易策略在測試和最佳化中表現如何優異，如果沒有「推進模擬」，即執行樣本外測試，最佳化後交易，則交易策略就並非健全，且將不會在實際交易獲得利潤。值得重申的是，一個糟糕的策略會因過度配適而看起來有大幅之獲利，這是教科書上的定義。相反地，一個良好的策略可能會在推進分析中看起來成效不佳，因為錯誤的程序會造成其過度配適。這種類型的過度配適會因推進效率而揭露，這便是推進分析的重大優勢之一。

推進分析如何找出過度最佳化和統計失敗呢？最主要的方法就是看策略在推進模擬中是否獲利。這就是推進分析在交易策略發展技巧中的主要貢獻。第二個主要衡量是策略在推進模擬中獲利的相對步調或效率程度。這就是推進效率的作用。

交易策略評估與最佳化（第二版）

第十四章

交易你的策略

　　一個交易員從概念到實際交易所走之路相當漫長。如同本書中所記載，這條路一開始只是一個概念，經過完善規劃及改進，然後進行評估和推進分析，最後才能得到一個實際交易可獲利的策略。這條路有時會很漫長且艱辛，但當交易策略做過周密和全面測試並在啓動後能持續產生實際交易利潤，一切將是值得的。

　　在個人電腦普及化之前，一想到有什麼好點子就開始交易，是司空見慣之事。但現在會被看作太過草率且未經充分測試。事實上，即使在這種高度電腦化時代，有些交易員仍是如此，其結果常常會有嚴重的交易損失。所有讀到這最後一章之讀者對於這種結果應該都了然於心。

　　電腦可以在許多方面節省資金。而電腦最主要節省金錢的方法，就是在糟糕交易策略被執行而導致交易員帳戶虧損之前，事先檢測出來。無論使用個人電腦的時間多久，通常還是比一個未經試驗交易策略所造成的交易損失，便宜許多。

只有在交易策略通過詳盡評估足具有強勁利潤後，交易員才能將其應用在實際交易上。即使策略已透過最嚴格的程序研發與評價，交易策略仍然必須不斷對進行中的實際交易績效作適度再評價。

實際交易績效應以三種主要方式作監測：

1. 投資報酬
2. 最大的風險
3. 實際交易與測試績效之比較

本章將討論更多這些議題。在討論這些之前，還有另外一個不甚相關但仍然非常重要的論述，應在此一提。

交易的心理層面

賴利‧威廉斯（Larry Williams）的引句，在本書各個章節中都有提到。在此最後一次提及這句——好的交易策略很多，好的交易員卻很少。即使有最好的交易策略，如果交易員無法徹底實踐並嚴守紀律便無法成功。除了確定其穩健性與獲利預期，交易策略評估展現另一項非常重要的作用。詳盡的交易策略評估可以讓交易員產生足夠的信心。

未經評估的交易策略就像是一雙新鞋：交易員或擁有人除非真正試穿過，否則永遠都會對其感到不安。策略設計者要如何試用交易策略呢？策略設計者必須充分了解其所有細微差別以做到如此。

交易策略是一種工具，只是相對較複雜。如果不能良好地理解其運作，便可能會導致交易者在初啟動時因績效太極端而

有所恐懼。策略設計者應該清楚瞭解經過完善測試的交易策略。策略設計者也應完全熟悉最大權益回落和最大權益揚升的細節。交易員應該早就要知道這是最佳或最差的交易策略是否可以投入，而該策略所展現出來的行為也不會出人意料。

　　一些會對交易員產生負面影響的腐蝕性性格特徵是貪婪、恐懼和急躁。有如此多交易者會失敗最大的原因是他們無法掌控自己的情緒和精神。

　　假設策略設計者懂得控制情緒並嚴守紀律，這些侵蝕和影響對他來說應該不是問題。重要的是，對交易策略的詳盡知識才是最好免疫方法。這可避免在交易策略命中一筆最大的獲利，之後使人開始變得貪婪；或在一次最大權益回落後便慌張恐懼；亦或是當策略成效平平，就開始煩惱策略仍否有效而想另尋更好的方法。

　　記住這個簡短但非常重要的條件：只有嚴守紀律照著系統走，實際交易才能成功。

投資報酬

　　交易策略的實際交易績效必須與競爭策略和投資標的作比較。雖然這看起來是理所當然的，而且更像是在做商業決策，但這是策略績效一個重要衡量法。此外，交易策略真實狀況績效必須和評估中之績效相比。如果交易策略投資報酬比起評價過程中的報酬相形見絀，交易員應如同一位審慎的生意人，必須作出決定。這在「實際與評估績效」一節中會詳細探討。

　　不論是何種情況，交易者都必須對如此衰減的交易績效作

出決定。必須找出是否有任何合理的理由使該策略表現不佳。
實際交易成效可能會因下三個主要原因而衰減：

　　1. 因為它是一個粗劣交易策略

　　2. 由於市場機會縮減

　　3. 因為出現了樣本中未曾見過的市場行情

粗劣策略

　　如果一個交易策略執行績效低於標準，或是因任何理由不如預期，該策略始終都有可能是一個粗劣策略，可能因某種原因使得在評價過程中無法被檢測出。雖然說在策略評估做得相當完美之狀況下，這種情形會非常罕見且不太可能會發生，但還是有這可能。這是當排除其他任何有可能的原因之後最後真正能做的解釋。如果績效持續不佳，交易員便必須作出決定。

市場緊縮

　　市場緊縮發生在市場從一個有利轉化為不利行情時。例如趨勢可能會暫停、結束或逆轉，或交易行情範圍從非常適合交易的大波浪趨勢，變成了狹幅盤整行情。在許多案例中，這其實造成交易績效低落相當普遍的原因。市場活動緊縮時，行情所能提供的獲利機會便減少。這也是一個相當普遍的現象，不需過度恐慌。市場緊縮只是交易遊戲的其中一個部分，交易員經常必須忍受。

　　徹底了解歷史行情中的特徵會有莫大的幫助，以便對此作出明智的決定。例如，考慮一個市場在趨勢中常常會出現，為期一至二週混合低價格波動性與無方向行為的行情。有了對這

些行為的知識，如果市場在過去四個月一直持續在這種行情，這就是放棄交易策略的一個很好理由，即使該策略在波動性更大機會更好的行情下其績效表現一如預期。

市場所提供的獲利機會在每個星期、每月、每年等等時期都有所不同。這很正常，也是交易週期的一部份。各種市場行情相對機會價值的評判本身，就是一門交易員必須研修的學問與重要技巧。

一些真正硬性規定或是快速指南並不存在，唯一要注意的是，最好所有交易者都能徹底做好功課，從而達到在有著最大獲利機會的市場中，是以最佳策略作交易的最大程度保證。

從未發生的行情

當然，如果交易策略已經詳盡地測試和評估，它應該見過一切可能的市場行情；這是策略發展中一個根本的原則。市場本質就是不停地在變化，歷史資料永遠都會缺少一部份，最好的歷史樣本也存在偏頗的可能性，策略設計者便可能因此犯錯誤等等。

鑑於非常現實的層面，所有可能性都必須要考慮，如市場可能會有明顯的結構性轉變而變得無法交易。在80年代初的短期國庫券期貨行情就為此提供了一個相當恰當的例子：從1980年2月至1980年6月這個市場發生了1000基點的巨大彈升，價值相當於每口合約$25,000美元，每日範圍為20至30個基點，非常適合交易。但在價格創新高後，該行情凍結變得無波動而完全無法進行交易，無論是以什麼樣風格的交易策略。

因此，雖然這很罕見，市場還是有可能會有如此嚴重的結

構性改變，造成策略無法交易。此外，正如我們所敘述過的，還是有種種原因會使得已經過最高標準測試的交易策略，受挫於未曾發生的行情。

較佳選擇

　　如果交易者發現了較優越的投資或交易策略，作爲一位謹慎的商人，他必須客觀地評價兩者的基礎特徵，並按照最佳方針行動。

交易策略評估與最佳化（第二版）

最大風險

　　第二個主要評價眞實狀況成效的考慮因素是，交易資本所可能承受的災難性損失而無法維持交易的風險。在交易策略開始之前，必須建立一個虧損門檻或是策略停損（SSL:strategy stop-loss），以用於決定何時該放棄交易策略。

　　而計算策略停損的因素是：

　1.最低的交易資本需求，以維持交易相同部位口數所需之保證金交易。

　2.以預先決定交易資本比例作爲虧損極限。

　3.權益回落超過最大權益回落或其預定倍數。

　　策略停損的計算邏輯類似第12章：績效評估中所提到的必需資本計算。在該章中交易必需資本計算的最大的風險因素，已包含吸收最大權益回落的固定倍數。如此一來以這種方式資本化之帳戶並不是很需要設定策略停損。但是即使是最完善規劃都可能會失敗。因此，加入一個策略停損比較偏於形式，但

仍然建議加入作爲一個健全風險管理計劃的一部分。

　　當然，可以分別使用以上標準設定停損。第一項可以隨意設定。第二項所考慮之風險也可隨意設定。第三項就是使用該標準本身，這是最好的狀況。然而，將這三者合併使用計算必需資本，才是最佳程序。

　　在實際操作中，由策略停損設定的虧損門檻，並非絕對是停止交易所嚴守的點。很多時候，如果策略漸漸接近系統停損，交易員必須對其目前交易狀況的績效評價更爲敏感。一個更爲定量化之意象主觀或客觀評估，是要判斷交易策略是否處於直線下滑，亦或是權益曲線正尋找可能落底之支撐並作反彈。值得一提的是交易策略的權益曲線，尤其是交易多市場商品的策略，顯示了同類型的金融價格技術行爲。如果策略設計者能判斷該策略績效直線下滑，則必須停止，因而在策略觸及系統停損前便不再交易，則可視爲是一個明智的決定。

　　相反地，如果策略設計者認爲交易策略績效已將開始回復到預期的行爲，則策略可以允許策略停損放寬到一定程度。

　　不過，要注意的是一些交易員實際上將策略停損當做硬性的停止交易規定。這樣的狀況就是把策略停損當作嚴格停止交易點，當交易策略虧損超過此策略停損便停止交易。例如若該策略總投資爲$30,000美元，停損定爲$10,000美元，如果虧損超過這個金額則交易便必須停止，即使只有超過1美元。

　　該策略停損訂定基於策略評價過程中之風險報告。策略停損計算如下：

　　權益最大回落（MDD）：$ 5,000

　　權益回落安全係數（DSF）：2

系統停損：MDD×DSF

系統停損：$5,000×2

系統停損：$10,000

　　交易策略停損類似於未平倉部位之停損單，在使用時必須嚴格執行。正如停損單限制了交易資本在每筆交易所承受的風險金額，交易策略停損限制了整個交易策略中交易資本所承受之風險。因此兩者可以相同角度看待並應用相同的相關一致性。

　　要準確地衡量交易系統風險其中一個主要原因，就是為了建立一個可靠的策略虧損程度。一個完善的交易系統運行必然會產生虧損。很明顯的，只要有足夠的交易資本交易便可繼續。必須要有一個正確的策略停損計算，使得交易資本之金額在承受權益回落後仍能持續交易。而評估報表中將包括策略最大權益回落程度。但在真實狀況中有可能因波動加劇而使預期合理權益回落變大。此外，統計極限誤差也會造成衡量權益回落某種程度上的落差。因此最好在實際交易使用最大權益回落之乘數作為策略停損。權益回落安全係數，即是一個預先確定的最大權益回落乘數，該假設是基於現實中由評價過程所得之最大權益回落也可能會被超過，但在這種狀況下策略仍必須可以正常運作。

　　事實上，評價過程中的最大權益回落，也可能在實際情況中被超過，舉例來說，如果遇到一段超過任何測試過程中而特別長的盤整期間。這也可能發生在不利於交易策略邏輯的其他類型市場行情。當然，如果市場條件被認為已從根本上改變，這就是一個不同類型的情況。策略停損正在逼近並非主要問

題，更值得注意的是其結構性變化使得策略完全不適合市場行情，這在上一節已做說明。基於該案例之情況，交易者必須再次對策略作出決定。

而其最終底線是，策略設計者必須對策略最大可容忍風險有所警覺。策略停損的計算是用在策略上最好且最終的限制。至少，在當一個策略權益回落快要接近策略停損水平時，應該要察覺到是不是出了甚麼問題。對於一個使用純粹系統化策略停損的交易員而言，它應該在策略觸及或超過此一限度時完全停止交易。

如先前所述，最好的計算策略停損方法應同時包含所有三個因素：必需資本，預定的帳戶虧損失程度百分比，及最大權益回落。該公式如下；首先，計算必需資本。包括所需保證金加上最大權益回落和其安全係數。例如：

必需資本＝保證金＋（最大權益回落×安全係數）
保證金＝$5,000美元
最大權益回落＝$6,000美元
安全係數＝3
必需資本＝$5,000美元＋（$6,000美元×3）
必需資本＝$23,000美元

而以最大可容許交易資金虧損比例所公式化之必需資本公式如下：

保證金＝$5,000美元
最大權益回落＝$6,000美元

安全係數＝3

系統停損＝最大權益回落×安全係數

系統停損＝$6,000美元 × 3

系統停損＝$18,000美元

必需資本＝策略停損／資本停損比例

必需資本＝$18,000美元／40%

必需資本＝$45,000美元

透過這種方式，策略停損便會等於資本停損，即$18,000美元的損失，這可提供策略停損加上足量的保證金。

實際績效和評估績效

一般情況下交易策略僅以其交易獲利作評判。當然，獲利是交易者的主要動機。但還有另外一種相同，有時甚至是更重要的獲利評估方法，可用以評估獲利品質。策略的實際交易績效必須以策略在評價過程中的績效作判斷。如果實際交易績效符合或相等於評估中之績效，則該交易策略可被認為是正確或正常者。

例如，在最單純的狀況下，如果一個交易策略在測試中產生了平均每個月$1,000美元的獲利，而實際交易三個月後虧損$2,000美元則兩者便不相符。實際交易一開始很可能是獲利或虧損或是連續獲勝或連續虧損，這全看機會如何。但這並不要緊。真正重要的是，隨著時間的推移，實際交易績效是否與評價報告中的成效預期一致。如果策略在實際交易剛開始就產生

一些損失，沒耐性且沒有完整適當資訊的交易員可能會說，這個交易策略無效了，並停止交易。也許真的如此，也許不是。但除非在實際交易開始前就已將「無效」明確定義，否則顯然是不可能知道交易策略是否真的無效。

　　實際交易開始前至關重要的是，交易員應有一個以歷史評估為基礎的實際獲利預期。若非如此，交易員無法真正了解是否交易策略的實際成效與評估報告中一致，無論交易獲利與否。

　　交易員需要一個包含評估過程，和實際交易績效的詳細統計報表以做評比。而此評估報表包含一組在評估過程中，所得到的統計評量。交易報表中則包括以實際交易成效所作之相同評量。

　　歷史回測與和實際交易成效之評量，必須記錄以下統計數據：

1. 年化獲利
2. 每年交易筆數
3. 獲利交易百分比
4. 最大獲利
5. 最大獲利長度
6. 平均獲利
7. 平均獲利長度
8. 最大虧損
9. 最大虧損時間長度
10. 平均虧損
11. 時間長度平均虧損

12. 平均連勝次數

13. 平均連勝次數長度

14. 最大連勝次數

15. 最大連勝次數時間長度

16. 平均虧損次數

17. 平均虧損次數長度

18. 最大虧損次數

19. 最大虧損次數長度

20. 最大權益回落

21. 最大權益回落長度

22. 開始與結束數據的最大權益回落

23. 最大權益揚升

24. 最大權益揚升長度

25. 開始與結束數據的最大權益揚升

在此也應計算每一個平均值的標準差。這似乎有非常多數據，但如要得到一個可靠的實際交易與評估績效比較，這些都是必要的。有了評估報表與交易報表，交易員應能夠立即地判斷實際交易的品質。其實這僅是看實際交易是否符合評估績效所建立之獲利預期。[1]

比較評估報表與交易報表

交易策略需實際交易一段長時間才能作出判斷？正如測試過程中必須具有統計上足夠數量的交易，才能作出正確的判斷，實際交易中也是如此。實際交易績效無法以只有少數勝敗

的樣本爲基礎而做判斷。此外，由於這些績效統計的模糊性，其比較無法達到完全精確。這些狀況會因爲統計數據的變異性增加而更爲嚴重，如波動變化和週期性波動等其他市場行爲等之衝擊。

一個缺陷策略往往會很明確地發生一連串損失，以致於很快就達到策略停損。如果發生這種情況，交易會停止而資本會因策略停損所保護。由於一個有效的交易策略在正常運行過程中也會發生連續虧損的情況，要如何判斷交易策略失敗或仍是正常表現呢？在評估與交易報表比較中就能獲得解答。

一個糟糕策略的績效會與測試報告中不同。例如，假設策略評估報表中最大權益回落爲3筆交易$4,000美元，落在波動平均之時期。假設此最大權益回落的標準差是2筆交易$2,000美元。若在與測試期間相同市場條件下，實際交易發生了連續9筆共$10,000美元的虧損。發生了什麼事？該結果提示該策略爲失敗，可能的各種原因前面已討論。該實際交易的虧損已超過了最大權益回落的$4,000美元加上標準差$2,000美元，筆數也超過原本的3筆加上標準差2筆。這和預期有相當大的落差，如果沒有一個很好的解釋，就必須立即中止交易。

現在，考慮同樣的策略，假設其開始略有不同：該策略在實際交易中因爲波動幅度變爲評估報表中回落水平的兩倍，3筆虧損總金額爲$8,000美元。實際交易下虧損次數相同，但金額卻是測試報表中的兩倍。然而要注意的是該波動也變成了測試中的兩倍。這當然令人不悅，但並非完全出乎意料的表現。爲什麼？因爲當波動性增加，獲利也應以一定比例增加，而在本例中的虧損，也是如此。

瞭解測試報表

　　實際交易失敗中最常見的原因是對策略績效不具耐心。另一個常見的原因是對評估報表認知不足。這種認知缺乏被證明會以各種方式破壞交易者的紀律。

　　沒有什麼比在交易一開始，就有幾筆大額獲利更令人興奮的事了。但這也可能會導致情緒不穩定以及助長貪婪心，並過度自信。交易員會認為他不會出錯。而這可能導致交易者無視於隨後的異常虧損。也或者可能會產生虛假的信心，從而造成不知節制，如沒有適當考慮資金管理便會放大交易口數。

　　從評估報表中可以瞭解到，其誘人的獲利在實際交易中也同樣會發生，因此這些狀況相當普通無需特別慶祝，而通常在大幅獲利之後都會緊接著一些虧損。重要的是要了解獲利報表與波動的相關性。一個不尋常的巨額獲利通常是因波動增加所獲得。而不尋常的巨大獲利，往往接下來就是一個不尋常的巨額損失。波動性如兩面刃。

　　相反的，沒有什麼比一開始交易就遇到一些重大虧損更令人不安的事了。這會助長恐懼之火，並可能導致交易員過早懷疑交易策略，因而導致他作出適得其反的第二個猜測。這也會導致交易員沒有道理的過早放棄交易策略——剛好就在一個典型的巨大獲利之前。虧損總是令人不快，但若是符合評估報表中所預期，則應以平常心看待。

　　考慮另一個比較常見的情況。交易策略在某個月只有小幅獲利與小幅虧損，使得該月績效平平。這種惱人的狀況不是第一次發生。但是這情形卻可能導致交易者過早放棄該策略尋求

交易策略評估與最佳化（第二版）

其他出路，或是增加交易部位已獲得更多利潤。然而在評估報表中就已顯示這種狀況在許多月份經常發生。可是如果交易員沒有做好功課，可能不會知道這一點。等到放棄交易後，市場行情開始回溫，而放棄策略後接下來的一個月，它便產生了一個正常獲利。交易者如何才能避免這些錯誤呢？完整的知識才是解決之道。交易者必須擁有對策略歷史績效徹底的了解。這必須藉由兩種方法來達到。第一是透過審慎的研究評估績效報表。其二是要以更小的時間區段，仔細研究交易策略績效：每日、每週及每月之績效。交易者必須非常熟悉交易策略的績效，從非常微小的細節到巨觀的層面。[2]

　　表14.1的評估報表交易績效統計分析，即是從宏觀角度檢視交易策略。如果要以圖形檢視這些，買賣點，交易回合和權益波動，可透過繪製交易與權益曲線的長條圖來達到。圖14-1顯示了一些交易片段為例（只有買賣點與價格）。

圖14.1　交易線圖

表14.1 交易策略評估表

評估報表
S&P
1/2/1990到12/31/2005
XT99AP2dumo

淨獲利	$1,643,688
年化損益	$102,731
交易次數	119
年交易次數	8
平均每筆交易	$13,812.50

交易分析	獲利	次數	虧損	次數
最大	$146,050	95	($49,950)	16
最小	$4,750	5	($3,225)	2
平均	$37,188	28	($9,174)	8
標準差	$15,500	12	$8,775	5
+1 標準差	$52,688	40	($399)	13
-1 標準差	$21,688	16	($17,949)	3

回合分析	勝場	次數	敗場	次數
最大	$187,375	77	($50,525)	27
最小	$12,335	13	($1,250)	3
平均	$31,601	25	($10,975)	12
標準差	$46,604	17	$10,776	13
+1 標準差	$78,205	42	($21,751)	25
-1 標準差	($15,003)	8	($199)	−1

權益擺盪分析	權益上升	次數	權益回落	次數
最大	$535,125	190	($226,250)	65
最小	$35,755	25	($12,250)	12
平均	$125,755	55	($27,555)	27
標準差	$45,575	27	$12,755	17
+1 標準差	$171,330	82	($40,310)	44
-1 標準差	$80,180	28	($14,800)	10

交易策略評估與最佳化（第二版）

　　表14-2列出了圖表14-1上所顯示的交易分析明細。這兩者呈現的都是交易策略微觀層面。但爲了更徹底瞭解策略績效，建議要審查所有圖形與表格中的每一筆交易。

表14.2 交易列表

交易次數	型態	日期	時間	價格	獲利	累積獲利%	獲利回溯	出場效率	總效率
75	Sell	10/6/2000	00:00	1496.70		36.45%	177,500.00	95.25%	
		11/27/2002	00:00	951.20	$136,175.00	$137,537.50	(8850.00)	77.93%	73.18%
76	Sell	11/13/2000	00:00	1406.90		32.39%	155,050.00	90.03%	
		11/27/2002	00:00	951.20	$113,725.00	$251,262.50	(17175.00)	76.12%	66.15%
77	Sell	11/22/2000	00:00	1396.20		31.87%	152,375.00	89.95%	
		11/27/2002	00:00	951.20	$111,050.00	$362,312.50	(17,025.00)	75.72%	65.67%
78	Sell	11/30/2000	00:00	1375.20		30.83%	147,125.00	86.85%	
		11/27/2002	00:00	951.20	$105,800.00	$468,112.50	(22,275.00)	75.72%	62.57%
79	Sell	12/20/2000	00:00	1332.60		28.62%	136,475.00	83.33%	
		11/27/2002	00:00	951.20	$95,150.00	$563,262.50	(27,300.00)	74.89%	58.22%
80	Sell	1/2/2001	00:00	1348.60		29.47%	140,475.00	85.77%	
		11/27/2002	00:00	951.20	$99,150.00	$662,412.50	(23,300.00)	74.89%	60.66%
81	Sell	1/5/2001	00:00	1364.40		30.28%	144,425.00	88.19%	
		11/27/2002	00:00	951.20	$103,100.00	$765,512.50	(19,350.00)	74.89%	63.07%
82	Sell	2/16/2001	00:00	1359.20		30.02%	143,125.00	96.20%	
		11/27/2002	00:00	951.20	$101,800.00	$867,312.50	(5,650.00)	72.36%	68.56%
83	Sell	2/21/2001	00:00	1310.10		27.39%	130,850.00	91.70%	
		11/27/2002	00:00	951.20	$89,525.00	$956,837.50	(11,850.00)	71.18%	62.88%
84	Sell	2/23/2001	00:00	1269.30		25.06%	120,650.00	84.55%	
		11/27/2002	00:00	951.20	$79,325.00	$1,036,162.50	(22,050.00)	71.18%	55.73%
85	Sell	3/12/2001	00:00	1239.10		23.23%	113,100.00	79.26%	
		11/27/2002	00:00	951.20	$71,775.00	$1,107,937.50	(29,600.00)	71.18%	50.44%
86	Sell	6/14/2001	00:00	1259.90		24.50%	118,300.00	66.48%	
		11/27/2002	00:00	951.20	$76,975.00	$1,184,912.50	(4,400.00)	92.15%	62.90%
87	Sell	7/6/2001	00:00	1223.50		22.26%	109,200.00	65.30%	
		11/27/2002	00:00	951.20	$67,875.00	$1,252,787.50	(9,300.00)	94.91%	57.45%
88	Sell	8/8/2001	00:00	1216.00		21.78%	107,325.00	63.63%	
		11/27/2002	00:00	951.20	$66,000.00	$1,318,787.50	(5,750.00)		58.55%

最徹底的交易策略微觀分析是研究其每筆交易績效。檢閱所有每一天的交易、停損、部位和權益變化。這種非常基礎對每天及每個交易訊號的績效一一審查，是唯一能夠真正發展出

對交易策略績效最直觀了解和感受的方法。

　　對交易策略績效的完整操作知識只能透過吸收更多從每個訊號及每天的交易行為所獲得之微觀資訊得到。有了這些資訊，交易員才是真正為實際交易做好準備。

績效轉變

　　考慮三種不同的實際交易結果。在第一種情況下，交易策略產生的利潤遠遠超出評價報表中所有紀錄。在第二種狀況是交易策略剛開始就發生了一個戲劇化但非災難性的連續虧損。第三種狀況是交易策略一直呈現小幅獲利與虧損。

巨額暴利

　　有人會抱怨巨額暴利嗎？並沒有。獲利就是獲利。如果獲利真的夠大，投資者可能會考慮提前退休。能這樣是最好，但不要因為這種幸運就變得貪婪與自滿。一個大幅利潤就是典型的巨額暴利。如果交易員持續期望有類似的特大利潤，他很可能會失望。交易員也不應被這意外的結果所迷惑，因而認為他是絕頂聰明的策略設計者。應該不是這樣，這只是因為時機恰巧而已。

　　參考下面的故事。1987年大崩盤後，出現了許多出色的獲利績效。一間在芝加哥的交易公司據報在短短幾天內，以標準普爾及美國公債部位賺進了十多億美元。股東們馬上做了兩個決定。他們給所有員工大筆獎金並且讓他們帶薪休假一個月。因此公司交易業務停止了1個月，同時股東們也在討論如何運用

這些新得到的財富。這主意是好還是壞？

兩種都有可能。事實上，因爲這些事件所導致龐大的利潤，就是非常典型的巨額暴利。這無法用高超的技術或預測來達到。

一個優秀的交易要能區別是運氣亦或是技巧。技巧能讓交易員在時機不好時仍能保持良好的交易，而在市場好時持續產生獲利。一個好的交易員知道什麼時候所獲得的利潤是一筆暴利，而不會預期如此幅度的利潤能夠持續複製。當然，在一開始實際交易就產生連續獲利會比連續虧損更受歡迎，但交易員不應因此就有所心情起伏。正確的態度很簡單：拿錢，微笑，把這當作是運氣好。持續這樣的心態便可很輕鬆的走在這條路上，最好還要心懷感謝，慶幸還好能賺錢。

無論是贏或輸都必須把交易報表對評估報表作比較。實際交易績效必須以此爲脈絡進行。如果實際交易成效持續符合評估便很好。如果發生了某種偏差應試圖找出原因。因爲波動性變化？或是趨勢改變了嗎？過度在意虧損或只知獲利欣喜而忘卻其警訊等等，這些都是系統交易員常犯的錯誤。這兩種極端都會危害交易成功。

連續虧損

在第二種情況下，誰不會抱怨實際交易一開始就連敗？幾乎每個人都會。如果一開始就發生這樣的事，交易員可能會很恐慌，而且通常沒有什麼理由。本來實際交易一開始就有可能是連續獲利也可能是連續虧損。但無論是哪種方式，如果該績效與評估報表一致，這就是件好事。

所有的交易策略都會有獲利和虧損。因此，如果眼前就是一連串的虧損讓交易員不得不停下來對其有所關注，那麼就必須比較其評估報表。若這是意料中事，就沒有理由過分擔心。此外，也已經設定了策略停損可以防止災難性交易資本虧損。交易員應秉持著由完善測試知識所得到的信心，持續進行交易，並始終警覺是否有任何錯誤。

績效平平

在第三種情況下，交易策略在第一個月的交易後只產生了小幅的淨損益。這類型的行為幾乎已被證明會讓交易員加快虧損的腳步。我們不知道我們有多少耐心。為了緩解交易員的疑慮，必須將交易報表與評估報表加以比較。如果這種遲緩時期在評價報表時並不罕見，必需耐心等待。如果這種罕見的狀況從未在評價期間出現過，那麼這便是一個警告，若不是市場行情有所轉變，就可能是交易策略開始遭遇到困難。在任何情況下，評估報表是提供交易員穩定信心與客觀見解的資源。

總結

強烈建議使用以下三種工具，開始並持續成功地實際交易一個健全且經過適當評估的交易策略：

1. 測試報表
2. 交易報表
3. 系統停損

前兩個要素必須在一開始交易就作好準備，交易報表會從

實際交易中持續不斷產生。

　　交易中的每個統計數據必需定期與測試報告作比較。如果交易統計數據低於或超過相應的評估報表統計數據百分之五十，則無論獲利與否，都必須找出合理解釋。特別是對權益回落，更要以系統停損與評價報表不斷地進行監控。

　　開始實際交易也許是對交易員與其新策略最為關鍵的時刻。從設計走到實際交易階段是重要戲劇性改變。這是所有策略發明者將其概念付諸實踐跨過的一大步。如果第一筆交易獲利，特別是如果獲利很高，交易員可能會過分樂觀和疏於審慎。這會導致情緒波動。相反的，交易員可能會因為首次交易虧損而過度挑剔或過分焦慮，尤其當這虧損又特別大時。這會潛在更加影響交易員的信心。

第十四章 交易你的策略

　　在這兩個案例中，為了要走過迷宮般的崎嶇小徑以達到多年的長期獲利，只要其實際交易執行成效仍符合評估績效中之預期，成功的交易者就必須以鋼鐵般嚴格的紀律，以及堅持理性的原則管理自己的情緒，來實踐策略交易，從而產生大於策略停損的穩步成長權益。只要能做好這項工作，就可以獲得一個長期迷人的最大獲利。

　　我的朋友，享受這趟旅程，辛苦都會有所回報的！

註 釋

自序

註1：感謝Karen Harris以及她出色的Barclay Hedge資料庫提供
　　　這些資訊。

註2：來自Prediction Company網站，predic.com/html/company.html

第一章

註1：本書中所提及應用於的TradeStation，MetaStock與Trade
　　　Studio之推進分析外掛元件由Pardo Group Limited所提供。

第二章

註1：負面與違背紀律情緒之侵蝕性影響請參照Robert Pardo出
　　　版之交易遊戲《The Trading Game》（Hoboken, NJ:John
　　　Wiley & Son, 2009）

第四章

註1：Pardo Group Limited有提供本書中所提及的TradeStation與
　　　TradeStudio推進分析外掛元件。

第六章

註1：Perry Kaufman,《Smarter Trading》(New York: McGraw-Hill, 1995), 22。

註2：Sam Kash Kachigan,《Statistical Analysis: An Interdisciplinary Introduction to Univariate & Multivariate Methods》(New York: Radius Press, 1986), 145。

註3：William Poundstone,《Fortunes Formula》(New York: Hill and Wang, 2005) 149頁最後幾段。

395

註
釋

註4：《長期資本管理公司的起與落》都是典型非常值得借鏡的書Roger Lowenstein:《When Genius Failed》(New York: Random House, 2001)。

註5：Dennis受訪於Collins後，Art Collins 私下向我轉述。

第七章

註1：該作者是Advanced Trader的研發者，這是該領域非常先進的應用。有些已被軟體廣泛使用如MetaStock, TradersBlox, TradeStation, TradesStudio與Wealth-Lab。（照字母順序排列）

第九章

註1：本書中所提及由Pardo Group Limited所提供應用於的TradeStation，MetaStock 與 TradesStudio 之推進分析外掛元件具有完整的功能。

註2：感謝 Bruce DeVault 所提供的完美教材，讓我能在模擬高溫回火，遺傳最佳化及粒子群最佳化等章節中使用。

註3：P.J. van Laarhoven and E.H. Aarts,《Simulated Annealing: Theory and Applications》(New York: Springer, 1987)。

註4：David Goldberg,《Genetic Algorithms in Search, Optimization & Machine Learning》(Reading, MA: Addison-Wesley, 1989)。

註5：Lawrence Davis,《Handbook of Genetic Algorithms》(New York:Van Nostrand Reinhold, 1991)，這是一個典型從現代角度出發的起點，參照《Biologically Inspired Algorithms for Financial Modeling》, by Anthony Brabazon and Michael O'Neill (New York: Springer-Verlag, 2006)。

註6：James Kennedy, Russell C. Eberhart, and Yuhui Shi,《Swarm Intelligence》(San Francisco: Morgan Kaufman Publishers, 2001)。

註7：感謝我的老友和良師Bo Thunman才能有PROM的概念。

交易策略評估與最佳化（第二版）

第十一章

註1：TradeStation此處用以完成推進分析之元件是由Pardo Group Limited所提供。

第十二章

註1：可以從此書開始A good place to start is The (Mis)《Behavior of Markets: A Fractal View of Risk, Ruin And Reward》by Benoit B. Mandeibrot and Richard L. Hudson (New York: Perseus Books Group, 2006)。

註2：感謝Valerii Salov提供這些數據。他的著作，《Modeling

Maximum Trading Profits in C++》(Hoboken, NJ: John
Wiley & Sons, 2007)，中研發了各種本書中所提出的完全
利潤，並提供計算之軟體。

第十四章

註1：由Pardo Group Limited所提供及建立的TradeProfiler
TradeStation外加元件可自動化監控交易與評價報表。

註2：由Pardo Group Limited所提供的TradeProfiler所產生。

寰宇出版網站
www.ipci.com.tw

邀請您加入會員，共襄盛舉！

新增功能

1. 討論園地：分享名家投資心得及最新書評
2. 名師推薦：名師好書推薦
3. 精采電子報回顧：寰宇最新訊息不漏接

投資的路上，寰宇出版與您一起「累積投資智慧，創造富足人生」！

寰宇圖書分類

技 術 分 析

智 慧 投 資

分類號	書 名	書號	定價	分類號	書 名	書號	定價
1	股市大亨	F013	280	28	掌握股票群眾心理	F184	350
2	新股市大亨	F014	280	29	縱橫全球股市	F186	400
3	金融怪傑（上）	F015	300	30	掌握巴菲特選股絕技	F189	390
4	金融怪傑（下）	F016	300	31	交易新指標：生科技類股	F195	280
5	新金融怪傑（上）	F022	280	32	高勝算操盤（上）	F196	320
6	新金融怪傑（下）	F023	280	33	高勝算操盤（下）	F197	270
7	金融煉金術	F032	600	34	別理華爾街！	F203	220
8	智慧型股票投資人	F046	500	35	透視避險基金	F209	440
9	股票市場顯相實錄	F049	220	36	股票作手回憶錄（完整版）	F222	650
10	梭羅斯投資秘訣	F052	250	37	倪德厚夫的投機術（上）	F239	300
11	瘋狂、恐慌與崩盤	F056	450	38	倪德厚夫的投機術（下）	F240	300
12	股票作手回憶錄	F062	450	39	交易・創造自己的聖盃	F241	500
13	專業投機原理 I	F075	480	40	圖風勢——股票交易心法	F242	300
14	超級強勢股	F076	420	41	從躺椅上操作：交易心理學	F247	550
15	專業投機原理 II	F078	400	42	華爾街傳奇：我的生存之道	F248	280
16	非常潛力股	F099	360	43	金融投資理論史	F252	600
17	活得真好—紐柏格的煉金術與藝術情	F100	220	44	華爾街一九〇一	F264	300
18	投機客養成教育（上）	F109	340	45	費雪・布萊克回憶錄	F265	480
19	投機客養成教育（下）	F110	360	46	歐尼爾投資的24堂課	F268	300
20	芝加哥交易風格	F143	340	47	探金實戰・李佛摩投機技巧（系列2）	F274	320
21	約翰・奈夫談投資	F144	400	48	大腦煉金術	F276	500
22	股票操作守則70	F152	380	49	金融風暴求勝術	F278	400
23	股市超級戰將（上）	F165	250	50	交易・創造自己的聖盃（第二版）	F282	600
24	股市超級戰將（下）	F166	250	51	索羅斯傳奇	F290	450
25	與操盤贏家共舞	F174	300	52	華爾街怪傑巴魯克傳	F292	500
26	投機的藝術	F175	360	53	交易者的101堂心理訓練課	F294	500
27	華爾街財神	F181	370				

共 同 基 金

分類號	書 名	書號	定價	分類號	書 名	書號	定價
1	共同基金初步	F148	250	4	基金趨勢戰略	F272	300
2	共同基金操作守則50	F154	300	5	定期定值投資策略	F279	350
3	柏格談共同基金	F178	420				

投 資 策 略

程 式 交 易

期　　　貨

分類號	書　名	書號	定價	分類號	書　名	書號	定價
1	期貨場內交易花招	F040	350	6	期貨賽局（上）	F231	460
2	成交量與未平倉量分析	F043	350	7	期貨賽局（下）	F232	520
3	股價指數期貨及選擇權	F050	350	8	雷達導航期股技術（期貨篇）	F267	420
4	高績效期貨操作	F141	580	9	期指格鬥法	F295	350
5	征服日經225期貨及選擇權	F230	450				

債　券　貨　幣

分類號	書　名	書號	定價	分類號	書　名	書號	定價
1	貨幣市場&債券市場的運算	F101	520	3	外匯交易精論	F281	300
2	賺遍全球：貨幣投資全攻略	F260	300				

財　務　教　育

分類號	書　名	書號	定價	分類號	書　名	書號	定價
1	點時成金	F237	260	5	投資心理學（漫畫版）	F284	200
2	跟著林區學投資	F253	400	6	歐尼爾成長型股票投資課（漫畫版）	F285	200
3	風暴・醜聞・華爾街	F258	480	7	貴族・騙子・華爾街	F287	250
4	蘇黎士投機定律	F280	250	8	就是要好運	F288	350

財　務　工　程

分類號	書　名	書號	定價	分類號	書　名	書號	定價
1	金融風險管理（上）	F121	550	4	信用性衍生性&結構性商品	F234	520
2	金融風險管理（下）	F122	550	5	可轉換套利交易策略	F238	520
3	固定收益商品	F226	850	6	我如何成為華爾街計量金融家	F259	500

選　　　擇　　　權

分類號	書　　名	書號	定價	分類號	書　　名	書號	定價
1	股價指數期貨及選擇權	F050	350	8	選擇權交易講座：高報酬／低壓力的交易方法	F136	380
2	股票選擇權入門	F063	250	9	選擇權訂價公式手冊	F142	400
3	選擇權投資策略（上）	F092	480	10	交易，選擇權	F210	480
4	選擇權投資策略（中）	F093	480	11	選擇權策略王	F217	330
5	選擇權投資策略（下）	F094	480	12	選擇權賣方交易策略	F228	480
6	技術分析＆選擇權策略	F097	380	13	征服日經225期貨及選擇權	F230	450
7	認購權證操作實務	F102	360	14	活用數學·交易選擇權	F246	600

金　　融　　證　　照

分類號	書　　名	書號	定價	分類號	書　　名	書號	定價
1	FRM 金融風險管理（第四版）	F269	1500				

另　　類　　投　　資

分類號	書　　名	書號	定價	分類號	書　　名	書號	定價
1	葡萄酒投資	F277	420				

讀者回函卡

　　親愛的讀者，為了提升對您的服務品質，請填寫下列資料，以傳真方式將此資料傳回寰宇出版股份有限公司。就有機會得到本公司的贈品及不定期收到相關之新書書訊與活動訊息。

您的基本資料：
姓　　名：＿＿＿＿＿＿＿＿＿＿＿＿
聯絡電話：＿＿＿＿＿＿＿＿＿＿　手　機：＿＿＿＿＿＿＿＿＿
E - mail　：＿＿＿＿＿＿＿＿＿＿＿＿＿＿＿＿＿＿＿＿＿
您所購買的書名：＿＿＿＿＿＿＿＿＿＿＿＿＿＿＿＿＿＿＿
您在何處購買本書：＿＿＿＿＿＿＿＿＿＿＿＿＿＿＿＿＿＿

您從何處得知本書訊息：（可複選）
□ 本公司網站　　　　□ ＿＿＿＿＿書店　　　□ ＿＿＿＿＿ 報紙
□ 本公司出版目錄　　□ ＿＿＿＿＿老師推薦　　□ ＿＿＿＿＿ 雜誌
□ 本公司書訊　(學校系所＿＿＿＿＿)　□ ＿＿＿＿＿ 電視媒體
□ ＿＿＿＿＿廣告 □ 親友推薦　　　　　□ ＿＿＿＿＿ 廣播媒體
□ 其他

您對本書的評價：(請填代號 1.非常滿意 2.滿意 3.尚可 4.需改進)
內　　容：＿＿ 理由：＿＿＿＿＿＿＿＿＿＿＿＿＿＿＿
版面編排：＿＿ 理由：＿＿＿＿＿＿＿＿＿＿＿＿＿＿＿
封面設計：＿＿ 理由：＿＿＿＿＿＿＿＿＿＿＿＿＿＿＿
譯　　筆：＿＿ 理由：＿＿＿＿＿＿＿＿＿＿＿＿＿＿＿
您希望本公司出版何種類型的書籍？＿＿＿＿＿＿＿＿＿＿
＿＿＿＿＿＿＿＿＿＿＿＿＿＿＿＿＿＿＿＿＿＿＿＿＿
您對本公司的建議(含建議翻譯之書籍或推薦作者等)：＿＿＿＿＿
＿＿＿＿＿＿＿＿＿＿＿＿＿＿＿＿＿＿＿＿＿＿＿＿＿
＿＿＿＿＿＿＿＿＿＿＿＿＿＿＿＿＿＿＿＿＿＿＿＿＿

寰宇出版股份有限公司

地址：106臺北市大安區仁愛路四段109號13樓
電話：(02)27218138轉333或363　　傳真：(02)27113270
E-mail：service@ipci.com.tw

國家圖書館出版品預行編目資料

交易策略評估與最佳化（第二版）/ Robert Pardo 著；
李佳儒 譯 -- 初版. -- 臺北市：寰宇, 2010. 12
　　面；公分　 --（寰宇程式交易：299）

　　譯自：The evaluation and optimization of trading
　　　　　 strategies, 2nd ed.

　　ISBN 978-986-6320-20-0（平裝）

　　1.投資分析 2.電腦程式

563.53029　　　　　　　　　　　　　　99024362

寰宇程式交易 299

交易策略評估與最佳化(第二版)

作　　者	Robert Pardo
譯　　者	李佳儒
審　　稿	李偉仁
主　　編	柴慧玲
美術設計	黃雲華
發 行 者	陳志鏗
出 版 者	寰宇出版股份有限公司
	臺北市仁愛路四段109號13樓
	TEL: (02) 2721-8138　FAX: (02)2711-3270
	E-mail: service@ipci.com.tw
	http://www.ipci.com.tw
	劃撥帳號　1146743-9
登 記 證	局版台省字第3917號
定　　價	500元
出　　版	2010年12月初版一刷

ISBN 978-986-6320-20-0（平裝）

網路書店：博客來www.books.com.tw

　　　　　 華文網 www.book4u.com.tw